DII

NA

MESSIAS DE DUNA

TÍTULO ORIGINAL:
Dune Messiah

COPIDESQUE:
Marcos Fernando de Barros Lima

REVISÃO:
Hebe Ester Lucas
Entrelinhas Editorial

CAPA E PROJETO GRÁFICO:
Pedro Inoue

DIAGRAMAÇÃO:
Desenho Editorial

ILUSTRAÇÃO:
Marc Simonetti

DADOS INTERNACIONAIS DE CATALOGAÇÃO NA PUBLICAÇÃO (CIP)
ANGÉLICA ILACQUA CRB-8/7057

Herbert, Frank
Messias de Duna / Frank Herbert ;
tradução Maria do Carmo Zanini. - 2. ed. - São Paulo :
Aleph, 2017.
272 p.

ISBN 978-85-7657-382-1
Título original: Dune messiah

1. Ficção científica norte-americana 2. Literatura norte-americana I. Título II. Zanini, Maria do Carmo

16-0194   CDD 813.0876

ÍNDICES PARA CATÁLOGO SISTEMÁTICO:
1. Ficção científica norte-americana

Copyright © Herbert Properties LLC., 1969
Copyright © Editora Aleph, 2017
(edição em língua portuguesa para o Brasil)

Todos os direitos reservados. Proibida a reprodução,
no todo ou em parte, através de quaisquer meios
sem a devida autorização.

Rua Bento Freitas, 306 - Conj. 71 - São Paulo/SP
CEP 01220-000 • TEL 11 3743-3202
www.editoraaleph.com.br

@editoraaleph
@editora_aleph

FRANK HERBERT

MESSIAS DE

DUNA

2ª EDIÇÃO

SÉRIE DUNA · VOLUME II

TRADUÇÃO
MARIA DO CARMO ZANINI

Aleph

Excertos da entrevista com Bronso de Ix na cela onde aguardava a morte.

P: O que levou você a essa abordagem tão particular da história de Muad'Dib?

R: Por que eu deveria responder a suas perguntas?

P: Porque vou preservar suas palavras.

R: Aaah! A tentação suprema para um historiador!

P: Vai cooperar então?

R: Por que não? Mas você nunca entenderá o que inspirou minha *Análise da história*. Nunca. Vocês, sacerdotes, têm muito a perder para...

P: Por que não tenta?

R: Tentar? Bem, outra vez... por que não? Chamou-me a atenção a superficialidade da visão que geralmente se tem deste planeta, uma decorrência de seu nome popular: Duna. Não Arrakis, veja bem, e sim Duna. A história tem obsessão por Duna como deserto, como o berço dos fremen. Essa história se concentra nos costumes que se desenvolveram em função da escassez de água e do fato de que os fremen levavam uma vida seminômade, vestindo trajestiladores que reaproveitavam a maior parte da umidade do corpo.

P: E por acaso não é tudo verdade?

R: É uma verdade superficial. Ignora o que fica subjacente tanto quanto... tanto quanto tentar entender meu planeta natal, Ix, sem examinar como foi que tiramos nosso nome do fato de sermos o nono planeta de nosso sistema solar. Não... não. Não basta ver Duna como um lugar de tempestades violentas. Não basta falar do perigo representado pelos gigantescos vermes da areia.

P: Mas essas coisas são cruciais para o caráter arrakino!

R: Cruciais? Claro que sim. Mas geram um planeta de visão única, da mesma maneira que Duna é um planeta de um só produto, pois é a fonte exclusivíssima da especiaria, o mélange.

P: Sim. Vejamos o que tem a dizer a respeito da especiaria sagrada.

R: Sagrada! Assim como tudo que é sagrado, ela tira com uma das mãos o que oferece com a outra. Prolonga a vida e permite ao iniciado prever o futuro, mas o prende a um vício cruel e marca-lhe os olhos como os seus foram marcados: um azul total, sem o branco. Seus olhos, os órgãos da *visão*, tornam-se uma coisa só, sem contraste, uma visão única.

Frank Herbert

P: Foi essa heresia que o trouxe a esta cela!

R: Foram seus sacerdotes que me trouxeram a esta cela. Como todos os sacerdotes, vocês logo aprenderam a chamar a verdade de heresia.

P: Você está aqui porque teve a audácia de dizer que Paul Atreides perdeu algo essencial a sua humanidade para que pudesse se tornar Muad'Dib.

R: Sem mencionar que ele perdeu o pai aqui, na guerra contra os Harkonnen. Ou a morte de Duncan Idaho, que se sacrificou para que Paul e lady Jéssica escapassem.

P: Seu cinismo foi devidamente registrado.

R: Cinismo! Sem dúvida alguma, deve ser um crime pior que a heresia. Mas, veja você, eu não sou realmente um cínico. Sou apenas um observador e comentarista. Vi a verdadeira nobreza de Paul quando ele fugiu para o deserto com a mãe grávida. Naturalmente, ela era tanto um grande trunfo quanto um fardo.

P: O defeito de vocês, historiadores, é não se dar por satisfeitos. Enxergam a verdadeira nobreza do Sacrossanto Muad'Dib, mas não deixam de acrescentar uma observação cínica. Não é à toa que também são denunciados pelas Bene Gesserit.

R: Vocês, sacerdotes, fazem muito bem em unir forças com a Irmandade das Bene Gesserit. Elas também sobrevivem porque escondem o que fazem. Mas não conseguem ocultar o fato de que lady Jéssica era uma iniciada treinada pelas Bene Gesserit. Vocês sabem que ela treinou o filho na doutrina da Irmandade. Meu *crime* foi discutir isso como um fenômeno, explanar suas artes mentais e seu programa genético. Vocês não querem chamar a atenção para o fato de que Muad'Dib era o tão esperado messias cativo da Irmandade, que ele foi o *Kwisatz Haderach* das Bene Gesserit antes de ser seu profeta.

P: Se eu ainda tinha alguma dúvida quanto a sua sentença de morte, você acabou de desfazê-la.

R: Só posso morrer uma vez.

P: Há jeitos e jeitos de morrer.

R: Cuidado para não transformar *a mim* num mártir. Não creio que Muad'Dib... Diga-me, Muad'Dib sabe o que vocês fazem nestes calabouços?

P: Não incomodamos a Sagrada Família com trivialidades.

Messias de Duna

R: (Riso.) E foi para isto que Paul Atreides lutou e conseguiu um lugar entre os fremen! Foi para isto que ele aprendeu a controlar e montar o verme da areia! Foi um erro responder às suas perguntas.

P: Mas cumprirei minha promessa de preservar suas palavras.

R: Cumprirá mesmo? Então escute com atenção, seu degenerado fremen, seu sacerdote que só tem a si mesmo como deus! Vocês têm muito pelo que responder. Foi um ritual fremen que deu a Paul a primeira dose cavalar de mélange, expondo-o, assim, às visões de seus próprios futuros. Foi por meio de um ritual fremen que esse mesmo mélange despertou Alia ainda no ventre de lady Jéssica. Já pensou no que foi para Alia vir a este universo completamente cognoscente, senhora de todas as lembranças e de todo o conhecimento da mãe dela? Um estupro não seria tão apavorante.

P: Sem o mélange sagrado, Muad'Dib não teria se tornado líder de todos os fremen. Sem sua experiência sagrada, Alia não seria Alia.

R: Sem essa sua crueldade irracional de fremen, você não seria um sacerdote. Aaah, eu conheço vocês, fremen. Pensam que Muad'Dib é seu porque ele se uniu a Chani, porque adotou os costumes fremen. Mas ele era um Atreides antes disso, e foi treinado por uma iniciada Bene Gesserit. Possuía disciplinas totalmente desconhecidas por vocês. Pensaram que ele lhes trazia uma nova ordem e uma nova missão. Ele prometeu transformar seu planeta deserto num paraíso rico em água. E, enquanto deslumbrava vocês com esses sonhos, ele os desvirginou!

P: Essa heresia não muda o fato de que a Transformação Ecológica de Duna avança em ritmo acelerado.

R: E eu cometi a heresia de localizar as origens dessa transformação, de explorar as consequências. Aquela batalha lá fora, nas Planícies de Arrakina, pode ter ensinado ao universo que os fremen eram capazes de derrotar os Sardaukar Imperiais, mas o que mais ensinou? Quando o império estelar da Família Corrino tornou-se um império fremen sob o domínio de Muad'Dib, o que mais o Império se tornou? Seu jihad só durou doze anos, mas nos ensinou uma lição e tanto. Agora o Império entende a impostura que foi o casamento de Muad'Dib com a princesa Irulan!

P: Você tem a audácia de acusar Muad'Dib de impostura!

R: Pode me matar por isso, mas não é heresia. A princesa tornou-se a consorte dele, não sua mulher. Chani, sua queridinha fremen: ela é a mu-

15

Frank Herbert

lher dele. Todo mundo sabe disso. Irulan foi a chave para chegar ao trono, nada mais.

P: É fácil ver por que aqueles que conspiram contra Muad'Dib usam sua *Análise da história* como argumento conclamador!

R: Não vou convencer você, sei disso. Mas o argumento da conspiração antecede minha *Análise*. Os doze anos do Jihad de Muad'Dib criaram o argumento. Foi isso que uniu os antigos grupos hegemônicos e deflagrou a conspiração contra Muad'Dib.

É tão rico o repertório de mitos que envolve Paul Muad'Dib, o Imperador Mentat, e sua irmã, Alia, que fica difícil enxergar as pessoas de verdade por trás de tantos véus. Mas, no fim das contas, existiu um homem que nasceu Paul Atreides e uma mulher que nasceu Alia. A carne de ambos estava sujeita ao espaço e ao tempo. E, muito embora seus poderes oraculares os situassem fora dos limites usuais do tempo e do espaço, eles eram de origem humana. Vivenciaram fatos reais que deixaram marcas reais num universo real. Para entendê-los, é preciso ver que sua catástrofe foi a catástrofe da humanidade intei-ra. Esta obra, portanto, é dedicada não a Muad'Dib, nem à irmã dele, mas a seus herdeiros — a todos nós.

– Dedicatória da "Concordância de Muad'Dib", tal como foi transcrita da Tabla memorium do Culto ao Espírito do Mahdi

O reinado imperial de Muad'Dib produziu mais historiadores que qualquer outra era da história humana. A maioria deles defendia um ponto de vista particular, cioso e sectário; mas o fato de esse homem ter incitado tamanho fervor em tantos planetas diferentes já nos diz alguma coisa sobre seu impacto peculiar.

Naturalmente, ele detinha nas mãos os ingredientes da história, a ideal e a idealizada. Esse homem, que nasceu Paul Atreides numa antiga Família Maior, recebeu o profundo treinamento *prana-bindu* de lady Jéssica, sua mãe Bene Gesserit, e, portanto, possuía um controle soberbo dos músculos e dos nervos. Contudo, mais do que isso, ele era um *Mentat*, um intelecto cujas capacidades ultrapassavam as dos computadores mecânicos usados pelos antigos e proscritos pela religião.

Acima de tudo, Muad'Dib era o *Kwisatz Haderach* que o programa de reprodução da Irmandade buscava havia milhares de gerações.

Frank Herbert

O Kwisatz Haderach, portanto, aquele capaz de estar "em muitos lugares ao mesmo tempo", esse profeta, esse homem por meio de quem as Bene Gesserit esperavam controlar o destino da humanidade – esse homem tornou-se o imperador Muad'Dib e casou-se por conveniência com a filha do imperador padixá que ele derrotou.

Imagine o paradoxo, o fracasso implícito, pois sem dúvida você já leu outras crônicas e conhece superficialmente os fatos. Os fremen bravios de Muad'Dib realmente sobrepujaram o padixá Shaddam IV. Derrubaram as legiões dos Sardaukar, as forças aliadas das Casas Maiores, os exércitos dos Harkonnen e os mercenários comprados com a verba aprovada pelo Landsraad. Ele deixou a Guilda Espacial de joelhos e colocou a própria irmã, Alia, no trono religioso que as Bene Gesserit pensavam ser seu.

Ele fez tudo isso e muito mais.

Os missionários do Qizarate de Muad'Dib levaram sua guerra religiosa a todo o espaço, num jihad cujo grande ímpeto durou apenas doze anos-padrão, mas, nesse período, o colonialismo religioso reuniu quase todo o universo humano sob uma mesma lei.

Ele o fez porque a captura de Arrakis, o planeta mais conhecido como Duna, deu-lhe o monopólio da moeda definitiva do reino: a especiaria geriátrica, o mélange, o veneno que concedia a vida.

Eis aí mais um ingrediente da história ideal: uma matéria-prima cuja química psíquica desenredava o Tempo. Sem o mélange, as Reverendas Madres da Irmandade não conseguiam realizar suas façanhas de observação e controle da raça humana. Sem o mélange, os Pilotos da Guilda não conseguiam se locomover no espaço. Sem o mélange, bilhões e bilhões de cidadãos imperiais viciados na especiaria morreriam de abstinência.

Sem o mélange, Paul Muad'Dib não era capaz de profetizar.

Sabemos que esse momento de poder supremo encerrava o fracasso. Só pode haver uma resposta, a de que a predição total e absolutamente precisa é letal.

Outras crônicas afirmam que Muad'Dib foi derrotado por conspiradores óbvios: a Guilda, a Irmandade e os amoralistas científicos dos Bene Tleilax, com os disfarces de seus Dançarinos Faciais. Outras crônicas destacam os espiões infiltrados no lar de Muad'Dib. Dão grande importância ao Tarô de Duna, que obscureceu os poderes proféticos de Muad'Dib. Algumas demonstram como Muad'Dib foi levado a aceitar os serviços de um *ghola*, o corpo que trouxeram da morte e treinaram para destruí-lo. Mas certamente devem saber que esse ghola era Duncan Idaho, o lugar-tenente dos Atreides que pereceu para salvar a vida do jovem Paul.

Ainda assim, elas descrevem a cabala do Qizarate liderada por Korba, o Panegirista. Conduzem-nos passo a passo pelo plano de Korba de transformar Muad'Dib num mártir e jogar a culpa em Chani, a concubina fremen.

Como é que qualquer uma dessas coisas pode explicar os fatos da maneira que a história os revelou? Não podem. Somente por meio da natureza letal da profecia é que conseguimos entender o fracasso desse poder imenso e previdente.

Tomara que outros historiadores aprendam alguma coisa com essa revelação.

**– Análise da história: Muad'Dib
escrita por Bronso de Ix**

**Não há a menor distinção entre deuses e homens:
as duas coisas se misturam sem cerimônia.**

– Provérbios de Muad'Dib

Apesar da natureza homicida da trama que ele esperava arquitetar, os pensamentos de Scytale, o Dançarino Facial Tleilaxu, voltavam vez após vez a uma compaixão penitente.

Hei de me arrepender de levar a morte e a desgraça a Muad'Dib, ele dizia consigo mesmo.

Escondia cuidadosamente essa bondade dos outros conspiradores. Mas esses sentimentos lhe diziam que ele achava mais fácil se identificar com a vítima do que com os agressores – algo característico dos Tleilaxu.

Scytale permanecia em silêncio, pensativo, um tanto à parte dos demais. A discussão a respeito de um veneno psíquico já se prolongava havia algum tempo. Era vigorosa e veemente, mas tinha aquela cortesia cega e compulsiva que os iniciados das Grandes Escolas sempre adotavam ao defender as questões caras a seus dogmas.

– É justamente quando pensarem que o trespassaram que vocês irão encontrá-lo intacto!

Era a idosa Reverenda Madre das Bene Gesserit, Gaius Helen Mohiam, sua anfitriã ali em Wallach IX. A mulher era um palito vestido de preto, uma bruxa velha sentada numa cadeira flutuante à esquerda de Scytale. O capuz de sua aba fora atirado para trás e deixava exposto um rosto curtido sob os cabelos de prata. Olhos encovados e fundos nas feições mascaresqueléticas fitavam os presentes.

Usavam uma língua *mirabhasa*, consoantes falangiais afinadas e vogais unidas. Era um instrumento para transmitir sutilezas emocionais requintadas. Edric, o Piloto da Guilda, respondia agora à Reverenda Madre com uma mesura vocal contida num sorriso escarninho – um toque adorável de cortesia desdenhosa.

Scytale olhou para o emissário da Guilda. Edric nadava dentro de um recipiente de gás laranja a apenas alguns passos de distância. Seu recipiente estava no centro da cúpula transparente que as Bene Gesserit haviam construído para aquela reunião. O Piloto era uma figura alongada, vagamente humanoide, com pés palmados e mãos enormes, membranosas, em forma de leque – um peixe num estranho mar. Os respiradouros de seu tanque emitiam uma nuvem clara e alaranjada, impregnada com o odor da especiaria geriátrica, o mélange.

– Se seguirmos por esse caminho, morreremos de estupidez!

Essa era a quarta pessoa presente – o membro potencial da conspiração –, a princesa Irulan, esposa (mas não mulher, Scytale lembrou) de seu inimigo comum. Estava a um dos cantos do tanque de Edric, uma beldade alta e loura, esplêndida em seu manto de pele de baleia azul e chapéu combinando. Botões dourados cintilavam em suas orelhas. Ela se portava com uma altivez aristocrática, mas algo na suavidade absorta de sua fisionomia denunciava os controles de sua criação Bene Gesserit.

A mente de Scytale passou das nuances da língua e das expressões faciais para as nuances do local. Ao redor de toda a cúpula repousavam colinas manchadas pelo degelo que refletiam numa azulância úmida e matizada o sol branco-azulado que pairava no zênite.

Por que este local em particular?, Scytale se perguntou. As Bene Gesserit raramente faziam alguma coisa por acaso. A amplitude da cúpula, por exemplo: um espaço mais convencional e restritivo poderia ter afligido o membro da Guilda com uma ansiedade claustrofóbica. As inibições de sua psique decorriam de ter nascido e vivido no espaço aberto, e não na superfície de um planeta.

Mas a construção daquele lugar especialmente para Edric... que maneira mais lancinante de apontar um dedo para sua fraqueza.

O que foi que prepararam para mim aqui?, imaginou Scytale.

– E você não tem nada a dizer, Scytale? – indagou a Reverenda Madre.

– Você quer me arrastar para essa discussão tola? – Scytale perguntou. – Muito bem. Estamos lidando com um possível messias. Não se lança um ataque frontal contra alguém assim. Um mártir seria nossa derrota.

Todos olharam fixamente para ele.

– Acha que esse é o único perigo? – indagou a Reverenda Madre, com voz ofegante.

Scytale deu de ombros. Escolhera uma aparência insossa e de rosto redondo para aquela reunião, feições joviais, lábios cheios e insípidos, o corpo inflado de um homenzinho rechonchudo. Ocorreu-lhe, então, ao examinar os outros conspiradores, que ele fizera a escolha ideal – por ins-

Messias de Duna

tinto, talvez. Era o único naquele grupo capaz de manipular a aparência física e assumir uma grande variedade de formas e características corpóreas. Era o camaleão humano, um Dançarino Facial, e a forma que assumia no momento convidava os demais a julgá-lo com excessiva leviandade.

– Bem? – insistiu a Reverenda Madre.

– Eu estava desfrutando o silêncio – disse Scytale. – É melhor não dar voz a nossas hostilidades.

A Reverenda Madre recuou, e Scytale viu que ela o reavaliava. Todos ali eram produtos do profundo treinamento prana-bindu, capazes de um controle muscular e nervoso que poucos seres humanos chegavam a alcançar. Mas Scytale, um Dançarino Facial, tinha músculos e ligações nervosas que os demais não possuíam, além de uma qualidade especial de simpatia, a intuição de um mímico, que lhe permitia assumir tanto a psique quanto a aparência de uma outra pessoa.

Scytale deu-lhe tempo suficiente para completar a reavaliação e disse:

– Veneno!

Pronunciou a palavra com a atonalidade que dava a entender que somente ele compreendia seu significado secreto.

O membro da Guilda se agitou e sua voz saiu retumbando do globo-falante resplandecente que orbitava um dos cantos de seu tanque, logo acima de Irulan.

– Estamos discutindo um veneno psíquico, e não físico.

Scytale riu. O riso, em mirabhasa, era capaz de esfolar um oponente, e ele não foi nada comedido.

Irulan abriu um sorriso de apreço, mas os cantos dos olhos da Reverenda Madre revelaram um tênue sinal de raiva.

– Pare com isso! – falou Mohiam, ríspida.

Scytale parou, mas agora tinha a atenção deles: Edric calado e furioso; a Reverenda Madre alerta, mesmo com raiva; Irulan entretida, mas intrigada.

– Nosso amigo Edric está sugerindo – disse Scytale – que as duas bruxas Bene Gesserit, treinadas em todas as suas sutilezas, ainda não aprenderam as verdadeiras utilidades do engodo.

Mohiam se virou para fitar as colinas geladas do planeta-sede das Bene Gesserit. Ela começava a enxergar o que era imprescindível ali, percebeu Scytale. Ótimo. Irulan, contudo, era uma outra questão.

– É ou não é um de nós, Scytale? – Edric perguntou, fitando o Tleilaxu com seus olhinhos de roedor.

– Minha lealdade não é o problema – disse Scytale. Manteve sua atenção em Irulan. – Está se perguntando, princesa, se foi para isto que se deslocaram tantos parsecs, que correu tantos riscos?

Ela concordou com a cabeça.

– Teria sido para trocar chavões com um peixe humanoide ou discutir com um Dançarino Facial Tleilaxu gorducho? – perguntou Scytale.

Ela se afastou um passo do tanque de Edric, sacudindo a cabeça, incomodada com o odor copioso de mélange.

Edric aproveitou o momento e mandou uma pílula de mélange para dentro da boca. Ele ingeria a especiaria, respirava-a e, sem dúvida alguma, a bebia, observou Scytale. Compreensível, pois a especiaria acentuava a presciência de um Piloto, concedia-lhe o poder de dirigir um paquete da Guilda pelo espaço a velocidades transluz. Com a percepção induzida pela especiaria, ele encontrava a linha do futuro da nave que evitaria o perigo. Edric farejava uma outra espécie de perigo no momento, mas talvez a muleta que era sua presciência não o encontrasse.

– Acho que foi um erro ter vindo aqui – falou Irulan.

A Reverenda Madre se virou, abriu os olhos, fechou-os, um gesto curiosamente reptiliano.

Scytale desviou o olhar de Irulan para o tanque, convidando a princesa a dividir com ele seu ponto de vista. Scytale sabia que ela veria Edric como uma figura repulsiva: o olhar atrevido, as mãos e os pés monstruosos movendo-se mansamente no gás, o torvelinho fumarento de contracorrentes alaranjadas a seu redor. Ela ficaria intrigada com os hábitos sexuais da criatura, imaginaria como seria estranho acasalar-se com alguém assim. Até mesmo o gerador de campo de força que recriava para Edric a ausência de peso do espaço agora serviria para distanciá-los.

– Princesa – disse Scytale –, graças a Edric, a visão oracular de seu marido não é capaz de descobrir por acaso certos acontecimentos, como este... supostamente.

– Supostamente – repetiu Irulan.

De olhos fechados, a Reverenda Madre assentiu com a cabeça.

– O fenômeno da presciência é mal compreendido até mesmo por seus iniciados – disse.

Messias de Duna

– Sou um Navegador pleno da Guilda e tenho o Poder – afirmou Edric.

A Reverenda Madre voltou a abrir os olhos. Dessa vez, encarou o Dançarino Facial, e seus olhos o examinaram com aquela intensidade peculiar das Bene Gesserit. Ela ponderava minúcias.

– Não, Reverenda Madre – Scytale murmurou –, não sou tão simples quanto eu aparentava ser.

– Não compreendemos esse Poder de vidência – disse Irulan. – Isso é fato. Edric afirma que meu marido não consegue enxergar, saber nem predizer o que acontece na esfera de influência de um Navegador. Mas até onde chega essa influência?

– Existem pessoas e coisas em nosso universo que eu só conheço pelos efeitos que provocam – contou Edric, mantendo sua boca de peixe fina como uma linha. – Sei que estiveram aqui... ali... em algum lugar. Da mesma maneira que as criaturas aquáticas perturbam as correntes ao passar, o presciente perturba o Tempo. Já vi onde seu marido esteve; nunca o vi, nem as pessoas que de fato compartilham com ele os mesmos objetivos e votos de lealdade. É a dissimulação que um iniciado confere a quem lhe pertence.

– Irulan não pertence a você – disse Scytale, e olhou de lado para a princesa.

– Todos nós sabemos por que a conspiração tem de ser conduzida somente em minha presença – argumentou Edric.

Usando a modalidade vocal que descrevia uma máquina, Irulan comentou:

– Você tem alguma serventia, pelo jeito.

Agora ela vê o que ele é de fato, pensou Scytale. Ótimo!

– O futuro é algo a ser modelado – disse Scytale. – Guarde essa ideia, princesa.

Irulan olhou de relance para o Dançarino Facial.

– As pessoas que têm os mesmos objetivos e votos de lealdade de Paul – ela disse. – Alguns de seus legionários fremen, portanto, escondem-se sob seu manto. Eu o vi profetizar para eles, escutei os gritos de adulação dessa gente para seu Mahdi, seu Muad'Dib.

Ocorreu-lhe, pensou Scytale, *que aqui ela está em julgamento, que nos resta emitir um veredicto que poderia preservá-la ou destruí-la. Ela enxerga a armadilha que lhe preparamos.*

Momentaneamente, o olhar de Scytale cruzou com o da Reverenda Madre, e ele provou a sensação esquisita de que os dois haviam pensado a mesma coisa a respeito de Irulan. Claro que as Bene Gesserit haviam instruído sua princesa, a preparado com a mentira destra. Mas sempre chegava o momento em que uma Bene Gesserit tinha de confiar em seus próprios instintos e treinamento.

– Princesa, sei o que mais deseja do imperador – disse Edric.

– E quem não o sabe? – perguntou Irulan.

– Deseja ser a mãe e fundadora da dinastia real – disse Edric, como se não a tivesse ouvido. – A menos que se una a nós, isso nunca acontecerá. Pode acreditar em minha palavra de oráculo. O imperador casou-se por motivos políticos, mas você nunca dividirá a cama com ele.

– Então o oráculo também é um voyeur – desdenhou Irulan.

– O imperador está muito mais casado com a concubina fremen do que com você! – gritou Edric.

– E ela não lhe dá um herdeiro – disse Irulan.

– A razão é a primeira vítima das emoções fortes – murmurou Scytale.

Ele sentiu a raiva de Irulan extravasar, viu sua reprimenda fazer efeito.

– Ela não lhe dá um herdeiro – explicou Irulan, delineando com a voz uma serenidade controlada –, porque, em segredo, eu venho lhe ministrando um contraceptivo. Era isso que queria que eu admitisse?

– Não seria nada bom se o imperador descobrisse – Edric falou, sorrindo.

– Preparei mentiras para ele – disse Irulan. – Ele pode ter o sentido para a verdade, mas é mais fácil acreditar em certas mentiras do que na verdade.

– Terá de se decidir, princesa – disse Scytale –, mas entenda o que é que a protege.

– Paul é justo comigo – ela falou. – Faço parte de seu Conselho.

– Nos doze anos em que foi sua princesa consorte, alguma vez ele lhe demonstrou a menor simpatia? – perguntou Edric.

Irulan meneou a cabeça.

– Ele depôs seu pai com a famigerada horda fremen que o servia, casou-se com você para consolidar sua pretensão ao trono, mas nunca a coroou imperatriz – disse Edric.

– Edric está tentando afetá-la com a emoção, princesa – falou Scytale. – Não é interessante?

Messias de Duna

Ela olhou para o Dançarino Facial, viu o sorriso atrevido no rosto dele, respondeu com um levantar das sobrancelhas. Scytale percebeu que agora ela estava completamente ciente de que, se deixasse aquela conferência sob a proteção de Edric, o que era parte da trama, aqueles momentos talvez passassem despercebidos pela visão oracular de Paul. No entanto, se ela não se comprometesse...

– Não lhe parece, princesa, que Edric exerce influência desmedida em nossa conspiração? – perguntou Scytale.

– Já concordei em acatar o melhor juízo que alguém oferecer em nossos concílios – disse Edric.

– E quem escolherá o melhor juízo? – perguntou Scytale.

– Quer que a princesa saia daqui sem se juntar a nós? – indagou Edric.

– Ele quer que ela se comprometa de verdade – resmungou a Reverenda Madre. – É bom não haver deslealdade entre nós.

Scytale viu que Irulan relaxara e assumira uma postura meditativa, com as mãos ocultas nas mangas de seu manto. Estaria pensando na isca que Edric havia lhe oferecido: *fundar uma dinastia real*! Estaria imaginando que plano os conspiradores teriam providenciado para se proteger dela. Estaria ponderando muitas coisas.

– Scytale – falou Irulan, sem demora –, dizem que vocês, Tleilaxu, têm um estranho sistema de honra: suas vítimas sempre devem ter uma maneira de escapar.

– Se conseguirem encontrá-la – concordou Scytale.

– Sou uma vítima? – perguntou Irulan.

Scytale deixou escapar uma gargalhada.

A Reverenda Madre bufou desdenhosamente.

– Princesa – disse Edric, com uma suave persuasão na voz –, já é uma de nós, não tenha receio disso. Não espiona a Família Imperial para suas superioras na Irmandade Bene Gesserit?

– Paul sabe que eu mando relatórios para minhas professoras.

– Mas não lhes fornece o material para a forte propaganda contra seu imperador? – perguntou Edric.

Não "nosso" imperador", reparou Scytale. "Seu" imperador. Irulan é Bene Gesserit o bastante para não deixar de perceber esse deslize.

– A questão está nos poderes e em como fazer uso deles – falou Scytale, aproximando-se do tanque do membro da Guilda. – Nós, Tleilaxu, acreditamos que em todo o universo só existe o apetite insaciável da matéria, que a energia é o único sólido de verdade. E a energia aprende. Preste atenção no que digo, princesa: a energia aprende. A isso chamamos poder.

– Vocês não me convenceram de que conseguiremos derrotar o imperador – disse Irulan.

– Não convencemos nem sequer a nós mesmos – falou Scytale.

– Para onde quer que nos voltemos – continuou Irulan –, somos confrontados pelo poder dele. É o Kwisatz Haderach, capaz de estar em muitos lugares ao mesmo tempo. É o Mahdi cujo capricho mais simples é uma ordem absoluta para seus missionários do Qizarate. É o Mentat dotado de uma mente computacional que supera os maiores computadores antigos. É Muad'Dib, cujas ordens às legiões fremen acabam despovoando planetas. Ele possui a visão oracular que enxerga o futuro. Tem a configuração genética que nós, Bene Gesserit, tanto desejamos...

– Conhecemos seus atributos – interrompeu-a a Reverenda Madre. – E sabemos que a abominação, sua irmã Alia, possui essa configuração genética. Mas também são seres humanos, os dois. Portanto, têm fraquezas.

– E onde estão essas fraquezas humanas? – perguntou o Dançarino Facial. – Devemos procurá-las no braço religioso de seu jihad? É possível virar os Qizara do imperador contra ele? E quanto à autoridade civil das Casas Maiores? O Congresso do Landsraad conseguiria fazer mais do que lançar um protesto verbal?

– Eu sugiro o Consórcio Honnête Ober Advancer Mercantiles – disse Edric, virando-se em seu tanque. – A companhia CHOAM é negócio, e o negócio segue o lucro.

– Ou talvez a mãe do imperador – completou Scytale. – Lady Jéssica, se entendi bem, continua em Caladan, mas mantém contato frequente com o filho.

– A cadela traiçoeira – disse Mohiam, sem alterar a voz. – Como eu queria renegar estas minhas mãos que a treinaram.

– Nossa conspiração precisa de uma alavanca – propôs Scytale.

– Somos mais que conspiradores – contrapôs a Reverenda Madre.

– Ah, sim – concordou Scytale. – Somos feitos de energia e aprendemos rápido, o que faz de nós a única e verdadeira esperança, a salvação certa da raça humana.

Messias de Duna

Falou na modalidade discursiva da convicção absoluta, o que talvez fosse o sarcasmo supremo, partindo, como partia, de um Tleilaxu.

Aparentemente, só a Reverenda Madre entendeu a sutileza.

– Por quê? – ela indagou, dirigindo a pergunta a Scytale.

Antes que o Dançarino Facial conseguisse responder, Edric pigarreou e disse:

– Não vamos ficar aqui trocando bobagens filosóficas. Todas as perguntas podem ser reduzidas a uma só: "Por que as coisas existem?". Todas as questões religiosas, comerciais e governamentais têm um único corolário: "Quem exercerá o poder?". Alianças, consórcios e complexos, todos perseguirão miragens, a menos que busquem o poder. O resto é bobagem, como muitos seres pensantes acabam percebendo.

Scytale encolheu os ombros, um gesto destinado exclusivamente à Reverenda Madre. Edric respondera por ele à pergunta que ela fizera. O idiota metido a pontificar era a maior fraqueza do grupo. Para garantir que a Reverenda Madre tinha entendido, Scytale disse:

– Prestando muita atenção no professor é que se aprende alguma coisa.

A Reverenda Madre concordou lentamente com a cabeça.

– Princesa, decida-se – continuou Edric. – Foi escolhida como um instrumento do destino, o mais refinado...

– Guarde os elogios para quem se deixa seduzir por eles – disse Irulan. – Ainda hoje você mencionou um fantasma, um espectro que podemos usar para contaminar o imperador. Explique-se.

– O Atreides derrotará a si mesmo! – crocitou Edric.

– Chega de enigmas! – gritou Irulan. – O que é esse tal fantasma?

– Um fantasma muito incomum – disse Edric. – Tem um corpo e um nome. O corpo é o de um renomado mestre-espadachim conhecido como Duncan Idaho. O nome...

– Idaho está morto – Irulan falou. – Paul lamentou muitas vezes a perda desse homem em minha frente. Ele viu Idaho morrer nas mãos dos Sardaukar de meu pai.

– Mesmo derrotados – disse Edric –, os Sardaukar de seu pai não perderam o juízo. Vamos supor que um ajuizado comandante dos Sardaukar tenha reconhecido o mestre-espadachim entre os cadáveres trucidados por seus homens. O que fazer? Há serventia para tal corpo e tal treinamento... desde que se aja com rapidez.

29

– Um ghola tleilaxu – sussurrou Irulan, olhando de lado para Scytale.

Scytale, observando a atenção que ela lhe dedicava, exerceu seus poderes de Dançarino Facial – uma forma passando a outra, movimentos e reajustes da pele. No mesmo instante, havia um homem mais esbelto diante dela. O rosto continuava arredondado, só que mais moreno e com feições ligeiramente achatadas. Os malares altos serviam de suporte para os olhos que, decididamente, ostentavam pregas epicânticas. Os cabelos eram pretos e indisciplinados.

– Um ghola com esta aparência – disse Edric, apontando Scytale.

– Ou simplesmente mais um Dançarino Facial? – perguntou Irulan.

– Nada de Dançarinos Faciais – respondeu Edric. – Um Dançarino Facial corre o risco de se expor sob monitoramento prolongado. Não, vamos supor que nosso ajuizado comandante dos Sardaukar tenha preservado o corpo de Idaho para os tanques axolotles. Por que não? Esse cadáver encerrava os músculos e os nervos de um dos melhores mestres-espadachins da história, um conselheiro dos Atreides, um gênio militar. Que desperdício perder todo esse treinamento e toda essa habilidade, sendo possível revivê-los para instruir os Sardaukar.

– Não ouvi sequer rumores a respeito disso, e eu estava entre os confidentes de meu pai – disse Irulan.

– Aah, mas seu pai era um homem derrotado e, daí a poucas horas, você seria vendida para o novo imperador – argumentou Edric.

– E o fizeram? – ela indagou.

Com um ar enfurecedor de complacência, Edric disse:

– Vamos supor que nosso ajuizado comandante dos Sardaukar, sabendo que era necessário agir com rapidez, tenha enviado imediatamente o corpo preservado de Idaho para os Bene Tleilax. Vamos supor ainda que o comandante e seus homens tenham morrido antes de passar essa informação a seu pai... De qualquer maneira, ele não teria muito o que fazer com ela. Restaria, portanto, uma evidência física, um pedaço de carne enviado aos Tleilaxu. Obviamente, só havia uma maneira de enviá-lo, ou seja, num paquete. Nós, da Guilda, naturalmente, estamos a par de toda carga que transportamos. Ao saber dessa em particular, não teríamos pensado ser ainda mais ajuizado adquirir o ghola como um presente digno de um imperador?

– Então vocês o fizeram – disse Irulan.

Messias de Duna

Scytale, que retomara seu aspecto rechonchudo, disse:

– Como nosso prolixo amigo deu a entender, nós o fizemos.

– Como é que Idaho foi condicionado? – Irulan perguntou.

– Idaho? – perguntou Edric, olhando para o Tleilaxu. – Conhece algum Idaho, Scytale?

– Vendemos a vocês uma criatura chamada Hayt – disse Scytale.

– Ah, sim... Hayt – fez Edric. – Por que foi que vocês o venderam a nós?

– Porque um dia criamos nosso próprio Kwisatz Haderach – respondeu Scytale.

Com um movimento rápido de sua cabeça idosa, a Reverenda Madre olhou para ele.

– Vocês não nos contaram! – acusou-o.

– Vocês não perguntaram – disse Scytale.

– Como foi que dominaram seu Kwisatz Haderach? – perguntou Irulan.

– Uma criatura que passou a vida criando uma representação particular de sua personalidade prefere morrer a se tornar a antítese dessa representação – respondeu Scytale.

– Não entendi – especulou Edric.

– Ele se matou – resmungou a Reverenda Madre.

– Entendeu-me perfeitamente, Reverenda Madre –, avisou Scytale, usando uma modalidade vocal que dizia: você não é um objeto sexual, nunca foi um objeto sexual, não pode ser um objeto sexual.

O Tleilaxu esperou a ênfase flagrante calar no espírito. Ela não podia interpretar a intenção dele de outra maneira. A percepção tinha de passar pela raiva e chegar à consciência de que o Tleilaxu certamente não poderia fazer uma acusação como aquela, conhecendo como devia conhecer os requisitos reprodutivos da Irmandade. Suas palavras, porém, encerravam um insulto sórdido, que divergia completamente do caráter de um Tleilaxu.

Prontamente, usando a modalidade conciliadora da mirabhasa, Edric tentou amenizar a situação.

– Scytale, você nos disse que vendeu Hayt porque partilhava conosco o desejo de usá-lo.

– Edric, fique calado até eu lhe dar permissão para falar – advertiu Scytale.

Frank Herbert

E, quando o membro da Guilda começou a protestar, a Reverenda Madre gritou:

– Cala a boca, Edric!

O membro da Guilda debateu-se, agitado, e recuou para o fundo de seu tanque.

– Nossas próprias emoções transitórias não são pertinentes a uma solução do problema comum – disse Scytale. – Elas anuviam o raciocínio, porque a única emoção relevante é o medo fundamental que nos trouxe a esta reunião.

– Entendemos – anuiu Irulan, olhando de relance para a Reverenda Madre.

– É forçoso que enxerguem as perigosas limitações de nosso escudo – insistiu Scytale. – O oráculo não encontra por acaso aquilo que não é capaz de compreender.

– Você é ardiloso, Scytale – falou Irulan.

A extensão de meu ardil ela não pode adivinhar, pensou Scytale. *Quando isto acabar, teremos um Kwisatz Haderach que conseguiremos controlar. Esses aí não terão nada.*

– De onde saiu seu Kwisatz Haderach? – a Reverenda Madre perguntou.

– Trabalhamos com várias essências puras – explicou Scytale. – A pureza do bem e a pureza do mal. Um vilão em estado puro que se delicia apenas provocando a dor e o terror pode ser bastante instrutivo.

– O velho barão Harkonnen, o avô de nosso imperador, ele era uma criação dos Tleilaxu? – perguntou Irulan.

– Não era uma das nossas – respondeu Scytale. – Mas, até aí, a natureza costuma produzir criações tão mortíferas quanto as nossas. Nós só as produzimos em condições nas quais possamos estudá-las.

– Não serei ignorado e tratado desta maneira! – Edric protestou. – Quem é que esconde esta reunião da...

– Estão vendo? – perguntou Scytale. – De quem é o melhor juízo que nos oculta? Qual juízo?

– Quero discutir a maneira como vamos entregar Hayt ao imperador – insistiu Edric. – Se bem entendo, Hayt espelha o antigo código moral que o Atreides aprendeu em seu planeta natal. Hayt deve facilitar a ampliação da natureza moral do imperador, a delimitação dos elementos positivos- -negativos da vida e da religião.

Messias de Duna

Scytale sorriu, lançando sobre os companheiros um olhar benigno. Eram como ele havia sido levado a esperar. A idosa Reverenda Madre usava suas emoções feito uma foice. Irulan tinha sido bem treinada para uma tarefa na qual havia fracassado, uma criação defeituosa das Bene Gesserit. Edric não era mais (e nem menos) que a mão do mágico: capaz de ocultar e distrair. Por ora, Edric voltara a cair num silêncio taciturno enquanto os demais o ignoravam.

– Devo entender que esse Hayt foi criado para envenenar a psique de Paul? – perguntou Irulan.

– Mais ou menos – respondeu Scytale.

– E quanto ao Qizarate? – perguntou Irulan.

– Basta um ligeiro deslocamento da ênfase, uma glissada das emoções, para transformar a inveja em inimizade – falou Scytale.

– E a CHOAM? – Irulan perguntou.

– Ficará do lado onde estiver o lucro – disse Scytale.

– E os outros grupos hegemônicos?

– Invoca-se o nome do governo – respondeu Scytale. – Anexaremos os menos poderosos em nome da moral e do progresso. Nossa oposição morrerá graças a suas próprias complicações.

– Alia também?

– Hayt é um ghola com mais de uma finalidade – falou Scytale. – A irmã do imperador está numa idade tal que pode se deixar distrair por um homem encantador, projetado com esse fim. Ela se verá atraída por sua masculinidade e habilidades como Mentat.

Mohiam deixou que seus olhos idosos se arregalassem de surpresa.

– O ghola é um Mentat? É uma manobra perigosa.

– Para ser preciso, um Mentat tem de receber dados precisos – disse Irulan. – E se Paul pedir que ele defina o motivo de nosso presente?

– Hayt dirá a verdade – explicou Scytale. – Não fará a menor diferença.

– Assim vocês deixam uma escapatória para Paul – deduziu Irulan.

– Um Mentat! – murmurou Mohiam.

Scytale olhou para a idosa Reverenda Madre e enxergou os preconceitos antigos que matizavam suas reações. Desde a época do Jihad Butleriano, quando as "máquinas pensantes" foram varridas de boa parte do universo, os computadores inspiravam desconfiança. Emoções antigas também matizavam o computador humano.

– Não gosto da maneira como você sorri – Mohiam disse repentinamente, falando com a modulação da verdade ao fulminar Scytale com os olhos.

Usando a mesma modulação, Scytale falou:

– E eu não estou nem aí se você gosta ou não. Mas temos de trabalhar juntos. Todos vemos essa necessidade. – Olhou para o membro da Guilda. – Não é, Edric?

– Suas lições são dolorosas – disse Edric. – Suponho que você queria deixar claro que eu não posso fazer valer minhas opiniões sobre os juízos combinados de meus colegas conspiradores.

– Viram? É possível educá-lo – disse Scytale.

– Também vejo outras coisas – Edric resmungou. – O Atreides detém o monopólio da especiaria. Sem ela, não consigo sondar o futuro. As Bene Gesserit perdem seu sentido para a verdade. Temos nossos estoques, mas eles não são infinitos. O mélange é uma moeda de troca forte.

– Nossa civilização tem mais de uma moeda – Scytale falou. – Portanto, a lei da oferta e da procura não funciona.

– Está pensando em roubar o segredo – Mohiam ofegou. – E ele tem um planeta guardado por aqueles fremen malucos!

– Os fremen são civilizados, educados e ignorantes – disse Scytale. – Não são malucos. São treinados para acreditar, não para conhecer. A fé pode ser manipulada. Só o conhecimento é perigoso.

– Mas me restará alguma coisa para fundar uma dinastia real? – Irulan perguntou.

Todos ouviram o compromisso na voz dela, mas só Edric sorriu diante dessa constatação.

– Alguma coisa – disse Scytale. – Alguma coisa.

– Será o fim desse Atreides como força dominante – comentou Edric.

– Imagino que outras pessoas não tão dotadas de poderes oraculares já tenham previsto isso – declarou Scytale. – Para elas, *mektub al melá*, como dizem os fremen.

– A coisa foi escrita com sal – traduziu Irulan.

Quando ela falou, Scytale identificou o que as Bene Gesserit haviam colocado ali para ele – uma mulher bela e inteligente que nunca seria sua. *Ah, bem*, ele pensou, *talvez eu a copie para outra pessoa.*

Toda civilização tem de pelejar com uma força inconsciente capaz de bloquear, delatar ou revogar praticamente qualquer intenção consciente da coletividade.

– Teorema Tleilaxu (não demonstrado)

Paul sentou-se na beirada da cama e começou a tirar as botinas. Cheiravam mal por causa do lubrificante que facilitava a ação das bombas movidas pelos calcanhares que faziam seu trajestilador funcionar. Era tarde. Ele prolongara sua caminhada noturna e deixara preocupados aqueles que o amavam. Sim, as caminhadas eram perigosas, mas era um tipo de perigo que ele era capaz de reconhecer e enfrentar diretamente. Havia algo de irresistível e sedutor nas caminhadas anônimas e noturnas pelas ruas de Arrakina.

Jogou as botinas num canto, sob o solitário luciglobo do quarto, e pôs-se a desatar as tiras que vedavam seu trajestilador. Deuses das profundezas, como estava cansado! Mas o cansaço cessava em seus músculos e deixava sua mente em ebulição. Assistir às atividades corriqueiras da vida cotidiana o enchia de profunda inveja. A maior parte daquela vida anônima que circulava fora das muralhas de seu Forte não era para um imperador – mas... percorrer a pé uma rua pública sem chamar a atenção: que privilégio! Passar pelo clamor dos peregrinos mendicantes, escutar um fremen xingar um lojista: "Você tem as mãos úmidas!"...

Paul sorriu diante dessa lembrança, desvencilhou-se do trajestilador.

Ficou ali, nu e estranhamente em sintonia com seu mundo. Duna era agora um planeta paradoxal – um planeta assediado, mas, ainda assim, o centro do poder. Ele tinha chegado à conclusão de que o assédio era a sina inevitável do poder. Olhou para baixo, para o tapete verde, sentiu a textura rude nas solas dos pés.

Nas ruas, a areia ia pelos tornozelos, areia que o vento estrato soprara por cima da Muralha-Escudo. O trânsito dos pedestres a havia revirado e transformado numa poeira asfixiante que entupia os filtros dos

Frank Herbert

trajestiladores. Mesmo agora, ele ainda sentia o cheiro do pó, apesar da turbolimpeza nos portais de seu Forte. Era um odor carregado de lembranças do deserto.

Outros tempos... outros perigos.

Em comparação com aqueles outros tempos, o perigo de suas caminhadas solitárias ainda era insignificante. Mas, ao vestir um trajestilador, ele vestia o deserto. O traje, com todo o aparato projetado para recuperar a umidade de seu corpo, conduzia seus pensamentos com sutileza, ajustava seus movimentos a um padrão do deserto. Ele se tornava um fremen bravio. Mais que um disfarce, o traje fazia dele um estranho a sua identidade citadina. Dentro do trajestilador, ele abandonava a segurança e revestia-se com as antigas artes da violência. Nessas ocasiões, os peregrinos e a gente da cidade passavam por ele de olhos baixos. Era por prudência que eles deixavam os selvagens rigorosamente em paz. Se, para as pessoas da cidade, o deserto tinha um rosto, era o rosto de um fremen oculto pelos filtros nasobucais de um trajestilador.

Na verdade, existia agora somente o risco menor de que alguém dos velhos tempos de *sietch* o identificasse pelo andar, pelo cheiro ou pelos olhos. Ainda assim, a probabilidade de encontrar um inimigo ainda era pequena.

Um farfalhar das cortinas que serviam de porta e um rastro de luz interromperam seu devaneio. Chani entrou, trazendo-lhe o aparelho de café numa bandeja de platina. Dois luciglobos cativos entraram atrás dela e dispararam para suas posições: um à cabeceira da cama do casal, o outro pairando ao lado dela e iluminando o que ela fazia.

Chani movia-se com um ar atemporal de força e fragilidade – tão autossuficiente, tão vulnerável. Algo na maneira como ela se debruçava sobre o aparelho de café o fez lembrar seus primeiros dias juntos. As feições dela ainda eram de fada morena, aparentemente intocadas pelos anos – a não ser que lhe examinassem os cantos externos dos olhos sem nada de branco e reparassem nas rugas: "rastros na areia", eram chamadas pelos fremen do deserto.

O vapor se elevou da cafeteira quando ela ergueu a tampa, segurando-a pelo puxador de esmeralda hagaliana. Ele deduziu que o café ainda não estava pronto pela maneira como ela devolveu a tampa ao lugar. A cafeteira – uma forma feminina, grávida, de prata canelada – chegara até

Messias de Duna

ele como *ghanima*, um espólio de batalha, obtido quando ele matara o proprietário anterior em combate singular. Jamis, era o nome do homem... Jamis. Que estranha imortalidade a morte havia conquistado para Jamis. Sabendo que a morte era inevitável, teria Jamis levado especificamente aquela em sua mão?

Chani arranjou as xícaras: todas de cerâmica azul, agachadas feito criados sob a imensa cafeteira. Eram três as xícaras: uma para cada pessoa que beberia o café e uma para todos os donos anteriores.

– Só um instante – ela disse.

Foi então que ela olhou para ele, e Paul se perguntou como ele pareceria aos olhos dela. Seria ainda o forasteiro exótico de um outro mundo, esguio e musculoso, mas rico em água se comparado aos fremen? Continuaria a ser o Usul de seu nome tribal, que a havia tomado no "*tau* dos fremen" quando eram fugitivos no deserto?

Paul baixou os olhos e fitou o próprio corpo: músculos rijos, esbelto... algumas cicatrizes novas, mas basicamente o mesmo, apesar dos doze anos passados como imperador. Erguendo o olhar, viu de relance seu rosto num espelho da prateleira: os olhos fremen, de azul sobre azul, um sinal de que dependia da especiaria; o nariz pronunciado dos Atreides. Parecia ser o neto perfeito de um Atreides que morrera na arena de touros para brindar sua gente com um espetáculo.

Uma coisa que o velho dissera se insinuou na mente de Paul: "*Quem governa assume uma responsabilidade irrevogável pelos governados. Você é um fazendeiro. Isso exige, em certos momentos, um ato de amor altruísta que talvez pareça apenas divertido para aqueles a quem você governa*".

As pessoas ainda se lembravam daquele velho com afeto.

E o que foi que fiz pelo nome dos Atreides?, Paul se perguntou. *Soltei o lobo entre as ovelhas.*

Por um instante, ele contemplou toda morte e violência que ocorriam em seu nome.

– Já para a cama! – disse Chani, num tom vigoroso de comando que, como Paul sabia, teria chocado seus súditos imperiais.

Ele obedeceu, deitou-se com as mãos atrás da cabeça, deixando-se embalar pela familiaridade agradável dos movimentos de Chani.

O quarto onde estavam, de repente, pareceu-lhe tão engraçado. Não era de modo algum como o populacho certamente imaginava o quar-

Frank Herbert

to de dormir do imperador. A luz amarela dos luciglobos inquietos deslocava as sombras de uma série de jarros de vidro colorido sobre uma prateleira atrás de Chani. Paul fez o inventário dos jarros, sem dizer palavra – os ingredientes secos da farmacopeia do deserto, unguentos, incenso, recordações... uma pitada da areia de Sietch Tabr, uma mecha dos cabelos de seu primeiro filho... morto havia tempos... havia doze anos... um inocente morto na batalha que fizera de Paul o imperador.

O odor penetrante de café de especiaria tomou o quarto. Paul inalou, e seu olhar recaiu sobre uma tigela amarela ao lado da bandeja onde Chani preparava o café. A tigela continha amendoins. O inevitável farejador de venenos instalado sob a mesa passou seus braços de inseto por cima da comida. O farejador o irritava. Nunca precisaram de farejadores quando viveram no deserto!

– O café está pronto – falou Chani. – Está com fome?

A resposta negativa e zangada de Paul foi abafada pelo grito sibilante de um cargueiro de especiaria que partiu do campo à entrada de Arrakina e lançou-se na direção do espaço.

Mas Chani viu que ele estava zangado, serviu o café, colocou uma xícara perto da mão dele. Ela se sentou ao pé da cama, expôs as pernas dele, começou a massageá-las nos pontos onde os músculos formavam nódulos de tanto andar com o trajestilador. Baixinho, com um ar de casualidade que não o enganou, ela disse:

– Vamos discutir o desejo de Irulan de ter um filho.

Os olhos de Paul abriram-se de repente. Ele observou Chani com cuidado.

– Não faz nem dois dias que Irulan voltou de Wallach. Ela já foi azucrinar você?

– Não discutimos as frustrações dela – disse Chani.

Paul obrigou sua mente a ficar em estado de alerta, examinou Chani à luz dura das minúcias da observação, a Doutrina Bene Gesserit que a mãe lhe ensinara, violando seus votos. Era uma coisa que ele não gostava de fazer com Chani. Parte do encanto que ela exercia sobre ele residia no fato de ser tão raro Paul precisar usar com ela seu poder de identificar a tensão crescente. Chani, em geral, evitava as perguntas indiscretas. Era fiel ao conceito fremen de boas maneiras. Suas perguntas costumavam ser práticas. O que interessava a Chani eram os fatos relacionados à posição de seu ho-

Messias de Duna

mem – a força dele no Conselho, a lealdade de suas legiões, as habilidades e os talentos de seus aliados. Ela guardava na memória catálogos de nomes, pormenores e suas referências cruzadas. Era capaz de recitar rapidamente as principais fraquezas de cada inimigo conhecido, os possíveis preparativos das forças opositoras, os planos de batalha de seus líderes militares, o instrumental e as capacidades produtivas das indústrias de base.

Por que então, Paul se perguntou, ela indagava a respeito de Irulan?

– Causei-lhe aborrecimento – disse Chani. – Não foi essa minha intenção.

– E qual foi sua intenção?

Ela sorriu timidamente, enfrentando o olhar dele.

– Se está zangado, meu amor, por favor, não esconda.

Paul voltou a afundar na cabeceira da cama.

– Devo repudiar Irulan? – ele perguntou. – Sua serventia agora é limitada e não gosto das coisas que estou captando a respeito dessa viagem ao planeta-sede da Irmandade.

– Não a repudie – respondeu Chani. Continuou massageando as pernas dele e falou prosaicamente: – Você já disse muitas vezes que ela é seu contato com nossos inimigos, que você consegue decifrar os planos deles nas ações dela.

– Então por que pergunta a respeito do desejo de Irulan de ter um filho?

– Acho que nossos inimigos ficariam desconcertados e Irulan estaria numa posição vulnerável se você a engravidasse.

Pelos movimentos das mãos dela em suas pernas, ele entendeu o que aquela declaração custara a Chani. Formou-se um nó em sua garganta. Baixinho, ele disse:

– Chani, querida, jurei nunca levar Irulan para a cama. Um filho daria a ela poder em demasia. Quer que ela tome o lugar que é seu?

– Eu não tenho lugar.

– Nada disso, Sihaya, minha primavera no deserto. Para que essa preocupação repentina com Irulan?

– Preocupo-me com você, e não com ela! Se ela esperasse um filho Atreides, os amigos dela questionariam sua lealdade. Quanto menos nossos inimigos confiarem nela, menor será sua utilidade para eles.

– Um filho de Irulan poderia ser a sua morte, Chani – disse Paul. – Sabe como são as tramas neste lugar. – Abarcou o Forte com um movimento do braço.

Frank Herbert

– Você precisa de um herdeiro! – ela crocitou.

– Aaah.

Então era isto: Chani não lhe dera um filho. Portanto, outra pessoa tinha de fazê-lo. Por que não Irulan? Era assim que funcionava a mente de Chani. E tinha de ser o fruto de um ato de amor, pois todo o Império tinha, reconhecidamente, fortes tabus contra os métodos artificiais. Chani chegara a uma decisão fremen.

Paul examinou-lhe o rosto sob essa nova luz. Era um rosto que, de certo modo, ele conhecia melhor que o seu próprio. Ele vira aquele rosto enternecido de paixão, na suavidade do sono, tomado por temores, zangas e tristezas.

Ele fechou os olhos, e Chani reapareceu em suas lembranças como menina – coberta de primavera, cantando, despertando ao lado dele –, tão perfeita que, só de vê-la, ele se deixava consumir. Em sua memória, ela sorria... tímida, a princípio, depois digladiando-se com a visão, como se ansiasse fugir.

A boca de Paul ficou seca. Por um instante, suas narinas provaram a fumaça de um futuro devastado e a voz de uma outra espécie de visão que o mandava se desvencilhar... desvencilhar... desvencilhar. Suas visões proféticas bisbilhotavam a eternidade havia tanto tempo, captando fragmentos de idiomas estrangeiros, escutando pedras e corpos que não eram o seu. Desde o dia em que confrontara pela primeira vez seu propósito terrível, ele vinha perscrutando o futuro, esperando encontrar paz.

Havia uma maneira, claro. Ele a conhecia de cor, sem conhecer-lhe o coração – um futuro maquinal, rígido nas instruções que dava a ele: desvencilhe-se, desvencilhe-se, desvencilhe-se...

Paul abriu os olhos, encarou a determinação no rosto de Chani. Ela já não lhe massageava mais as pernas, estava imóvel, ali sentada, fremen até a alma. Suas feições continuavam familiares sob o lenço nezhoni azul que ela costumava usar nos cabelos na privacidade dos aposentos do casal. Mas a máscara de determinação se acomodara em seu rosto, um jeito antigo e, para ele, alienígena de pensar. As mulheres fremen dividiam seus homens havia milhares de anos – nem sempre pacificamente, mas de maneira a não tornar o fato algo destrutivo. Alguma coisa assim, misteriosamente fremen, dera-se dentro de Chani.

– Você irá me dar o único herdeiro que desejo – ele disse.

Messias de Duna

– Você viu isso? – ela perguntou, deixando evidente, pela ênfase com que o disse, que se referia à presciência.

Como já fizera várias vezes, Paul se perguntou como explicar a delicadeza do oráculo, as inúmeras linhas de Tempo que a visão brandia diante dele num tecido ondulante. Suspirou, lembrou-se da água de um rio recolhida no oco de suas mãos – trêmula, a escoar. A memória encharcou o rosto dele nessa água. Como ele poderia se encharcar em futuros cada vez mais obscuros graças à pressão de um número excessivo de oráculos?

– Você não *viu* isso então – disse Chani.

Aquele futuro-visão ao qual ele mal tinha acesso agora, a não ser que fizesse um esforço capaz de lhe exaurir a vida, o que poderia lhes mostrar além de desgosto?, Paul se perguntou. Era como se ocupasse uma zona intermediária inóspita, um lugar devastado onde suas emoções estavam à deriva, oscilavam, arrastadas para fora numa agitação desenfreada.

Chani cobriu as pernas dele e falou:

– Um herdeiro para a Casa Atreides não é algo para se deixar por conta do acaso ou de uma única mulher.

Era algo que sua mãe poderia ter dito, Paul pensou. Imaginou se lady Jéssica andara se comunicando secretamente com Chani. Sua mãe pensaria na Casa Atreides. Era um padrão que as Bene Gesserit haviam engendrado e inculcado nela pelo condicionamento e que ainda valia mesmo então, com todas as forças de Jéssica dirigidas contra a Irmandade.

– Você escutou tudo quando Irulan me procurou hoje – ele a acusou.

– Escutei.

Ela falou sem olhar para ele.

Paul concentrou sua memória no encontro com Irulan. Ele tinha entrado por acaso no salão da família, reparado num manto ainda por terminar no tear de Chani. O lugar tinha um odor acre de verme, um cheiro ruim que quase chegava a esconder o aroma picante e subjacente de canela do mélange. Alguém havia derramado a essência inalterada da especiaria e a deixado ali para combinar com um tapete feito de especiaria. Não fora uma combinação feliz. A essência da especiaria dissolvera o tapete. Marcas oleosas haviam coagulado no assoalho de pedraplás, onde antes estivera o tapete. Ele cogitou mandar chamar alguém para limpar aquela bagunça, mas Harah, esposa de Stilgar e amiga mais chegada de Chani, entrou para anunciar Irulan.

Foi obrigado a conduzir a entrevista com aquele cheiro ruim no ar, incapaz de se esquivar da superstição fremen de que os cheiros ruins pressagiavam catástrofes.

Harah retirou-se quando Irulan entrou.

– Seja bem-vinda – disse Paul.

Irulan vestia um manto de pele de baleia cinzenta. Envolveu-se um pouco mais nele, levou uma das mãos aos cabelos. Era visível que ela estava intrigada com seu tom de voz conciliatório. Era possível sentir que as palavras zangadas que ela obviamente tinha preparado para aquele encontro deixavam a mente de Irulan num rebuliço de reconsiderações.

– Você veio me contar que a Irmandade perdeu os últimos resquícios de moralidade – ele se antecipou.

– Não é perigoso ser tão ridículo? – ela perguntou.

– Ridículo e perigoso, uma aliança questionável.

Seu treinamento clandestino de Bene Gesserit detectou que ela reprimia o impulso de se retirar. O esforço expôs um vislumbre rápido de medo subjacente, e ele viu que ela fora incumbida com uma tarefa que não a agradava.

– Esperam um pouco demais de uma princesa de sangue real – ele disse.

Irulan ficou extremamente imóvel, e Paul percebeu que ela havia se fechado numa espécie de morsa de autocontrole. Um fardo realmente pesado, ele pensou. E perguntou-se por que as visões prescientes não haviam lhe trazido nenhum vislumbre daquele futuro possível.

Aos poucos, Irulan foi relaxando. Chegara à conclusão de que não havia por que se entregar ao medo, não havia por que bater em retirada.

– Você deixou o tempo atmosférico seguir um padrão muito primitivo – ela comentou, esfregando os braços por baixo do manto. – Estava seco e houve uma tempestade de areia hoje. Nunca vai permitir que chova aqui?

– Você não veio aqui falar do tempo.

Paul viu-se imerso em duplos sentidos. Irulan estaria tentando lhe contar alguma coisa que o treinamento dela não lhe permitia dizer em público? Parecia que sim. Era como se o tivessem repentinamente lança-

Messias de Duna

do ao sabor da corrente e ele agora tivesse de nadar contra a maré e voltar a um lugar seguro.

– Eu preciso ter um filho.

Ele balançou a cabeça de um lado para o outro.

– Terei o que eu quero! – ela gritou. – Se for necessário, encontrarei outro pai para meu filho. Vou botar chifres em sua testa e quero ver você ter a audácia de me denunciar.

– Pode me botar os chifres que quiser, mas nada de filhos.

– Como é que você vai me impedir?

Com um sorriso de extrema gentileza, ele falou:

– Eu a mandaria estrangular, se chegasse a esse ponto.

Ela se viu presa de um silêncio escandalizado por um momento, e Paul percebeu que Chani escutava atrás das cortinas pesadas que levavam a seus aposentos particulares.

– Sou sua esposa – murmurou Irulan.

– Vamos parar com esses joguinhos idiotas. Você desempenha um papel, só isso. Nós dois sabemos quem é minha esposa.

– E eu sou apenas uma conveniência, nada mais – ela falou, com a voz cheia de rancor.

– Não tenho a menor vontade de ser cruel com você.

– Você me escolheu para ocupar esta posição.

– Eu, não – ele retrucou. – O destino a escolheu. Seu pai a escolheu. As Bene Gesserit a escolheram. A Guilda a escolheu. E eles a escolheram de novo. Para que a escolheram, Irulan?

– Por que não posso ter um filho seu?

– Porque eis aí um papel para o qual você não foi escolhida.

– É meu direito dar à luz o herdeiro real! Meu pai foi...

– Seu pai foi e é um animal. Nós dois sabemos que ele perdeu praticamente todo o contato com a humanidade que deveria governar e proteger.

– E por acaso o odiavam menos do que odeiam você? – ela atacou.

– Boa pergunta – ele concordou, e um sorriso zombeteiro resvalou os cantos de sua boca.

– Você diz não ter a menor vontade de ser cruel comigo, mas...

– E é por isso que aceito que você tenha quem quiser como amante. Mas veja bem: arranje um amante, mas não traga para minha casa nenhum filho espúrio. Eu renegaria a criança. Não me recuso a permitir que você se

Frank Herbert

una a outros homens, contanto que mantenha a discrição... e não tenha filhos. Seria estupidez me sentir de qualquer outra maneira nessas circunstâncias. Mas não abuse dessa permissão que concedo com tanta generosidade. No que diz respeito ao trono, eu decido quem o herdará. Não as Bene Gesserit, nem a Guilda. É um dos privilégios que conquistei ao esmagar as legiões de Sardaukar de seu pai lá fora, na Planície de Arrakina.

– A culpa será sua, então – disse Irulan, girando nos calcanhares e saindo majestosamente do aposento.

Rememorando o encontro naquele momento, Paul extraiu de lá sua percepção e concentrou-se em Chani, sentada a seu lado na cama. Ele entendia os próprios sentimentos ambivalentes em relação a Irulan, entendia a decisão fremen de Chani. Em outras circunstâncias, Chani e Irulan poderiam ter sido amigas.

– O que decidiu? – Chani perguntou.

– Nada de filhos – ele respondeu.

Chani fez o sinal fremen da dagacris com o indicador e o polegar da mão direita.

– Poderia chegar a esse ponto – ele concordou.

– Não acha que um filho resolveria as coisas com Irulan? – ela perguntou.

– Só um idiota pensaria assim.

– Não sou idiota, meu amor.

Ele foi tomado pela raiva.

– Nunca disse que era! Mas não estamos discutindo um maldito romance água com açúcar. É uma princesa de verdade o que temos ali no fim do corredor. Ela foi criada em meio a todas as intrigas asquerosas de uma corte imperial. Para ela, tramar é algo tão natural quanto escrever suas histórias imbecis!

– Não são imbecis, meu amor.

– Provavelmente não. – Controlou a raiva, tomou a mão dela na sua. – Desculpe-me. Mas essa mulher é cheia de tramas: tramas dentro de tramas. Se ceder a uma de suas ambições, talvez você venha a fomentar uma outra.

Com voz conciliatória, Chani falou:

– Não é o que sempre digo?

– Sim, claro que sim. – Ele a fitou. – Então, o que está realmente tentando me dizer?

Ela se deitou ao lado dele, levou a mão à garganta de Paul.

Messias de Duna

– Eles decidiram como vão combater você – ela disse. – Irulan fede a decisões secretas.

Paul afagou-lhe os cabelos.

Chani havia removido as camadas de entulho.

Ele foi varrido por seu propósito terrível. Era uma ventania de Coriolis em sua alma, que percorria aos silvos toda a estrutura de seu ser. Naquele momento, seu corpo ficou sabendo de coisas jamais conhecidas pela consciência.

– Chani, querida – ele sussurrou –, sabe o que eu daria para pôr um fim ao jihad para me afastar da maldita divindade que o Qizarate me impõe?

Ela estremeceu.

– Basta você dar a ordem – disse.

– Ah, não. Mesmo se eu morresse agora, meu nome ainda iria comandá-los. Quando penso no nome Atreides atrelado a essa carnificina religiosa...

– Mas você é o imperador! Tem...

– Sou um títere. Quando a divindade é concedida, eis aí a única coisa que o suposto deus já não controla mais.

Foi sacudido por uma risada amarga. Sentiu que o futuro lhe devolvia o olhar, partindo de dinastias nem sequer sonhadas. Pareceu-lhe que seu ser era desterrado, em prantos, liberto das argolas do destino: somente seu nome continuava.

– Fui escolhido. Talvez ao nascer... certamente antes de poder decidir por mim mesmo. Fui escolhido.

– Então desfaça a escolha.

Ele abraçou com mais força o ombro dela.

– Em seu devido tempo, querida. Dê-me um pouco mais de tempo.

Lágrimas não derramadas ardiam nos olhos de Paul.

– Devíamos voltar para Sietch Tabr – disse Chani. – Há muito com o que pelejar nesta tenda de pedra.

Ele fez que sim, roçando o queixo no tecido macio do lenço que cobria os cabelos dela. O cheiro reconfortante de especiaria que ela exalava encheu-lhe as narinas.

Sietch. A antiga palavra chakobsa o absorveu: um lugar para onde se retirar e ficar em segurança em momentos de perigo. A sugestão de Chani o deixou com saudade da imensidão do deserto aberto, das distâncias desimpedidas onde era possível ver o inimigo chegar de muito longe.

– As tribos esperam o retorno de Muad'Dib – ela falou. Ergueu a cabeça e olhou para ele. – Você pertence a nós.

– Eu pertenço a uma visão – ele murmurou.

Pensou, então, no jihad, na mistura genética que varava parsecs e na visão que lhe dizia o que fazer para acabar com aquilo. Deveria pagar o preço? Toda a hostilidade iria evaporar, extinguir-se como o fogo – brasa por brasa. Mas... ah! O preço aterrador!

Nunca quis ser um deus, pensou. *Eu só queria desaparecer feito uma joia de orvalho ínfimo, surpreendida pela manhã. Queria escapar dos anjos e dos malditos – sozinho... como que por descuido.*

– Vamos voltar ao sietch? – insistiu Chani.

– Sim – ele sussurrou.

E pensou: *Tenho de pagar o preço.*

Chani soltou um suspiro profundo, voltou a se acomodar junto dele.

Perdi tempo, ele pensou. E viu como o haviam cercado os limites do amor e o jihad. E o que era uma vida, por mais querida que fosse, em contraste com todas as vidas que o jihad certamente tomaria? Era possível comparar o infortúnio de um só com a agonia das multidões?

– Amor? – disse Chani, inquisitivamente.

Ele cobriu os lábios dela com uma das mãos.

Vou me entregar, ele pensou. *Sair correndo enquanto ainda tenho forças, atravessar voando um espaço que uma ave não poderia encontrar.* Era um pensamento inútil, e ele sabia disso. O jihad seguiria seu espírito.

O que poderia responder?, ele se perguntou. Como explicar, se as pessoas o acusavam com insensatez brutal? Quem entenderia?

Eu só queria olhar para trás e dizer: "Lá está! Lá está uma existência incapaz de me conter. Vejam! Desapareço! Nenhuma amarra, nenhuma rede de criação humana conseguirá me prender outra vez. Renuncio à minha religião! Este instante glorioso é meu! Estou livre!".

Palavras ocas!

– Avistaram um verme grande logo abaixo da Muralha-Escudo ontem – comentou Chani. – Mais de cem metros de comprimento, estão dizendo. É raro um assim tão grande entrar nesta região nos dias de hoje. Imagino que a água os repele. Dizem que esse veio chamar Muad'Dib para voltar ao deserto que é seu lar. – Beliscou o peito dele. – Não ria de mim!

Messias de Duna

– Não estou rindo.

Paul, admirado com a persistente mitologia fremen, sentiu o coração apertado, algo que infligiam a sua linha da vida: *adab*, a lembrança exigente. Lembrou-se, então, de seu quarto de menino em Caladan... noite escura no aposento de pedra... uma visão! Tinha sido um de seus primeiros momentos prescientes. Sentiu sua mente mergulhar na visão, viu através de uma nuvem-lembrança (uma visão dentro da outra) uma fila de fremen, os mantos arrematados pelo pó. Desfilavam por uma abertura num paredão de rocha alto. Carregavam um fardo comprido e envolto em tecido.

E Paul se ouviu dizer na visão:

– Foi sobretudo uma delícia... mas você foi a maior de todas as delícias... A adab o soltou.

– Está tão quieto – murmurou Chani. – O que foi?

Paul estremeceu, sentou-se na cama, desviando o rosto.

– Está zangado porque eu fui à orla do deserto – disse Chani.

Ele chacoalhou a cabeça, sem dizer palavra.

– Só fui até lá porque queria um filho – explicou Chani.

Paul não conseguia falar. Sentiu que era consumido pela força bruta daquela primeira visão. Propósito terrível! Naquele momento, sua vida inteira era um galho abalado pela partida de um pássaro... e o pássaro era o *acaso*. Livre-arbítrio.

Sucumbi ao fascínio do oráculo, pensou.

E percebeu que sucumbir a esse fascínio talvez fosse se prender a uma vida de via única. Seria possível, ele se perguntou, que o oráculo não *predissesse* o futuro? Seria possível que o oráculo *criasse* o futuro? Teria exposto sua vida a uma teia de fios subjacentes, se deixado capturar ali, naquele despertar, tempos atrás, vítima de um futuro-aranha que mesmo então avançava para cima dele com suas mandíbulas apavorantes?

Um provérbio das Bene Gesserit insinuou-se em sua mente: *Usar de força bruta é tornar-se infinitamente vulnerável a forças maiores.*

– Sei que isso o irrita – disse Chani, tocando-lhe o braço. – É verdade que as tribos reviveram os ritos antigos e os sacrifícios, mas não participei deles.

Paul inspirou fundo e estremecidamente. A torrente de sua visão se desfez, tornou-se um lugar profundo e tranquilo, cujas correntes se deslocavam com uma força cativante para fora de seu alcance.

Frank Herbert

– Por favor – implorou Chani. – Eu quero um filho, nosso filho. É uma coisa assim tão terrível?

Paul acariciou-lhe o braço, encostado ao seu. Deixou a cama, apagou os luciglobos, foi até a janela da sacada e abriu as cortinas. O deserto profundo ali só se intrometia com seus odores. Uma parede sem janelas diante dele elevava-se em direção ao céu noturno. O luar entrava obliquamente num jardim fechado, árvores sentinelas e folhas largas, arbustos molhados. Dava para ver um tanque de peixes a refletir as estrelas por entre as folhas, bolsões de resplandecência floral e branca em meio às sombras. Por um momento, enxergou o jardim com os olhos de um fremen: alienígena, ameaçador, perigoso, porque desperdiçava água.

Pensou nos vendedores de água que tiveram o modo de vida deles destruído pela providência generosa de suas mãos. Odiavam-no. Ele assassinara o passado. E havia outros, até mesmo aqueles que lutavam pelos solaris para comprar a preciosa água, que o odiavam por ter mudado os velhos costumes. Na mesma medida em que o padrão ecológico imposto por Muad'Dib recriava a paisagem do planeta, a resistência humana aumentava. Ele se perguntou se não seria presunção pensar que conseguiria refazer um planeta inteiro – todas as coisas crescendo onde e como ele as mandasse crescer? Mesmo se tivesse êxito, e quanto ao universo que aguardava lá fora? Será que temia o mesmo tratamento?

Fechou as cortinas de repente, vedou os ventiladores. Voltou-se para Chani no escuro, sentiu que ela esperava ali. Os hidroanéis que ela usava tilintaram feito as sinetas de esmolar dos peregrinos. Ele andou às cegas na direção do som, encontrou-a de braços estendidos.

– Querido – ela sussurrou. – Eu o aborreci?

Os braços de Chani envolveram-lhe o futuro ao envolvê-lo.

– Você, não – ele disse. – Ah... você, não.

O advento do escudo gerador de campo e da armalês, bem como da interação explosiva dos dois, letal para quem ataca e para quem é atacado, estabeleceu os fatores que atualmente determinam a tecnologia armamentista. Não precisamos discutir o papel especial das armas atômicas. É verdade, o fato de qualquer Família de meu Império poder usar suas armas atômicas de maneira a destruir as bases planetárias de cinquenta outras famílias ou mais causa um certo nervosismo. Mas todos nós temos planos preventivos para uma retaliação devastadora. A Guilda e o Landsraad têm a chave para conter essa força. Não, minha preocupação é o desenvolvimento de seres humanos como armas especiais. Eis aí um campo praticamente ilimitado que algumas potências estão desenvolvendo.

– Muad'Dib: "Preleção à Escola Superior de Guerra", excerto da Crônica de Stilgar

O velho estava à entrada de sua casa, esquadrinhando a rua com seus olhos de azul sobre azul. Olhos velados por aquela desconfiança inata que toda a gente do deserto nutria pelos estrangeiros. Rugas rancorosas torturavam-lhe os cantos da boca, que se entrevia sob uma franja de barba branca. Não usava trajestilador, e era significativo que ignorasse esse fato, sabendo muito bem que uma torrente de umidade escapava-lhe pela porta aberta.

Scytale fez uma reverência e deu o sinal de apresentação da conspiração.

De algum lugar atrás do velho, veio o som de uma rabeca a entremear seu lamento na dissonância atonal da música da *semuta*. A conduta do velho não revelava o torpor da droga, uma dica de que a semuta era a fraqueza de outra pessoa. Contudo, Scytale estranhou encontrar um vício tão sofisticado naquele lugar.

Frank Herbert

– Saudações que vêm de longe – disse Scytale, deixando seu sorriso transparecer na cara achatada que decidira usar naquele encontro. Ocorreu-lhe então que o velho poderia reconhecer o rosto escolhido. Alguns dos fremen mais idosos ali em Duna chegaram a conhecer Duncan Idaho.

A escolha da fisionomia, que ele imaginara divertida, talvez tivesse sido um erro, concluiu Scytale. Mas não se atrevia a trocar de rosto ali fora. Lançou olhares ansiosos de uma ponta à outra da rua. O velho nunca iria convidá-lo a entrar?

– Conheceu meu filho? – perguntou o velho.

Aquela, pelo menos, era uma das contrassenhas. Scytale deu a resposta apropriada, o tempo todo alerta a qualquer circunstância suspeita nos arredores. Não gostava da posição na qual se encontrava. A rua era um beco sem saída que terminava naquela casa. Todas as casas da vizinhança foram construídas para os veteranos do jihad. Formavam um subúrbio de Arrakina que se estendia Bacia Imperial adentro, logo depois de Tiemag. Os muros que cercavam aquela rua apresentavam faces lisas de ligaplás parda, interrompidas pelas sombras escuras de portas vedadas e, aqui e ali, rabiscos obscenos. Ao lado daquela mesmíssima porta, alguém havia expressado com giz sua opinião de que um tal Beris trouxera para Arrakis uma doença asquerosa que havia lhe roubado a virilidade.

– Está acompanhado? – o velho perguntou.

– Sozinho – respondeu Scytale.

O velho limpou a garganta, ainda hesitando daquela maneira exasperadora.

Scytale aconselhou-se paciência. Aquele tipo de contato tinha seus próprios riscos. Talvez o velho tivesse algum motivo para agir daquela maneira. Mas o momento era conveniente. O sol pálido estava quase a pino. A gente do bairro permanecia vedada dentro das casas, dormindo as horas quentes do dia.

Era o vizinho novo que incomodava o velho?, Scytale se perguntou. Ele sabia que a casa ao lado fora designada a Otheym, ex-integrante dos temidos Fedaykin, os comandos suicidas de Muad'Dib. E Bijaz, o anão-catalisador, aguardava ao lado de Otheym.

Scytale voltou a olhar para o velho, reparou na manga vazia que pendia do ombro esquerdo e na ausência de um trajestilador. Um ar de autoridade acompanhava aquele velho. Não tinha sido nenhum soldado raso no jihad.

Messias de Duna

– Posso saber o nome do visitante? – indagou o velho.

Scytale reprimiu um suspiro de alívio. Ele seria aceito, enfim.

– É Zaal – disse, dando o nome que haviam lhe designado para aquela missão.

– Eu sou Farok – disse o velho –, ex-bashar da Nona Legião no jihad. Isso lhe diz alguma coisa?

Scytale reconheceu a ameaça naquelas palavras e falou:

– Você nasceu em Sietch Tabr e devia lealdade a Stilgar.

Farok relaxou, deu um passo para o lado.

– Você é bem-vindo em minha casa.

Scytale passou por ele e entrou num átrio sombreado – assoalho de ladrilhos azuis, desenhos cintilantes trabalhados em cristal nas paredes. Depois do átrio havia um pátio coberto. A luz que os filtros translúcidos deixavam entrar espalhava uma opalescência prateada como a noite branca da primeira lua. Atrás dele, a porta da rua rangeu ao se encaixar nos lacres de umidade.

– Éramos um povo nobre – disse Farok, seguindo adiante na direção do pátio. – Não éramos desterrados. Não morávamos numa vila do *graben*... como esta! Tínhamos um sietch de verdade na Muralha-Escudo, acima da colina de Habbanya. Um verme podia nos levar para Kedem, o deserto interior.

– Não como agora – Scytale concordou, compreendendo o que trouxera Farok para a conspiração. O fremen tinha saudade dos velhos tempos e dos antigos costumes.

Entraram no pátio.

Farok digladiava-se com uma forte aversão por seu convidado, notou Scytale. Os fremen desconfiavam dos olhos que não eram totalmente azuis como os dos Ibad. Os forasteiros de outros planetas, diziam os fremen, tinham olhos desfocados que enxergavam coisas que não deveriam ver.

A música da semuta havia cessado quando os dois entraram. Foi substituída pelo dedilhar de um baliset, primeiro um acorde de nona, em seguida as notas distintas de uma canção popular nos planetas de Naraj.

Quando seus olhos se acostumaram à luz, Scytale viu um jovem sentado, de pernas cruzadas, num divã baixo sob alguns arcos a sua direita. Os olhos do jovem eram órbitas vazias. Com aquela facilidade extraordinária dos cegos, ele começou a cantar no instante em que Scytale voltou sua atenção para ele. A voz era aguda e melodiosa:

"Um vento varreu a terra
E varreu o céu
E todos os homens!
Quem é esse vento?
As árvores não se curvaram,
E bebem onde bebiam os homens.
Conheci tantos mundos,
Tantos homens,
Tantas árvores,
Tantos ventos."

Scytale reparou que não era a letra original da canção. Farok o conduziu para longe do jovem, sob os arcos do outro lado, e indicou as almofadas espalhadas pelo piso ladrilhado. Os ladrilhos formavam desenhos de criaturas marinhas.

– Ali está uma almofada que um dia, no sietch, foi ocupada por Muad'Dib – disse Farok, apontando um coxim preto e arredondado. – Agora é sua.

– Sou-lhe grato – Scytale falou, deixando-se afundar até o coxim preto. Sorriu. Farok demonstrava sabedoria. O sábio falava de lealdade até mesmo ao escutar canções de significado oculto e palavras com mensagens secretas. Quem haveria de negar os poderes aterradores do imperador tirânico?

Atravessando a canção com suas palavras, sem romper a métrica, Farok disse:

– A música de meu filho o incomoda?

Scytale apontou uma almofada diante dele, recostou-se numa coluna fria.

– Gosto de música.

– Meu filho perdeu os olhos na conquista de Naraj – contou Farok. – Foi tratado por lá e deveria ter ficado. Nenhuma mulher do Povo vai querer ficar com ele desse jeito. Mas acho curioso saber que tenho netos em Naraj que talvez eu nunca venha a ver. Conhece os planetas de Naraj, Zaal?

– Na juventude, fiz uma turnê por lá com uma trupe de Dançarinos Faciais como eu – disse Scytale.

Messias de Duna

– Então você é um Dançarino Facial. Sua fisionomia me deixou intrigado. Lembra um homem que conheci certa vez.

– Duncan Idaho?

– Esse mesmo. Um mestre-espadachim a serviço do imperador.

– Foi morto, assim se diz.

– Assim se diz – concordou Farok. – Você é realmente um homem, então? Ouvi umas histórias a respeito dos Dançarinos Faciais que... – Ele deu de ombros.

– Somos hermafroditas jadacha, podemos mudar de sexo como bem entendermos. No momento, sou um homem.

Farok mordiscou os lábios, pensativo, e em seguida:

– Mando trazer algo para comer e beber? Deseja um pouco de água? Frutas geladas?

– A conversa já basta.

– A vontade do convidado é uma ordem – disse Farok, acomodando-se na almofada diante de Scytale.

– Bendito seja Abu d'Dhur, Pai das Estradas Indefinidas do Tempo – falou Scytale. E pensou: *Pronto! Disse-lhe logo de saída que fui enviado por um Piloto da Guilda e que tenho sua proteção dissimuladora.*

– Bendito seja três vezes – disse Farok, entrelaçando os dedos das mãos em seu regaço, de acordo com o ritual. Eram mãos velhas e de veias salientes.

– Um objeto que se vê de longe mostra apenas seu princípio – Scytale falou, revelando que desejava discutir o Forte encastelado do imperador.

– Aquilo que é escuro e maligno, vê-se que é maligno de longe ou de perto – replicou Farok, aconselhando adiar a conversa.

Por quê?, Scytale se perguntou. Mas disse:

– Como foi que seu filho perdeu os olhos?

– Os defensores de Naraj usaram um queima-pedras. Meu filho estava perto demais. Malditas armas atômicas! Até mesmo o queima-pedras deveria ser declarado ilegal.

– Escapa à intenção da lei – Scytale concordou. E pensou: *Um queima-pedras em Naraj! Não nos contaram isso. Por que o velho fala de queima-pedras aqui?*

– Eu me ofereci para comprar de seus mestres olhos tleilaxu para ele – disse Farok. – Mas corre nas legiões uma história de que os olhos tleilaxu escravizam quem os usa. Meu filho me falou que esses olhos são de metal, e ele é de carne, que uma união como essa só pode ser pecado.

– O princípio de um objeto tem de se adequar a sua intenção original – disse Scytale, tentando outra vez desviar o rumo da conversa para as informações que ele procurava.

Os lábios de Farok se afinaram, mas ele assentiu.

– Diga abertamente o que deseja. Somos obrigados a confiar em seu Piloto.

– Já entrou alguma vez no Forte Imperial? – Scytale perguntou.

– Estive lá no banquete em celebração à vitória em Molitor. Fazia frio dentro daquela pedra toda, mesmo com os melhores aquecedores ixianos. Dormimos no terraço do Templo de Alia na noite anterior. Ele tem árvores lá dentro, sabe. Árvores de muitos planetas. Nós, os bashar, vestíamos nossos melhores trajes verdes, e nossas mesas ficavam à parte. Comemos e bebemos em demasia. Fiquei enojado com algumas coisas que vi. Os feridos que ainda conseguiam andar apareceram, arrastando-se com suas muletas. Não creio que nosso Muad'Dib saiba quantos homens aleijou.

– Você não gostou do banquete? – Scytale indagou, pois conhecia as orgias fremen inflamadas pela cerveja de especiaria.

– Não foi como a união de nossas almas no sietch. Não havia o tau. Como diversão, os soldados tomaram escravas jovens, e os homens contaram histórias sobre suas batalhas e seus ferimentos.

– Então você já entrou naquele grande monte de pedras.

– Muad'Dib saiu para o terraço e veio nos falar. "Boa sorte para todos nós", ele disse. A saudação tradicional do deserto naquele lugar!

– Sabe onde ficam os aposentos particulares dele? – perguntou Scytale.

– Bem lá dentro. Em algum lugar bem lá dentro. Disseram-me que ele e Chani levam uma vida nômade, e tudo dentro das muralhas de seu Forte. Ao Grande Átrio, ele vai para as audiências públicas. Tem salões de recepção e salas de reunião formais, uma ala inteira para sua guarda pessoal, locais para as cerimônias e uma seção secreta para as comunicações. Disseram-me que existe uma sala sob a fortaleza, onde ele mantém um verme mirrado cercado por um fosso de água, com a qual ele envenena a criatura. É ali que ele vê o futuro.

O mito completamente emaranhado na verdade, pensou Scytale.

Messias de Duna

– A máquina do governo o acompanha por toda parte – Farok resmungou. – Funcionários e assessores, e assessores para os assessores. Ele só confia em gente antes muito chegada a ele, como Stilgar.

– Mas não você.

– Acho que ele esqueceu que eu existo.

– Por onde ele passa ao sair do edifício? – Scytale perguntou.

– Ele tem um toptoporto minúsculo que se projeta de uma parede interna. – contou Farok. – Disseram-me que Muad'Dib não deixa mais ninguém manejar os controles para pousar lá. A aterrissagem exige uma aproximação, assim se diz, em que o menor erro de cálculo o faria despencar de um paredão íngreme e cair num de seus malditos jardins.

Scytale concordou com a cabeça. Era muito provável que fosse isso mesmo. Uma entrada como aquela para os aposentos do imperador, pelo ar, daria uma certa medida de segurança. Todos os Atreides eram pilotos soberbos.

– Ele usa homens para levar suas mensagens *distrans* – Farok falou. – É uma humilhação implantar tradutores de ondas em homens. A voz de um homem deve estar sob seu comando. Não deve levar a mensagem de outro homem oculta nos sons que produz.

Scytale deu de ombros. Todas as grandes potências contemporâneas usavam o distrans. Nunca se sabia quais obstáculos poderiam se interpor entre o remetente e o destinatário. O distrans desafiava a criptologia política, pois dependia de distorções sutis de padrões sonoros naturais, que podiam ser misturados com uma complexidade enorme.

– Até mesmo os funcionários do fisco empregam esse método – queixou-se Farok. – Em minha época, o distrans só era implantado em animais inferiores.

Mas é preciso manter em segredo as informações da receita, Scytale pensou. *Mais de um governo já caiu porque as pessoas descobriram a verdadeira extensão do patrimônio oficial.*

– Como se sentem agora as coortes fremen em relação ao Jihad de Muad'Dib? – perguntou Scytale. – São contrários a fazer de seu imperador um deus?

– A maioria nem sequer se interessa por isso. Pensam no jihad como eu costumava pensar... a maioria. É um manancial de experiências estranhas, aventura, dinheiro. Este casebre de graben onde moro – Farok fez

Frank Herbert

um gesto para mostrar o pátio –, isto custou sessenta lidas de especiaria. Noventa kontars! Houve uma época em que eu nem sequer conseguia imaginar tamanha riqueza.

Ele chacoalhou a cabeça.

Do outro lado do pátio, o jovem cego começou a tocar as notas de uma balada de amor em seu baliset.

Noventa kontars, Scytale pensou. *Que estranho. Imensa riqueza, certamente. O casebre de Farok seria um palácio em muitos outros planetas, mas tudo é relativo: até mesmo o kontar. Por exemplo, será que Farok sabe de onde vem sua medida para esse peso em especiaria? Teria alguma vez pensado que, antigamente, um kontar e meio correspondia à carga máxima de um camelo? Improvável. Talvez Farok nem sequer tivesse ouvido falar de camelos ou da Idade de Ouro da Terra.*

Estranhamente no mesmo ritmo da música do baliset do filho, foram estas as palavras de Farok:

– Eu tinha uma dagacris, hidroanéis no valor de dez litros, minha própria lança, que antes foi de meu pai, um aparelho de café, uma garrafa de vidro vermelho, mais antiga do que qualquer pessoa de meu sietch era capaz de lembrar. Eu tinha meu próprio quinhão da nossa especiaria, mas nenhum dinheiro. Era rico e não sabia. Duas esposas, eu tinha: uma delas, comum e querida, a outra, estúpida e obstinada, mas com as formas e a face de um anjo. Eu era um naib fremen, eu montava os vermes, era mestre do leviatã e da areia.

O jovem do outro lado do pátio acelerou a cadência de sua música.

– Eu sabia muitas coisas, sem precisar pensar nelas – continuou Farok. – Sabia que havia água bem abaixo de nossa areia, mantida ali, cativa, pelos criadorezinhos. Sabia que meus ancestrais sacrificavam virgens a Shai-hulud... antes de Liet-Kynes nos fazer parar. Foi errado parar. Eu vi as joias na boca de um verme. Minha alma tinha quatro portões, e eu conhecia todos eles.

Calou-se, pensativo.

– Então chegou o Atreides, acompanhado de sua mãe bruxa – disse Scytale.

– Chegou o Atreides – Farok concordou. – Aquele a quem chamávamos *Usul* em nosso sietch, seu nome secreto entre nós. Nosso Muad'Dib, nosso Mahdi! E, quando ele convocou o jihad, fui um dos que pergunta-

Messias de Duna

ram: "Por que devo lutar lá? Não tenho parentes lá". Mas outros homens foram – rapazes, amigos, companheiros de infância. Quando voltaram, falaram de magia, do poder daquele *salvador* Atreides. Ele combateu nosso inimigo, os Harkonnen. Liet-Kynes, que havia nos prometido um paraíso em nosso planeta, o abençoou. Diziam que esse Atreides veio mudar nosso mundo e nosso universo, que ele era o homem que faria a flor dourada desabrochar à noite.

Farok ergueu as mãos, examinou as palmas.

– Os homens apontavam a primeira lua e diziam: "A alma dele está lá". Por isso, chamavam-no Muad'Dib. Eu não entendia tudo aquilo.

Baixou as mãos e olhou fixamente para o filho, do outro lado do pátio.

– Não pensei com a cabeça. Pensei apenas com o coração, a barriga e a genitália.

Outra vez, o tempo da música de fundo aumentou.

– Sabe por que me alistei no jihad? – Os olhos idosos fitaram Scytale com dureza. – Ouvi dizer que havia uma coisa chamada mar. É muito difícil acreditar num mar quando só se viveu aqui, entre nossas dunas. Não temos mares. Os homens de Duna nunca conheceram o mar. Tínhamos nossos captadores de vento. Coletávamos a água para a grande mudança que Liet-Kynes nos prometia... essa grande mudança que Muad'Dib nos traz com um aceno da mão. Eu conseguia imaginar um *qanat*, a água a correr pela terra num canal. A partir daí, minha mente era capaz de visualizar um rio. Mas um mar?

Farok olhou para a cobertura translúcida de seu pátio, como se tentasse sondar o universo que ficava além.

– Um mar – ele disse em voz baixa. – Era demais para a minha mente visualizar. Mas alguns homens que eu conhecia disseram ter visto essa maravilha. Achei que estivessem mentindo, mas eu tinha de saber por conta própria. Foi por isso que me alistei.

O jovem arrancou um último acorde sonoro do baliset e começou uma nova canção com um ritmo estranhamente ondulante.

– Você encontrou seu mar? – Scytale perguntou.

Farok continuou calado e Scytale pensou que o velho não o tivesse escutado. A música do baliset elevou-se ao redor deles e caiu feito uma onda gigantesca. Farok respirava no mesmo ritmo.

– Houve um pôr do sol – não demorou a dizer. – Um dos artistas mais antigos poderia ter pintado um pôr do sol como aquele. Tinha o mesmo vermelho do vidro de minha garrafa. E havia o dourado... e o azul. Foi no planeta que chamam Enfeil, onde conduzi minha legião à vitória. Saímos de um desfiladeiro nas montanhas, onde o ar estava saturado de água. Eu mal conseguia respirar. E lá embaixo estava a coisa de que meus amigos haviam falado: água até onde minha vista alcançava, e além. Marchamos até lá. Entrei na água até o peito e a bebi. Era amarga e me fez mal. Mas o deslumbramento nunca me abandonou.

Scytale flagrou-se sentindo a mesma admiração do velho fremen.

– Mergulhei naquele mar – contou Farok, olhando para baixo, para as criaturas aquáticas trabalhadas nos ladrilhos do assoalho. – Um homem afundou sob a água... um outro surgiu de dentro dela. Foi como se eu me lembrasse de um passado que nunca tinha acontecido. Olhei ao redor com olhos capazes de aceitar qualquer coisa... qualquer coisa mesmo. Vi um corpo na água: um dos defensores que havíamos matado. Havia um tronco ali perto, flutuando naquela água, um pedaço de uma grande árvore. Sou capaz de fechar os olhos agora e ver aquele tronco. Estava preto numa das pontas, por causa do fogo. E havia um pedaço de tecido naquela água: não passava de um trapo amarelo... rasgado, sujo. Olhei para todas essas coisas e entendi por que estavam ali. Era para que eu as visse.

Farok virou-se devagar, fitou os olhos de Scytale.

– O universo ainda está por terminar, sabe.

Esse aí é prolixo, mas profundo, pensou Scytale. E falou:

– Nota-se que causou em você uma forte impressão.

– Você é um Tleilaxu. Já viu muitos mares. Eu só vi esse, mas sei de uma coisa sobre os mares que você não sabe.

Scytale viu-se dominado por uma estranha sensação de desassossego.

– A Mãe do Caos nasceu num mar – Farok contou. – Havia um Qizara Tafwid por perto quando eu saí encharcado daquela água. Ele não tinha entrado no mar. Estava de pé na areia... areia molhada... com alguns de meus homens, que sentiram o mesmo medo. Ele me observou com os olhos de alguém que sabia que eu tinha aprendido uma coisa que a ele havia sido negada. Eu havia me tornado uma criatura marinha, e eu o assustava. O mar me curou do jihad, e creio que ele viu isso.

Scytale percebeu que, em algum momento daquela récita, a música havia cessado. Achou perturbador não ser capaz de dizer com certeza quando o baliset havia se calado.

Messias de Duna

Como se tivesse alguma relevância para o relato que fizera, Farok disse:

– Há guardas em todos os portões. Não há como entrar na fortaleza do imperador.

– Eis aí seu ponto fraco.

Farok empertigou o pescoço, atento.

– Há uma maneira de entrar – Scytale explicou. – O fato de a maioria dos homens, e tomara que entre eles esteja o imperador, acreditar que não... é nossa vantagem.

Esfregou os lábios, sentindo a estranheza da aparência que escolhera. O silêncio do músico o incomodava. Queria dizer que o filho de Farok terminara a transmissão? Tinha sido assim, naturalmente: a mensagem condensada e transmitida dentro da música. Ficara impressa no próprio sistema nervoso de Scytale, onde seria acionada no momento certo pelo distrans implantado em seu córtex adrenal. Se já chegara ao fim, então ele havia se tornado um recipiente de palavras desconhecidas. Era um receptáculo a transbordar dados: todas as células da conspiração ali em Arrakis, todos os nomes, todas as senhas de contato – todas as informações vitais.

Com aquelas informações, ele conseguiria enfrentar Arrakis, capturar um verme da areia, começar o cultivo do mélange em algum lugar fora dos domínios de Muad'Dib. Poderiam destruir o monopólio ao destruir Muad'Dib. Poderiam fazer muitas coisas com aquelas informações.

– Temos a mulher aqui conosco – Farok disse. – Deseja vê-la agora?

– Eu já a vi – falou Scytale. – Eu a estudei com cuidado. Onde ela está?

Farok estalou os dedos.

O jovem apanhou a rabeca e puxou o arco. A música da semuta emanou das cordas feito um lamento. Como se o som a atraísse, uma moça de manto azul surgiu de uma passagem atrás do músico. O torpor do narcótico tomava-lhe os olhos, que eram totalmente azuis como os dos Ibad. Era uma fremen, dependente da especiaria, e agora presa de um vício estrangeiro. Sua consciência jazia nas profundezas da semuta, perdida em algum lugar, levada pelo êxtase da música.

– A filha de Otheym – disse Farok. – Meu filho deu-lhe o narcótico, esperando, com isso, conquistar uma mulher do Povo, mesmo cego. Como pode ver, foi uma vitória oca. A semuta ficou com o que ele esperava obter.

– O pai dela não sabe? – Scytale perguntou.

– Ela mesma não sabe. Meu filho fornece-lhe lembranças falsas para explicar suas visitas. Ela crê estar apaixonada por ele. É nisso que a família dela acredita. Estão enfurecidos porque ele não é um homem completo, mas, naturalmente, não irão interferir.

A música se arrastou até se calar.

A um gesto do músico, a moça se sentou ao lado dele, inclinou-se para escutar mais de perto o que ele murmurava.

– O que fará com ela? – Farok perguntou.

Mais uma vez, Scytale observou o pátio.

– Há mais alguém na casa? – indagou.

– Só nós que estamos aqui agora – respondeu Farok. – Você não me disse o que fará com a mulher. É meu filho quem quer saber.

Como se fosse responder, Scytale estendeu o braço direito. Da manga de seu manto, uma agulha cintilante foi arremessada e enterrou-se no pescoço de Farok. Nenhum grito, nenhuma alteração de postura. Farok estaria morto em um minuto, mas continuou sentado, imóvel, paralisado pelo veneno do dardo.

Lentamente, Scytale se pôs de pé e foi até o músico cego. O jovem ainda murmurava para a moça quando o dardo penetrou-lhe a pele.

Scytale pegou a moça pelo braço, instou-a gentilmente a se levantar, trocou de aparência antes que ela olhasse para ele. Ela ficou ereta e voltou sua atenção para o Dançarino Facial.

– O que foi, Farok? – ela perguntou.

– Meu filho está exausto e precisa descansar – disse Scytale. – Venha. Vamos sair por trás.

– Tivemos uma conversa tão agradável – ela comentou. – Acho que o convenci a arranjar aqueles olhos dos Tleilaxu. Faria dele novamente um homem.

– Não foi o que eu disse tantas e tantas vezes? – Scytale perguntou, exortando-a a entrar num aposento nos fundos.

Sua voz, ele notou, orgulhoso, condizia exatamente com sua fisionomia. Era inequivocamente a voz do fremen idoso, que sem dúvida estava morto àquela altura.

Scytale suspirou. Disse a si mesmo que agira com compaixão e que as vítimas certamente conheciam os riscos. Agora era necessário dar à moça a mesma oportunidade.

Os impérios não padecem de falta de propósito no momento em que são criados. É quando já se estabeleceram que os objetivos se perdem e são substituídos por rituais vagos.

– Palavras de Muad'Dib, da princesa Irulan

Seria uma péssima sessão aquela reunião do Conselho Imperial, percebeu Alia. Parecia-lhe que a discórdia reunia forças, guardava energia: a maneira como Irulan se recusava a olhar para Chani, Stilgar embaralhando nervosamente os papéis, os olhares mal-humorados que Paul dirigia a Korba, o Qizara.

Ela se sentou à ponta da mesa dourada do conselho, para que pudesse ver, através das janelas da sacada, a luz empoeirada da tarde.

Korba, que fora interrompido pela entrada de Alia, deu continuidade ao que vinha dizendo a Paul.

– O que estou querendo dizer, milorde, é que já não há tantos deuses quanto antes.

Alia gargalhou, atirando a cabeça para trás. O movimento fez cair o capuz preto de sua aba. Suas feições ficaram expostas: "os olhos da especiaria", azul sobre azul, o rosto oval da mãe sob uma touca de cabelos cor de bronze, o nariz pequeno, a boca larga e generosa.

As bochechas de Korba ficaram quase da cor de seu manto alaranjado. Ele fulminou Alia com os olhos, um gnomo zangado, calvo e furioso.

– Sabe o que andam falando de seu irmão? – indagou.

– Sei o que andam falando de seu Qizarate – Alia retrucou. – Vocês não são clérigos, são os espiões de deus.

Korba voltou-se para Paul em busca de apoio e disse:

– Somos enviados por ordem de Muad'Dib, para que Ele saiba a verdade sobre Seu povo, para que eles saibam a verdade sobre Ele.

– Espiões – disse Alia.

Korba mordeu os lábios em seu silêncio ofendido.

Paul olhou para a irmã, perguntando-se por que ela provocava Korba. De repente, viu que Alia já era mulher, linda, com a primeira inocência fulgurante da juventude. Flagrou-se surpreso por não ter reparado nisso até aquele instante. Ela tinha quinze anos, quase dezesseis, uma Reverenda Madre que não era mãe, a sacerdotisa virgem, objeto de veneração temerosa das massas crédulas: Alia da Faca.

– Não é hora nem lugar para a leviandade de sua irmã – falou Irulan.

Paul a ignorou e acenou para Korba com a cabeça.

– A praça está cheia de peregrinos. Vá lá fora presidir a oração.

– Mas eles esperam milorde – disse Korba.

– Ponha o turbante – fez Paul. – A essa distância, não vão notar a diferença.

Irulan ocultou sua irritação por ter sido ignorada, viu Korba se levantar e obedecer. Ocorrera-lhe de repente que Edric talvez não conseguisse esconder de Alia o que ela, Irulan, fazia. *O que sabemos de fato a respeito da irmã?*, ela se perguntou.

Chani, com as mãos firmemente entrelaçadas em seu regaço, olhou para Stilgar, seu tio e Ministro de Estado de Paul, do outro lado da mesa. *Será que o velho naib fremen sentia falta da vida mais simples de seu sietch no deserto?*, ela se perguntou. Notou que os cabelos pretos de Stilgar haviam começado a ficar grisalhos nas beiradas, mas os olhos sob o cenho carregado ainda enxergavam longe. Era o olhar aquilino da natureza, e sua barba ainda trazia a reentrância do tubo coletor, fruto de uma vida inteira dentro de um trajestilador.

A atenção de Chani deixou Stilgar nervoso, e ele olhou ao redor da Câmara do Conselho. Seu olhar recaiu sobre a janela da sacada e Korba de pé lá fora. Korba abriu e ergueu os braços para a bênção, e um truque do sol da tarde projetou uma auréola vermelha na janela atrás dele. Por um instante, Stilgar viu o Qizara da Corte como um vulto crucificado numa roda de fogo. Korba baixou os braços, desfez a ilusão, mas Stilgar continuou abalado com aquilo. Seus pensamentos seguiram, em zangada frustração, para os suplicantes aduladores que aguardavam no Salão de Audiências e para a pompa detestável que cercava o trono de Muad'Dib.

Convivendo com o imperador, esperava-se que ele tivesse defeitos, que se descobrissem erros, pensou Stilgar. Pareceu-lhe, talvez, um sacrilégio, mas ele o desejava mesmo assim.

O burburinho distante da multidão entrou na câmara quando Korba retornou. Atrás dele, a porta da sacada encaixou-se com um baque em seus lacres, barrando o som.

Messias de Duna

O olhar de Paul seguiu o Qizara. Korba tomou seu assento à esquerda de Paul, com as feições morenas sossegadas, os olhos vidrados de fanatismo. Havia desfrutado aquele momento de poder religioso.

– A presença do espírito foi invocada – disse.

– Graças ao Senhor por isso – disse Alia.

Os lábios de Korba ficaram brancos.

Paul voltou a estudar a irmã, imaginando quais seriam seus motivos. Sua inocência era a máscara da ilusão, comentou consigo mesmo. Ela, assim como ele, era fruto do mesmo programa de reprodução das Bene Gesserit. O que os genes do Kwisatz Haderach teriam produzido nela? Havia sempre aquela diferença misteriosa: ela era um embrião ainda no útero quando sua mãe sobreviveu ao veneno em estado bruto do mélange. Mãe e filha, esta ainda por nascer, tornaram-se Reverendas Madres simultaneamente. Mas a simultaneidade não trazia a identidade.

A respeito daquela experiência, Alia dizia que, num instante de pavor, ela despertara, consciente, e sua memória absorvera as incontáveis outras vidas que sua mãe estava assimilando.

– Tornei-me minha mãe e todas as outras – ela dizia. – Ainda não estava formada, não tinha nascido, mas me tornei uma velha naquele mesmo instante.

Percebendo que ele pensava nela, Alia sorriu para Paul. A expressão dele se suavizou. *Como não reagir a Korba com sarcasmo?*, perguntou-se. *O que seria mais ridículo que um comando suicida transformado em sacerdote?*

Stilgar bateu de leve em seus papéis:

– Com a permissão de meu suserano, o assunto é urgente e inadiável.

– O Tratado de Tupile? – Paul perguntou.

– A Guilda sustenta que temos de assinar este tratado sem conhecer a localização exata da Entente de Tupile – Stilgar falou. – Eles têm um certo apoio dos representantes do Landsraad.

– Como foi que você os pressionou? – Irulan perguntou.

– Da maneira que meu imperador designou.

A formalidade rígida da resposta encerrava toda a sua desaprovação à princesa consorte.

– Milorde e marido – Irulan disse, voltando-se para Paul e obrigando-o a reconhecer sua presença.

Frank Herbert

Enfatizar a distinção de títulos diante de Chani é uma fraqueza, Paul pensou. Em momentos como aquele, tinha por Irulan a mesma aversão que Stilgar sentia, mas a compaixão refreou suas emoções. O que era Irulan, se não um fantoche das Bene Gesserit?

– Sim? – fez Paul.

Irulan o encarou.

– Se milorde lhes negasse o mélange...

Chani balançou a cabeça, discordando.

– Sejamos cautelosos – Paul falou. – Tupile ainda é um santuário para as Casas Maiores derrotadas. Simboliza um último recurso, um derradeiro porto seguro para todos os nossos súditos. A exposição do santuário o deixa vulnerável.

– Se puderem esconder pessoas, poderão esconder outras coisas – Stilgar resmungou. – Um exército, talvez, ou o princípio do cultivo do mélange, que...

– Não devemos acuar as pessoas – disse Alia. – Não quando queremos que continuem pacíficas. – Arrependida, viu que fora arrastada para a discórdia que previra.

– Então desperdiçamos dez anos de negociação à toa – comentou Irulan.

– Nada que meu irmão faça é à toa – redarguiu Alia.

Irulan apanhou um riscador, segurou-o com tamanha força que os nós de seus dedos ficaram brancos. Paul a viu dominar o controle emocional à maneira das Bene Gesserit: o olhar interior penetrante, as inspirações profundas. Quase era capaz de ouvi-la repetir a litania. No mesmo instante, ela disse:

– O que ganhamos com isso?

– Pegamos a Guilda de surpresa – respondeu Chani.

– Queremos evitar um confronto flagrante com nossos inimigos – Alia falou. – Não temos nenhum desejo especial de matá-los. Já basta toda a carnificina que tem lugar sob o estandarte dos Atreides.

Ela também sente, pensou Paul. Que sensação estranha e irresistível de responsabilidade os dois tinham por aquele universo ruidoso e idólatra, com seus êxtases de tranquilidade e movimento desvairado. *Será que temos de protegê-los de si mesmos?*, ele se perguntou. *Brincam o tempo todo com o nada – vidas ocas, palavras ocas. Exigem muito de mim.* Sentiu

Messias de Duna

a garganta cheia e apertada. Quantos momentos perderia? Quantos filhos? Quantos sonhos? Valeria a pena pagar o preço que sua visão havia revelado? Quem interpelaria os viventes de um futuro distante, quem diria a eles: "Não fosse Muad'Dib, vocês não estariam aqui"?

– Negar-lhes o mélange não resolveria nada – disse Chani. – Os navegadores da Guilda perderiam a capacidade de enxergar o espaço-tempo. Suas irmãs Bene Gesserit perderiam o sentido para a verdade. Algumas pessoas morreriam antes da hora. As comunicações ruiriam. Quem levaria a culpa?

– Eles não deixariam chegar a esse ponto – Irulan falou.

– Será que não? – perguntou Chani. – Por que não? Quem poderia culpar a Guilda? Estariam impotentes, não há o que discutir.

– Assinaremos o tratado do jeito que está – Paul disse.

– Milorde, uma pergunta não nos sai da cabeça – disse Stilgar, concentrando-se nas próprias mãos.

– Sim?

Paul focou toda a sua atenção no velho fremen.

– Milorde tem certos... poderes. Não conseguiria localizar a Entente, mesmo contra a vontade da Guilda?

Poderes!, pensou Paul. Stilgar não saberia simplesmente dizer: *"Você é presciente. Não consegue traçar um caminho pelo futuro que leve a Tupile?".*

Paul olhou para a superfície dourada da mesa. Sempre o mesmo problema: como exprimir os limites do inexprimível? Deveria falar de fragmentação, o destino natural de todo poder? Como é que alguém que nunca experimentara a transformação presciente da especiaria poderia conceber uma percepção que não continha um espaço-tempo localizado, nem um vetor-imagem pessoal, nem os prisioneiros sensoriais decorrentes?

Olhou para Alia, encontrou a atenção da irmã focada em Irulan. Alia percebeu o gesto, olhou para ele, apontou Irulan com a cabeça. Aaah, sim: qualquer resposta que dessem acabaria num dos relatórios especiais de Irulan para as Bene Gesserit. Elas nunca desistiram de procurar uma resposta para seu Kwisatz Haderach.

Stilgar, contudo, merecia algum tipo de resposta. E Irulan também.

– O não iniciado tenta conceber a presciência como se ela obedecesse a uma *Lei Natural* – Paul explicou. Juntou as mãos diante dele, formando um campanário. – Mas seria igualmente correto dizer que é o céu a falar conosco, que ser capaz de ler o futuro é um ato harmonioso da condição humana. Em outras palavras, a predição é uma consequência natural na onda do presente. Disfarça-se como algo natural, entendem? Mas não há como usar esses poderes com a intenção de assegurar metas e propósitos. Uma lasquinha apanhada pela onda sabe dizer para onde vai? Não há causa e efeito no oráculo. As causas tornam-se episódios de convecção e convergência, locais onde as correntes se encontram. Ao aceitar a presciência, você preenche seu ser com conceitos que repelem o intelecto. Sua consciência intelectual, portanto, os rejeita. Ao rejeitá-los, o intelecto torna-se uma parte dos processos e é subjugado.

– Não é capaz de fazê-lo? – Stilgar perguntou.

– Se eu procurasse Tupile com a presciência – respondeu Paul, falando diretamente para Irulan –, isso poderia esconder Tupile.

– Caos! – protestou Irulan. – Não tem a menor... a menor... consistência.

– Eu disse que não obedecia a uma Lei Natural – lembrou Paul.

– Então existem limites para o que você é capaz de enxergar ou fazer com seus poderes? – Irulan perguntou.

Antes que Paul conseguisse responder, Alia falou:

– Cara Irulan, a presciência não tem limites. Inconsistente? A consistência não é um aspecto necessário do universo.

– Mas ele disse...

– Como é que meu irmão poderia lhe dar informações explícitas a respeito dos limites de algo que não tem limites? As fronteiras escapam ao intelecto.

Que maldade a de Alia, Paul pensou. Acabaria alarmando Irulan, que tinha uma consciência tão meticulosa, tão dependente de valores derivados de limites precisos. Seu olhar dirigiu-se a Korba, que, sentado, parecia entregue a um delírio religioso – *escutava com a alma*. Como é que o Qizarate poderia usar aquela conversa? Mais mistérios religiosos? Algo que evocasse um temor respeitoso? Sem dúvida alguma.

– Então milorde vai assinar o tratado do jeito que está? – perguntou Stilgar.

Paul sorriu. A questão do oráculo, na opinião de Stilgar, estava encerrada. O único objetivo de Stilgar era a vitória, e não descobrir a verdade.

Messias de Duna

Paz, justiça e uma moeda forte: era isso que ancorava o universo de Stilgar. Ele queria algo visível e real: uma assinatura num tratado.

– Vou assiná-lo – disse Paul.

Stilgar apanhou uma nova pasta.

– O comunicado mais recente de nossos comandantes de campo no setor ixiano informa que se debate publicamente uma constituição.

O velho fremen olhou para Chani, que encolheu os ombros.

Irulan, que fechara os olhos e levara as duas mãos à testa para fazer a impressão mnemônica, abriu-os e estudou Paul atentamente.

– A Confederação Ixiana oferece submissão – continuou Stilgar –, mas seus negociadores questionam o valor do Imposto Imperial que eles...

– Querem um limite legal para a minha vontade imperial – disse Paul. – Quem me governaria, o Landsraad ou a CHOAM?

Stilgar tirou da pasta um bilhete escrito em papel *inestrói*.

– Um de nossos agentes enviou este memorando proveniente de uma bancada minoritária da CHOAM. – Leu o criptograma, sem entonação: – "É preciso impedir a tentativa do Trono de monopolizar o poder. Temos de contar a verdade sobre o Atreides, como ele manipula as coisas por trás da tripla impostura que é a legislação do Landsraad, a sanção religiosa e a eficiência burocrática." – Voltou a enfiar o bilhete na pasta.

– Uma constituição – murmurou Chani.

Paul olhou para ela, voltou a olhar para Stilgar. *E assim o jihad perde a força*, Paul pensou, *mas não a tempo de me salvar.* O pensamento produziu tensões emocionais. Lembrou-se de suas primeiras visões do jihad, então ainda por vir, o terror e a aversão que ele havia sentido. Naturalmente, ele agora conhecia visões de um terror ainda maior. Convivera com a autêntica violência. Tinha visto os fremen, carregados de energia mística, assolar tudo que estivesse em seu caminho na guerra religiosa. O jihad ganhava uma nova perspectiva. Era finito, obviamente, um espasmo breve se comparado à eternidade, mas para além dele havia horrores capazes de ofuscar qualquer coisa do passado.

Tudo em meu nome, pensou Paul.

– Talvez pudéssemos lhes dar o *feitio* de uma constituição – Chani sugeriu. – Não precisa ser de verdade.

– A trapaça é um dos instrumentos da arte de governar – Irulan concordou.

Frank Herbert

– O poder tem limites, como aqueles que depositam suas esperanças numa constituição sempre acabam descobrindo – Paul falou.

Korba empertigou-se e saiu de sua pose reverente.

– Milorde?

– Sim?

E Paul pensou: *Aí está! Eis alguém que talvez nutra em segredo certa simpatia por um imaginário domínio da Lei.*

– Poderíamos começar com uma constituição religiosa – propôs Korba –, algo para os fiéis que...

– Não! – Paul gritou. – Faremos disso uma Ordem Imperial. Está registrando tudo, Irulan?

– Sim, milorde – Irulan respondeu, com uma formalidade na voz que denunciava seu desagrado pela função subalterna que ele a obrigava a desempenhar.

– As constituições transformam-se na tirania suprema – Paul disse. – É o poder organizado em tamanha escala que chega a ser avassalador. A constituição é a mobilização do poder social e não tem consciência. É capaz de esmagar os maiores e os menores, removendo toda a dignidade e individualidade. Tem um ponto de equilíbrio precário e limite nenhum. Eu, no entanto, tenho limites. Desejando proporcionar a meu povo a proteção suprema, proíbo uma constituição. Ordem Imperial, na data de hoje etcetera, etcetera.

– E quanto à preocupação dos ixianos com o imposto, milorde? – Stilgar perguntou.

Paul obrigou-se a desviar sua atenção da expressão pensativa e zangada no rosto de Korba e disse:

– Tem alguma proposta, Stil?

– Precisamos ter o controle dos impostos, sire.

– O preço que pediremos à Guilda em troca de minha assinatura no Tratado de Tupile é a Confederação Ixiana se sujeitar ao nosso imposto. A Confederação não conseguirá fazer comércio sem o transporte da Guilda. Eles vão pagar.

– Muito bom, milorde – Stilgar pegou uma outra pasta e limpou a garganta. – O relatório do Qizarate a respeito de Salusa Secundus. O pai de Irulan anda praticando manobras de aterrissagem com suas legiões.

Irulan achou alguma coisa interessante na palma da mão esquerda. A pulsação latejava em seu pescoço.

Messias de Duna

– Irulan, ainda insiste no argumento de que a única legião de seu pai não passa de um brinquedo? – Paul perguntou.

– O que ele poderia fazer só com uma legião? – ela perguntou, fitando Paul com os olhos entrecerrados.

– Poderia acabar se matando – Chani disse.

Paul concordou com a cabeça.

– E eu levaria a culpa.

– Sei de alguns comandantes do jihad que dariam pulos se soubessem disso – Alia falou.

– Mas é apenas uma força policial! – protestou Irulan.

– Então não precisam praticar manobras de aterrissagem – Paul disse. – Sugiro que o próximo bilhetinho que você mandar a seu pai contenha uma discussão franca e direta de minhas opiniões quanto à posição delicada na qual ele se encontra.

Ela baixou o olhar.

– Sim, milorde. Espero que a coisa pare por aí. Meu pai daria um bom mártir.

– Hummmm – fez Paul. – Minha irmã não mandaria uma mensagem para os tais comandantes que ela mencionou, a menos que eu desse a ordem.

– Um ataque a meu pai traz outros riscos além, obviamente, dos militares – Irulan disse. – As pessoas começam a ver o reinado dele com uma certa nostalgia.

– Você ainda acabará indo longe demais um dia desses – falou Chani, com a solenidade letal de sua voz fremen.

– Chega! – ordenou Paul.

Ele ponderou a revelação que Irulan fizera sobre a nostalgia do público – ah, sim!, havia ali um quê de verdade. Irulan provara mais uma vez seu valor.

– As Bene Gesserit enviam uma súplica formal – disse Stilgar, apresentando uma outra pasta. – Desejam consultá-lo a respeito da preservação de sua linhagem.

Chani olhou de soslaio para a pasta, como se a coisa encerrasse um dispositivo mortífero.

– Envie à Irmandade as desculpas de sempre – Paul mandou.

– É preciso? – Irulan quis saber.

– Talvez... seja a hora de discutir isso – sugeriu Chani.

Paul sacudiu a cabeça vigorosamente. Não tinham como saber que era uma parte do preço que ele ainda não havia se decidido a pagar.

Mas Chani não se deixaria deter.

– Fui ao muro das orações de Sietch Tabr, onde nasci – contou. – Submeti-me aos médicos. Ajoelhei-me no deserto e dirigi meus pensamentos às profundezas habitadas por Shai-hulud. E, no entanto – ela deu de ombros –, de nada me valeu.

Ciência e superstição, todos a decepcionaram, Paul pensou. *Será que eu a decepciono também, não lhe contando o que dar à luz um herdeiro para a Casa Atreides acabará precipitando?* Levantou a cabeça e encontrou uma expressão de pena nos olhos de Alia. A ideia de que a irmã tinha pena dele era algo que o repugnava. Ela teria visto também aquele futuro apavorante?

– Milorde deve saber os riscos que seu reino corre enquanto não tiver um herdeiro – Irulan falou, usando seus poderes vocais de Bene Gesserit com uma persuasividade untuosa. – Essas coisas são naturalmente difíceis de discutir, mas é preciso colocar as cartas na mesa. Um imperador é mais que um homem. Sua figura comanda o reino. Se ele morrer sem deixar herdeiro, o resultado será a guerra civil. Se ama seu povo, como é que milorde pode abandoná-lo assim?

Paul usou as mãos para se afastar da mesa e caminhou a passos largos até as janelas da sacada. Uma ventania aplanava a fumaça das fogueiras da cidade lá fora. O céu apresentava uma cor azul-prateada cada vez mais escura, suavizada pela precipitação vespertina da poeira da Muralha-Escudo. Olhou para o sul, para o escarpamento que protegia suas terras setentrionais do vento de Coriolis, e perguntou-se por que sua paz de espírito não conseguia encontrar um escudo como aquele.

O Conselho permaneceu sentado e em silêncio atrás dele, à espera, ciente de como ele estava às raias da fúria.

Pareceu a Paul que o tempo investia contra ele. Tentou se impor um estado de tranquilidade baseado em inúmeros equilíbrios, onde ele pudesse dar forma ao futuro.

Desvencilhe-se... desvencilhe-se... desvencilhe-se, pensou. O que aconteceria se ele pegasse Chani, simplesmente recomeçasse e partisse, buscasse asilo em Tupile? Seu nome ainda ficaria para trás. O jihad encontraria outros centros terríveis em volta dos quais girar. Ele também levaria a culpa por isso. De repente, viu-se receoso de que, ao tentar alcançar qualquer coi-

Messias de Duna

sa nova, ele deixasse cair o que era mais precioso, que até mesmo o mais leve ruído que produzisse desalojasse o universo e o fizesse desmoronar e retroceder, até ele não conseguir recuperar mais nenhum pedaço.

Abaixo dele, a praça tornara-se palco para um bando de peregrinos vestindo o verde e o branco do hajj. Prosseguiam feito uma serpente desarticulada atrás de um guia arrakino que caminhava a passos largos. Faziam Paul lembrar que seu salão de recepção já estaria lotado de suplicantes àquela altura. Peregrinos! Aquele exercício de nomadismo havia se tornado uma fonte revoltante de riqueza para seu Imperium. O hajj enchia as vias espaciais de vagabundos religiosos. Vinham, e vinham, não paravam de vir.

Como foi que comecei isso?, ele se perguntou.

A coisa, naturalmente, começara por si própria. Estava nos genes, que poderiam labutar durante séculos para chegar àquele breve espasmo.

Impelidas por aquele instinto religioso dos mais profundos, as pessoas vinham em busca de sua ressurreição. A peregrinação terminava ali: Arrakis, o lugar onde se renascia, onde se morria.

Os fremen idosos e cheios de malícia diziam querer os peregrinos por causa da água.

O que os peregrinos realmente buscavam?, Paul se perguntou. Diziam vir para um lugar sagrado. Mas deviam saber que o universo não tinha uma origem edênica, nenhum Tupile para a alma. Tratavam Arrakis como a morada do desconhecido, onde os mistérios eram explicados. Era um elo entre seu universo e o próximo. E o mais assustador era que, aparentemente, iam embora satisfeitos.

O que encontram aqui?, Paul se perguntou.

Era comum que, em seu êxtase religioso, eles enchessem as ruas com seus guinchos, à semelhança de um estranho aviário. Na verdade, os fremen os chamavam de "aves migratórias". E os poucos que morriam eram "almas aladas".

Com um suspiro, Paul pensou em como cada novo planeta que suas legiões subjugavam abria novos mananciais de peregrinos. Vinham agradecidos pela "paz de Muad'Dib".

Paz em toda parte, Paul pensou. *Em toda parte... exceto no coração de Muad'Dib.*

Era como se um elemento seu estivesse imerso numa geada glacial de trevas sem fim. Seu poder presciente havia adulterado a imagem que a

Frank Herbert

humanidade inteira fazia do universo. Ele abalara o cosmos seguro e substituíra a segurança por seu jihad. Ele havia superado no combate, no raciocínio e na previsão o universo dos homens, mas estava tomado pela certeza de que o universo ainda o desconcertava.

Aquele planeta sob seus pés – que ele mandara refazer, de deserto a paraíso rico em água – estava vivo. Tinha uma pulsação tão dinâmica quanto a de qualquer ser humano. O planeta o combatia, resistia, driblava suas ordens...

A mão de alguém insinuou-se na de Paul. Ele baixou o olhar e viu que Chani o examinava, com preocupação nos olhos. Aqueles olhos sorveram-no, e ela sussurrou:

– Por favor, amor, não peleje com seu eu-ruh.

Uma torrente de emoção chegou até ele através da mão dela e o reanimou.

– Sihaya – ele sussurrou.

– Temos de ir logo ao deserto – ela disse em voz baixa.

Ele apertou a mão dela, soltou-a, voltou à mesa e ali se manteve de pé. Chani sentou-se em sua cadeira.

Irulan olhava fixamente para os papéis diante de Stilgar e sua boca era uma linha esticada.

– Irulan propõe que seja ela a mãe do herdeiro imperial – Paul falou. Olhou para Chani, depois para Irulan, que se recusou a enfrentar-lhe o olhar. – Nós todos sabemos que ela não me ama.

Irulan ficou paralisada.

– Conheço os argumentos políticos – Paul disse. – São os argumentos humanos que me preocupam. Creio que, se a princesa consorte não estivesse sob as ordens das Bene Gesserit, se não quisesse isso por desejar poder pessoal, minha reação talvez fosse outra. Na atual situação, porém, eu rejeito a proposta.

Irulan inspirou profunda e estremecidamente.

Paul, voltando a se sentar, pensou que nunca a vira tão incapaz de se controlar. Inclinando-se na direção dela, disse:

– Irulan, eu realmente sinto muito.

Ela ergueu o queixo, com uma expressão de fúria autêntica nos olhos.

– Não quero sua pena! – sibilou. E, voltando-se para Stilgar: – Há alguma outra coisa urgente e inadiável?

Messias de Duna

Mantendo seu olhar firme em Paul, Stilgar disse:

– Mais um assunto, milorde. A Guilda propõe outra vez uma embaixada formal aqui em Arrakis.

– Um membro da raça do espaço profundo? – Korba perguntou, a voz tomada por um asco fanático.

– Possivelmente – Stilgar respondeu.

– Uma questão a ser considerada com o máximo cuidado, milorde – advertiu Korba. – O Conselho de Naibs não vai gostar disso, um legítimo membro da Guilda aqui em Arrakis. Eles contaminam o solo onde põem os pés.

– Eles vivem em tanques e não põem os pés no solo – Paul disse, deixando sua voz revelar irritação.

– Pode ser que os naibs decidam agir por conta própria, milorde – Korba falou.

Paul o fulminou com os olhos.

– São fremen, afinal de contas, milorde – Korba insistiu. – Todos nos lembramos de que foi a Guilda que trouxe nossos opressores. Não esquecemos a maneira como nos chantagearam e nos fizeram pagar com a especiaria para que não revelassem nossos segredos ao inimigo. Tiraram-nos até o último...

– Chega! – Paul gritou. – Acha que *eu* esqueci?

Como se tivesse acabado de entender a gravidade de suas próprias palavras, Korba gaguejou ininteligivelmente e, em seguida:

– Milorde, perdoe-me. Não tive a intenção de insinuar que milorde não fosse fremen. Eu não...

– Eles mandarão um Piloto – Paul disse. – É improvável que um Piloto viesse para cá se enxergasse algum perigo nisso.

Com a boca repentinamente seca de medo, Irulan falou:

– Você... *viu* um Piloto aqui?

– Claro que não *vi* um Piloto – Paul retrucou, imitando o tom de voz dela. – Mas posso ver onde alguém esteve e para onde alguém está indo. Que nos mandem um Piloto. Talvez eu encontre serventia para um deles.

– Seu desejo é uma ordem – Stilgar disse.

E Irulan, cobrindo o sorriso com a mão, pensou: *Então é verdade. Nosso imperador não consegue ver um Piloto. São cegos um para o outro. A conspiração está protegida.*

"Eis que o drama recomeça outra vez."

– O imperador Paul Muad'Dib, quando de sua ascensão ao Trono do Leão

Alia espiava de seu postigo o grande salão de recepção lá embaixo, para ver passar o séquito da Guilda.

A luz vivamente prateada do meio-dia entrava pelas janelas do clerestório e derramava-se no piso trabalhado em ladrilhos verdes, azuis e amarelo-claros, simulando um braço de rio com plantas aquáticas e, aqui e ali, uma mancha de cores exóticas a indicar uma ave ou um bicho.

Os membros da Guilda atravessavam o mosaico de ladrilhos feito caçadores a espreitar a presa numa selva estranha. Formavam um desenho em movimento de mantos cinzentos, pretos, alaranjados, todos dispostos de maneira enganosamente aleatória ao redor do tanque transparente onde o embaixador Piloto nadava em seu gás laranja. O tanque deslizava sobre seu campo de sustentação, conduzido por dois criados de mantos cinzentos, como se fosse uma nave retangular que rebocassem para o cais.

Logo abaixo dela, Paul estava sentado no Trono do Leão sobre a plataforma elevada. Usava a nova coroa formal, com os emblemas do peixe e do punho. Os mantos de gala dourados e ajaezados cobriam-lhe o corpo. O tremeluzir de um escudo pessoal o cercava. Duas alas de guarda-costas abriam-se em leque dos dois lados da plataforma inteira e desciam pelos degraus até o chão. Stilgar estava dois degraus abaixo, à direita de Paul, vestindo um manto branco, com um cordão amarelo por cinto.

A empatia fraterna dizia-lhe que Paul fervilhava com a mesma agitação que ela sentia, mas ela duvidava de que mais alguém conseguisse detectar aquele frêmito. A atenção dele continuava voltada para um criado de manto alaranjado cujos olhos de metal, que fitavam sem nada ver, não olhavam nem para a direita nem para a esquerda. Esse criado vinha no canto direito da vanguarda da trupe do embaixador, feito um batedor do exército. Um rosto achatado sob os cabelos pretos e encaracolados, tudo o que se podia ver de sua figura por baixo do manto laranja, todos os gestos alardeavam alguém conhecido.

Messias de Duna

Era Duncan Idaho.

Não podia ser Duncan Idaho, mas era.

Memórias cativas, assimiladas no útero no momento em que sua mãe havia alterado a especiaria, identificaram aquele homem para Alia, por arte de uma decifração rihani que enxergava através de qualquer camuflagem. Ela sabia que Paul o via pelo prisma de incontáveis experiências pessoais, momentos de gratidão e companheirismo juvenil.

Era Duncan.

Alia estremeceu. Só poderia haver uma resposta: era um ghola tleilaxu, um ser reconstruído a partir do cadáver do original. Esse original havia perecido para salvar Paul. Aquele só podia ser um produto dos tanques axolotles.

O ghola caminhava com a prontidão afetada de um mestre-espadachim. Ele estacou quando o tanque do embaixador parou de deslizar a dez passos dos degraus da plataforma.

À maneira inescapável das Bene Gesserit, Alia decifrou o desassossego de Paul. Ele já não olhava mais para o personagem saído de seu passado. Sem olhar, todo o seu ser fitava. Os músculos digladiaram-se com as restrições quando ele cumprimentou o embaixador da Guilda e falou:

– Disseram-me que seu nome é Edric. Nós o acolhemos em nossa Corte com a esperança de que isso nos leve a compreender melhor um ao outro.

O Piloto assumiu uma posição reclinada e sedutora em meio a seu gás laranja, enfiou uma cápsula de mélange na boca antes de confrontar o olhar de Paul. O diminuto transdutor que orbitava um dos cantos do tanque do membro da Guilda reproduziu um som de tosse, em seguida a voz áspera e distante:

– Eu me apresento humildemente diante de meu imperador e peço licença para mostrar minhas credenciais e oferecer um pequeno presente.

Um assistente entregou um volume a Stilgar, que o examinou de cenho franzido e depois acenou afirmativamente na direção de Paul. Tanto Stilgar quanto Paul voltaram-se, então, para o ghola que esperava com toda a paciência logo abaixo da plataforma.

– Meu imperador deduziu o que seria o presente – Edric falou.

– É com prazer que aceitamos suas credenciais – disse Paul. – Explique o presente.

Edric revirou-se no tanque, dirigindo sua atenção para o ghola.

Frank Herbert

– Este homem se chama Hayt – disse, soletrando o nome. – De acordo com nossos investigadores, ele tem uma história das mais curiosas. Foi morto aqui em Arrakis... um ferimento grave na cabeça que exigiu muitos meses de regeneração. O corpo foi vendido para os Bene Tleilax como sendo o de um mestre-espadachim, um iniciado da Escola Ginaz. Ocorreu-nos que deveria ser Duncan Idaho, o servidor de confiança de sua família. Nós o compramos como um presente digno de um imperador. – Edric ergueu o olhar para examinar Paul. – Não se trata de Idaho, sire?

Comedimento e cautela dominaram a voz de Paul.

– Ele tem a fisionomia de Idaho.

Será que Paul enxerga algo que eu não vejo?, perguntou-se Alia. *Não! É Duncan!*

O homem chamado Hayt manteve-se impassível, os olhos metálicos fixos no espaço a sua frente e o corpo relaxado. Não deixou escapar nenhum sinal de que soubesse ser ele o assunto da conversa.

– Até onde sabemos, é Idaho – falou Edric.

– Ele se chama Hayt agora – disse Paul. – Um nome curioso.

– Sire, não há como saber como ou por que os Tleilaxu escolhem seus nomes – disse Edric. – Mas nomes podem ser trocados. O nome tleilaxu é de pouca importância.

Esta coisa é tleilaxu, Paul pensou. *Esse é o problema*. Os Bene Tleilax pouco se prendiam à natureza fenomênica. O bem e o mal tinham significados estranhos em sua filosofia. O que poderiam ter incorporado na carne de Idaho, fosse por desígnio ou capricho?

Paul olhou para Stilgar, percebeu o terror supersticioso do fremen. Era uma emoção que repercutia em todos os seus guardas fremen. A mente de Stilgar estaria especulando sobre os hábitos detestáveis dos membros da Guilda, dos Tleilaxu e dos gholas.

Virando-se para o ghola, Paul perguntou:

– Hayt, esse é seu único nome?

Um sorriso sereno espalhou-se pelas feições morenas do ghola. Os olhos metálicos se ergueram, concentraram-se em Paul, mas conservaram seu olhar fixo e mecânico.

– É assim que me chamam, milorde: Hayt.

Em seu postigo às escuras, Alia estremeceu. Era a voz de Idaho, um timbre tão preciso que ela o sentiu impresso em suas células.

Messias de Duna

– Com sua licença, milorde – acrescentou o ghola –, gostaria de dizer que sua voz me agrada. É um sinal, dizem os Bene Tleilax, de que já ouvi sua voz... antes.

– Mas você não tem certeza – disse Paul.

– Nada sei ao certo de meu passado, milorde. Explicaram-me que não há como eu me lembrar de minha antiga vida. De antes, só o que resta é o padrão estabelecido pelos genes. Contudo, existem nichos nos quais coisas que antes me eram familiares podem se encaixar. Vozes, lugares, pratos, rostos, sons, atos... uma espada em minha mão, os controles de um tóptero...

Reparando com que atenção os membros da Guilda acompanhavam aquele diálogo, Paul perguntou:

– Você entende que é um presente?

– Foi o que me explicaram, milorde.

Paul recostou-se, com as mãos pousadas sobre os braços do trono.

Que dívida tenho eu com o corpo de Duncan?, ele se perguntou. *O homem morreu salvando minha vida. Mas este não é Idaho, isto é um ghola.* Contudo, ali estavam o corpo e a mente que ensinaram Paul a pilotar um tóptero como se as asas brotassem de suas próprias espáduas. Paul sabia que não poderia segurar uma espada sem confiar na educação rígida que Idaho lhe dera. Um ghola. Era a carne repleta de impressões falsas, facilmente mal interpretadas. As antigas associações persistiriam. *Duncan Idaho.* Não era tanto uma máscara usada pelo ghola, e sim um traje largo e dissimulador de personalidade que se movia de uma maneira diferente de fosse lá o que os Tleilaxu haviam escondido ali.

– Como é que você poderia nos servir? – perguntou Paul.

– De todas as maneiras que milorde desejar e minhas habilidades permitirem.

Alia, assistindo a tudo de seu posto de observação privilegiado, comoveu-se com aquele ar de modéstia do ghola. Não detectou fingimento. O novo Duncan Idaho emitia um brilho definitivamente inocente. O original tinha sido um homem mundano, irresponsável. Mas haviam expurgado tudo isso daquele corpo. Era uma superfície imaculada sobre a qual os Tleilaxu haviam escrito... o quê?

Foi então que percebeu os perigos ocultos naquele presente. A coisa era tleilaxu. Era perturbadora a desinibição que os Tleilaxu demonstra-

Frank Herbert

vam em suas criações. Era possível que a curiosidade desenfreada orientasse seus atos. Vangloriavam-se de conseguir fazer *qualquer coisa* com a matéria-prima humana adequada: santos ou demônios. Vendiam Mentats assassinos. Haviam produzido um médico assassino, sobrepujando, para tanto, as inibições da Escola Suk contra tomar uma vida humana. Entre seus artigos havia lacaios voluntários, brinquedos sexuais adaptáveis a todos os caprichos, soldados, generais, filósofos, até mesmo um ocasional moralista.

Paul se mexeu e olhou para Edric.

– Como este *presente* foi treinado? – perguntou.

– Com sua licença, milorde – respondeu Edric –, os Tleilaxu acharam interessante treinar este ghola como Mentat e filósofo zen-sunita. Tentaram, desse modo, ampliar suas habilidades com a espada.

– Tiveram êxito?

– Não sei, milorde.

Paul ponderou a resposta. O sentido para a verdade lhe dizia que Edric acreditava sinceramente que o ghola era Idaho. Mas não era só isso. As águas do Tempo que aquele Piloto oracular atravessava sugeriam riscos sem revelá-los. *Hayt.* O nome tleilaxu denunciava o perigo. Paul viu-se tentado a rejeitar o presente. E, mesmo ciente da tentação, ele sabia que não poderia escolher aquele caminho. Aquele corpo cobrava certas dívidas da Casa Atreides – um fato bem conhecido pelo inimigo.

– Filósofo zen-sunita – Paul refletiu, olhando mais uma vez para o ghola. – Já examinou sua função e seus motivos?

– Encaro meus serviços com humildade, sire. Minha mente foi purificada, está livre dos imperativos de meu passado humano.

– Prefere que o chamemos de Hayt ou Duncan Idaho?

– Milorde pode me chamar do que quiser, pois não sou um nome.

– Mas você *gosta* do nome Duncan Idaho?

– Creio que era meu nome, sire. Encaixa-se dentro de mim. Mas... traz à tona reações curiosas. O nome de alguém, penso eu, deve trazer consigo muitas coisas agradáveis e outras tantas desagradáveis.

– O que é que mais lhe agrada? – Paul perguntou.

Inesperadamente, o ghola gargalhou e disse:

– Procurar nas pessoas sinais que revelam meu antigo eu.

– Vê algum sinal aqui?

Messias de Duna

– Ah, sim, milorde. Seu homem ali, Stilgar, está entre desconfiado e admirado. Ele era amigo de meu antigo eu, mas o corpo deste ghola o repele. E milorde admirava o homem que fui... e confiava nele.

– Mente purificada – disse Paul. – Como uma mente purificada pode se sujeitar à servidão?

– Servidão, milorde? A mente purificada toma decisões diante de incógnitas, sem causa e efeito. Isso é servidão?

Paul franziu o cenho. Era um ditado zen-sunita, enigmático, apropriado – imerso num credo que negava a função objetiva de toda a atividade mental. *Sem causa e efeito!* Esses raciocínios escandalizavam a mente. *Incógnitas?* Havia incógnitas em todas as decisões, até mesmo na visão oracular.

– Preferiria que o chamássemos Duncan Idaho? – Paul perguntou.

– Temos nossas diferenças, milorde. Escolha um nome para mim.

– Fique com seu nome tleilaxu – disse Paul. – Hayt: eis aí um nome que inspira cautela.

Hayt fez uma reverência e deu um passo para trás.

Alia se perguntou: *Como é que ele sabia que a entrevista havia terminado? Eu sabia porque conheço meu irmão. Mas não havia um sinal que um estranho pudesse interpretar. O Duncan Idaho dentro dele sabia?*

Paul virou-se para o embaixador e disse:

– Separamos aposentos para sua embaixada. É nosso desejo consultá-lo em particular tão logo se apresente a oportunidade. Mandaremos chamá-lo. Permita-nos dar-lhe mais uma notícia, antes que a receba de uma fonte duvidosa, de que uma Reverenda Madre da Irmandade, Gaius Helen Mohiam, foi removida do paquete que o trouxe aqui. Nós demos a ordem. A presença dela em sua nave será um dos assuntos de nossas conversas.

Paul dispensou o emissário com um aceno da mão esquerda.

– Hayt, fique aqui.

Os criados do embaixador recuaram, rebocando o tanque. Edric tornou-se um movimento laranja no gás laranja – olhos, uma boca, membros a acenar de mansinho.

Paul esperou o último membro da Guilda partir e as portas enormes se fecharem atrás deles.

Está feito, Paul pensou. *Aceitei o ghola.* A criação dos Tleilaxu era uma isca, sem dúvida alguma. Era muito provável que a bruxa velha da Reverenda

Madre desempenhasse o mesmo papel. Mas era o momento do tarô que ele previra numa visão anterior. O maldito tarô! Turvava as águas do Tempo de tal maneira que o presciente acabava fazendo força para detectar momentos que ocorreriam dali a uma hora. Muitos peixes mordiam a isca e escapavam, ele lembrou a si mesmo. E o tarô trabalhava tanto a seu favor quanto contra. O que ele não enxergava, talvez outras pessoas tampouco detectassem.

O ghola permaneceu ali, com a cabeça inclinada para o lado, à espera.

Stilgar cruzou os degraus, escondeu o ghola dos olhos de Paul. Em chakobsa, a língua de caça de seus dias de sietch, Stilgar disse:

– Aquela criatura dentro do tanque me dá arrepios, sire, mas esse *presente*! Mande-o embora!

No mesmo idioma, Paul explicou:

– Não posso.

– Idaho está morto – argumentou Stilgar. – Esse aí não é Idaho. Deixe--me tomar a água dele para a tribo.

– O ghola é problema meu, Stil. Seu problema é nossa prisioneira. Quero a Reverenda Madre vigiada com todo o cuidado pelos homens que treinei para resistir aos ardis da Voz.

– Não gosto disto, sire.

– Agirei com cautela, Stil. Cuide para que você também o faça.

– Muito bem, sire. – Stilgar desceu para o piso do salão, passou perto de Hayt, farejou-o e saiu.

É possível detectar o mal pelo cheiro, pensou Paul. Stilgar plantara o estandarte verde e preto dos Atreides em dezenas de mundos, mas ainda era um fremen supersticioso, à prova de qualquer sofisticação.

Paul examinou o presente.

– Duncan, Duncan – murmurou. – O que fizeram com você?

– Deram-me a vida, milorde – disse Hayt.

– Mas por que foi treinado e oferecido a nós? – Paul perguntou.

Hayt mordeu os lábios e, em seguida:

– Querem que eu o destrua.

A franqueza da declaração abalou Paul. Mas, até aí, de que outra maneira um Mentat zen-sunita responderia? Mesmo sendo um ghola, um Mentat não poderia dizer menos que a verdade, principalmente se motivada pela serenidade interior zen-sunita. Era um computador humano, a mente e o sistema nervoso adaptados às tarefas relegadas tempos atrás a

Messias de Duna

detestáveis aparelhos mecânicos. Condicioná-lo também como zen-sunita implicava uma dose dupla de honestidade... a menos que os Tleilaxu tivessem embutido algo ainda mais estranho naquele corpo.

Por exemplo, por que os olhos mecânicos? Os Tleilaxu vangloriavam-se de que seus olhos metálicos eram melhores que os originais. Estranho, portanto, que um número maior de Tleilaxu não os usasse por vontade própria.

Paul olhou para o postigo de Alia lá em cima, desejou que ela estivesse ali, que o aconselhasse, que lhe fizesse recomendações imaculadas por sentimentos de responsabilidade e obrigação.

Mais uma vez, ele olhou para o ghola. Não era um presente frívolo. Fornecia respostas honestas para perguntas perigosas.

Não faz diferença eu saber que se trata de uma arma a ser usada contra mim, pensou Paul.

– O que devo fazer para me proteger de você? – Paul perguntou. Falou diretamente, nada de plural majestático, e sim uma pergunta que ele poderia ter feito ao velho Duncan Idaho.

– Mande-me embora, milorde.

Paul balançou a cabeça de um lado para o outro.

– Como é que vai me destruir?

Hayt olhou para os guardas, que haviam se aproximado de Paul depois que Stilgar partira. Ele se virou, percorreu o salão com o olhar, voltou a fixar Paul com seus olhos metálicos e assentiu com a cabeça.

– Neste lugar, um homem se afasta das pessoas – disse Hayt. – Revela tamanho poder que só nos é possível contemplá-lo à vontade se não esquecermos que todas as coisas têm fim. Os poderes oraculares de milorde traçaram o curso que o trouxe a este lugar?

Paul tamborilou os dedos nos braços do trono. O Mentat buscava dados, mas a pergunta o transtornava.

– Cheguei a esta posição tomando decisões enérgicas... nem sempre usando minhas outras... habilidades.

– Decisões enérgicas – disse Hayt. – Elas temperam a vida de um homem. É possível tirar a têmpera de um metal fino aquecendo-o e deixando-o esfriar sem banhá-lo em água.

– Está tentando me distrair com essa conversa fiada zen-sunita? – Paul perguntou.

– O zen-sunita tem outras vias para explorar, sire, além de distração e demonstração.

Paul umedeceu os lábios com a língua, inspirou fundo, colocou seus próprios pensamentos na posição de contrapeso dos Mentats. Respostas negativas surgiram ao redor dele. Ninguém esperava que ele saísse correndo atrás do ghola a ponto de abandonar outros deveres. Não, não era isso. Por que um Mentat *zen-sunita*? Filosofia... palavras... contemplação... busca interior... Percebeu o ponto fraco dos dados a sua disposição.

– Precisamos de mais dados – murmurou.

– Os fatos de que um Mentat precisa não grudam por acaso em alguém, como o pólen que suas roupas recolhem quando você atravessa um campo florido – disse Hayt. – Escolhe-se com cuidado o pólen, que será examinado sob grande ampliação.

– Precisa me ensinar esse jeito zen-sunita com a retórica – disse Paul.

Os olhos metálicos cintilaram na direção dele por um instante, e então:

– Milorde, talvez fosse essa a intenção.

Enfraquecer minha determinação com palavras e ideias?, Paul se perguntou.

– As ideias são mais temíveis quando se tornam atos – disse Paul.

– Mande-me embora, sire – sugeriu Hayt, e foi com a voz de Duncan Idaho, tomada de preocupação pelo "jovem mestre".

Paul sentiu-se aprisionado por aquela voz. Não podia mandar aquela voz embora, mesmo que partisse de um ghola.

– Você fica, e nós dois seremos cautelosos.

Hayt, submisso, fez uma reverência.

Paul olhou para o postigo lá em cima, implorando com os olhos para que Alia tirasse aquele *presente* das mãos dele e deslindasse seus segredos. Os gholas eram fantasmas para assustar crianças. Nunca imaginara que conheceria um. Para conhecer aquele, ele tinha de se colocar acima de toda a compaixão... e não sabia ao certo se era capaz de fazê-lo. *Duncan... Duncan...* Onde estava Idaho naquele corpo feito sob medida? Não era carne... era um sudário em forma de carne! Idaho jazia morto para todo o sempre no chão de uma caverna arrakina. Seu fantasma observava com olhos de metal. Dois seres se apresentavam lado a lado naquele corpo redivivo. Um deles era uma ameaça que escondia sua força e sua natureza atrás de véus ímpares.

Messias de Duna

Fechando os olhos, Paul deixou visões antigas passar pela peneira de sua percepção. Notou os espíritos do amor e do ódio que ali jorravam num mar agitado onde nenhum rochedo se erguia acima do caos. Nenhum lugar de onde se pudesse observar o turbilhão.

Por que nenhuma visão até hoje me mostrou este novo Duncan Idaho?, ele se perguntou. *O que escondia o Tempo de um oráculo? Outros oráculos, obviamente.*

Paul abriu os olhos e perguntou:

– Hayt, você tem o poder da presciência?

– Não, milorde.

A sinceridade falava com aquela voz. Naturalmente, era possível que o ghola desconhecesse ter a habilidade. Mas isso atrapalharia seu funcionamento como Mentat. Qual era o desígnio oculto?

Visões antigas se ergueram ao redor de Paul. Ele teria de escolher o caminho terrível? O Tempo distorcido fazia alusão ao ghola naquele futuro hediondo. Aquele caminho iria se fechar sobre ele não importava o que fizesse?

Desvencilhe-se... desvencilhe-se... desvencilhe-se...

O pensamento repicava em sua mente.

Em seu lugar logo acima de Paul, Alia, sentada, segurava o queixo na mão esquerda e olhava para o ghola lá embaixo. O tal Hayt emanava uma atração magnética que chegava até ela. A restauração tleilaxu dera-lhe juventude, uma veemência inocente que a seduzia. Ela compreendera o pedido mudo de Paul. Quando os oráculos falhavam, recorria-se a espiões de verdade e poderes físicos. Mas ela questionava sua própria ânsia de aceitar aquele desafio. Sentia um desejo inegável de se ver ao lado daquele *novo* homem, talvez tocá-lo.

Ele é um perigo para nós dois, pensou.

O mal da verdade é o excesso de análise.

– Antigo ditado fremen

– Reverenda Madre, arrepia-me vê-la nestas circunstâncias – disse Irulan.

Ela mal havia atravessado a porta da cela e já avaliava os diversos atributos do recinto à moda das Bene Gesserit. Era um cubo escavado por radiofresas na rocha de veios castanhos sob o Forte de Paul. Tinha por mobília uma frágil cadeira de vime, ora ocupada pela Reverenda Madre Gaius Helen Mohiam, um catre com uma capa marrom, sobre a qual estavam espalhadas todas as cartas do novo Tarô de Duna, uma torneira d'água dotada de registro logo acima de uma pia recicladora, uma privada fremen com vedação de umidade. Tudo era parco, primitivo. Uma luz amarela vinha dos luciglobos fixos e gradeados nos quatro cantos do teto.

– Mandou avisar lady Jéssica? – a Reverenda Madre perguntou.

– Sim, mas não espero que ela levante um dedo contra seu primogênito – respondeu Irulan.

Olhou para as cartas. Falavam dos poderosos que davam as costas aos suplicantes. A carta do Grande Verme jazia sob o Areal Desolado. Aconselhava-se paciência. *Era preciso o tarô para ver aquilo?*, ela se perguntou.

Um guarda do lado de fora vigiava as duas através de uma janela de metavidro na porta. Irulan sabia que haveria outras pessoas monitorando aquele encontro. Ela havia pensado e planejado bastante antes de se atrever a aparecer ali. Mas manter-se afastada também teria sido arriscado.

A Reverenda Madre andara se dedicando à meditação *prajna* intercalada com consultas ao tarô. Apesar da sensação de que nunca deixaria Arrakis viva, ela conseguira se acalmar um pouco com aquilo. Por mais ínfimos que fossem os poderes oraculares de alguém, a água turva ainda era água turva. E sempre havia a Litania contra o Medo.

Ela ainda tinha de assimilar as implicações dos atos que a haviam atirado naquela cela. Sua mente remoía suspeitas tenebrosas (e o tarô sugeria confirmações). Seria possível a Guilda ter planejado aquilo?

Um Qizara de manto amarelo, a cabeça raspada fazendo as vezes de turbante, olhos miúdos e de um azul total cravados no rosto afável e redon-

Messias de Duna

do, a pele curtida pelo vento e o sol de Arrakis, havia se instalado na ponte de recepção do paquete à espera dela. Havia tirado os olhos de um cálice de café de especiaria servido por um comissário de bordo obsequioso, a estudado por um momento e depois baixado o cálice.

– É a Reverenda Madre Gaius Helen Mohiam?

Repetir aquelas palavras em sua mente era reviver o momento na memória. Sua garganta se fechara num espasmo incontrolável de medo. Como é que um dos asseclas do imperador soubera que ela estava no paquete?

– Chegou a nosso conhecimento que a senhora estava a bordo – falou o Qizara. – Esqueceu que não tem permissão para pôr os pés no planeta santo?

– Não estou na superfície de Arrakis. Sou passageira de um paquete da Guilda em espaço franco.

– Não existe isso de espaço franco, senhora.

Ela detectou um misto de ódio e profunda desconfiança no tom de voz dele.

– Muad'Dib a tudo governa – ele falou.

– Arrakis não é meu destino – ela insistiu.

– Arrakis é o destino de todos.

Por um instante, ela receou que ele desatasse a recitar o itinerário místico que os peregrinos seguiam (aquela mesma nave transportava milhares deles).

Mas o Qizara tirou um amuleto dourado de sob o manto, beijou-o, tocou a testa com ele, levou-o à orelha direita e pôs-se a escutar. Sem demora, devolveu o amuleto a seu esconderijo.

– Mandaram-na recolher sua bagagem e me acompanhar até Arrakis.

– Mas tenho compromissos em outro lugar!

Naquele momento, ela desconfiou de alguma perfídia da Guilda... ou de que algum poder transcendental do imperador ou da irmã dele a tivesse descoberto. Talvez o Piloto não ocultasse a conspiração no fim das contas. A abominação, Alia, certamente possuía as habilidades de uma Reverenda Madre das Bene Gesserit. O que acontecia quando esses poderes se aliavam às forças que operavam no irmão?

– Agora mesmo! – o Qizara gritou.

Todo o seu íntimo clamou contra a ideia de voltar a pisar naquele planeta deserto e amaldiçoado. Ali, lady Jéssica havia se voltado contra a Irmandade. Ali, elas perderam Paul Atreides, o Kwisatz Haderach que tanto procuraram, geração após geração de cruzamentos meticulosos.

– Agora mesmo – ela concordou.

– Temos pouco tempo – disse o Qizara. – Quando o imperador manda, todos os seus súditos obedecem.

Então a ordem partira de Paul!

Ela cogitou protestar ao Navegador que comandava o paquete, mas a futilidade do gesto a impediu. O que a Guilda poderia fazer?

– O imperador disse que eu morreria se pusesse os pés em Duna – ela falou, fazendo um desesperado e derradeiro esforço. – Você mesmo o disse. Estará me condenando se me levar lá para baixo.

– Chega – ordenou o Qizara. – Já foi disposto.

Ela sabia que era assim que sempre se referiam às ordens imperiais. *Disposto!* O soberano sagrado que tinha olhos capazes de penetrar o futuro havia se pronunciado. O que tinha de ser, seria. Ele já o previra, pois não?

Com a sensação mórbida de que fora apanhada em sua própria teia, ela se virou para obedecer.

E a teia transformara-se numa cela que Irulan podia visitar. Viu que Irulan tinha envelhecido um pouco desde que se encontraram em Wallach IX. Novas rugas de preocupação irradiavam dos cantos de seus olhos. Bem... chegara a hora de ver se aquela irmã das Bene Gesserit cumpriria seus votos.

– Já tive aposentos piores – disse a Reverenda Madre. – O imperador a mandou aqui? – E ela deixou que seus dedos se movessem, como se estivessem agitados.

Irulan fez a leitura dos dedos em movimento, e seus próprios dedos sinalizaram uma resposta enquanto ela falava:

– Não... Vim assim que fiquei sabendo que a senhora estava aqui.

– O imperador não irá se zangar? – a Reverenda Madre perguntou. Outra vez, seus dedos se moveram: imperativos, prementes, inquisitivos.

– Que se zangue. A senhora foi minha professora na Irmandade, e também foi a professora da mãe dele. Ele acha que vou dar as costas à senhora como ela fez? – E a linguagem digital de Irulan apresentou desculpas, implorou.

A Reverenda Madre suspirou. Aparentemente, era o suspiro de uma prisioneira lamentando sua sina, mas, por dentro, pareceu-lhe que a reação fosse uma crítica a Irulan. Era inútil nutrir a esperança de que o precioso padrão genético do imperador Atreides pudesse ser preservado por

Messias de Duna

meio daquele instrumento. Por mais bela que fosse, a princesa não era perfeita. Sob aquela fina camada de atratividade sexual vivia uma megera chorona que se interessava mais por palavras do que por ações. Mas Irulan ainda era uma Bene Gesserit, e a Irmandade reservava certas técnicas para aplicar a seus veículos mais fracos, como garantia de que instruções vitais seriam cumpridas.

Por baixo da conversa fiada a respeito de um catre mais macio e comida melhor, a Reverenda Madre trouxe à baila seu arsenal persuasivo e deu suas ordens: era forçoso explorar a possibilidade de endocruzamento entre o irmão e a irmã (Irulan quase sucumbiu ao receber a ordem).

– Vocês têm de me dar uma chance! – imploraram os dedos de Irulan.

– Você teve sua chance – contrapôs a Reverenda Madre.

E foi explícita em suas instruções: o imperador nunca se zangava com a concubina? Seus poderes singulares certamente faziam dele um homem solitário. Com quem ele poderia falar, esperando ser compreendido? Com a irmã, obviamente. Ela conhecia a mesma solidão. Era preciso explorar as profundezas dessa comunhão. Era preciso criar oportunidades para reunir os dois em particular. Arranjar encontros íntimos. Explorar a possibilidade de eliminar a concubina. O pesar destruía as barreiras tradicionais.

Irulan protestou. Se matassem Chani, a suspeita recairia imediatamente sobre a princesa consorte. Além disso, havia outros problemas. Chani havia passado a seguir estritamente uma antiga dieta fremen que, ao que se supunha, promoveria a fertilidade, e essa dieta eliminava todas as oportunidades de administrar as drogas contraceptivas. A remoção dos supressores deixaria Chani ainda mais fértil.

A Reverenda Madre ficou furiosa, e foi com dificuldade que escondeu o fato enquanto seus dedos sinalizavam suas indagações. Por que a informação não tinha sido transmitida no começo da conversa? Como é que Irulan podia ser tão estúpida? Se Chani concebesse e desse à luz um filho, o imperador declararia o menino seu herdeiro!

Irulan protestou que entendia os riscos, mas talvez não se perdessem totalmente os genes.

Maldita estupidez!, vociferou a Reverenda Madre. Quem havia de saber quais supressões e complicações genéticas a estirpe fremen selvagem de Chani poderia introduzir? Era forçoso que a Irmandade tivesse somente a linhagem pura! E um herdeiro acabaria renovando as ambi-

Frank Herbert

ções de Paul, incitando-o a tentar novamente consolidar seu Império. A conspiração não poderia arcar com tamanho contratempo.

Defensivamente, Irulan quis saber como ela poderia ter impedido Chani de tentar a tal dieta.

Mas a Reverenda Madre não queria ouvir desculpas. Irulan acabara de receber instruções explícitas para enfrentar essa nova ameaça. Se Chani concebesse, era preciso introduzir um abortivo em sua comida ou bebida. Ou então seria necessário matá-la. Era forçoso evitar a todo custo um herdeiro do trono com tal proveniência.

Um abortivo seria tão perigoso quanto um ataque franco à concubina, objetou Irulan. Ela estremecia só de cogitar a tentativa de matar Chani.

Era o perigo que impedia Irulan?, quis saber a Reverenda Madre, e sua linguagem digital transmitiu profundo desprezo.

Zangada, Irulan sinalizou que conhecia seu valor como agente infiltrada na família real. A conspiração queria desperdiçar uma agente tão valiosa? Deveriam jogá-la fora? De que outro modo poderiam vigiar tão de perto o imperador? Ou teriam introduzido um outro agente na família? Era isso? Ela deveria agora ser usada como uma última medida desesperada?

Numa guerra, todos os valores adquiriam novas relações, contrapôs a Reverenda Madre. Para elas, o maior perigo seria a Casa Atreides se consolidar como linhagem imperial. A Irmandade não podia correr tamanho risco. Ia muito além de colocar em risco o padrão genético dos Atreides. Se Paul firmasse sua família no trono, os programas das Bene Gesserit certamente seriam interrompidos durante séculos.

Irulan entendia o argumento, mas não conseguia fugir da ideia de que haviam tomado a decisão de sacrificar a princesa consorte por algo de grande valor. Havia alguma coisa que ela devesse saber a respeito do ghola?, arriscou-se Irulan.

A Reverenda Madre quis saber se Irulan pensava que a Irmandade era formada por idiotas. Quando é que tinham deixado de dizer a Irulan tudo que ela *deveria* saber?

Não era uma resposta, e sim uma admissão de que havia algo a esconder, percebeu Irulan. Dizia-lhe que não lhe contariam mais do que ela precisava saber.

Como poderiam ter certeza de que o ghola seria capaz de destruir o imperador?, perguntou Irulan.

Messias de Duna

Ela poderia muito bem ter perguntado se o mélange era capaz de destruir alguma coisa, a Reverenda Madre contrapôs.

Foi uma reprimenda com uma mensagem sutil, Irulan percebeu. O "chicote que ensina" das Bene Gesserit a informava de que ela deveria ter compreendido tempos antes aquela semelhança entre a especiaria e o ghola. O mélange era valioso, mas tinha um preço: o vício. Aumentava a vida em anos – décadas, no caso de algumas pessoas –, mas ainda era só mais uma maneira de morrer.

O ghola era uma coisa de valor mortífero.

A maneira óbvia de impedir um nascimento indesejado era matar a provável mãe antes da concepção, sinalizou a Reverenda Madre, voltando à carga.

Claro, Irulan pensou. *Se decidir gastar uma certa quantia, obtenha o máximo que puder com ela.*

Os olhos da Reverenda Madre, obscurecidos pelo brilho azul do vício do mélange, ergueram-se para fitar Irulan, calculando, aguardando, observando minúcias.

Ela me decifra claramente, Irulan pensou, consternada. *Ela me treinou e me observou enquanto me treinava. Sabe que compreendo a decisão que foi tomada aqui. Ela só observa agora para ver como eu vou aceitar essa informação. Bem, vou aceitá-la como Bene Gesserit e princesa.*

Irulan deu um jeito de sorrir, empertigou-se, pensou no trecho introdutório e evocativo da Litania contra o Medo:

"Não terei medo. O medo mata a mente. O medo é a pequena morte que leva à aniquilação total. Enfrentarei meu medo..."

Retornada a calma, ela pensou: *Que me sacrifiquem. Mostrarei a eles quanto vale uma princesa. Talvez eu consiga mais do que esperavam.*

Depois de mais algumas vocalizações sem sentido para arrematar a entrevista, Irulan partiu.

Quando ela se foi, a Reverenda Madre voltou a suas cartas de tarô, dispondo-as no padrão do redemoinho de fogo. Imediatamente, tirou o Kwisatz Haderach dos Arcanos Maiores, e a carta veio acompanhada do Oito de Naves: a sibila ludibriada e traída. Não eram cartas de bom agouro: falavam de recursos secretos para seus inimigos.

Ela deu as costas às cartas e sentou-se, agitada, imaginando se Irulan não viria ainda a destruí-las.

Os Fremen a veem como uma Personificação da Terra, uma semideusa especialmente encarregada de proteger as tribos com seus poderes ligados à violência. É a Reverenda Madre de suas Reverendas Madres. Para os peregrinos que a procuram, pedindo que lhes devolva a virilidade ou que faça frutificar os estéreis, ela é uma espécie de Antimentat. Alimenta-se da prova de que a "análise" tem limites. Ela representa a tensão suprema. É a meretriz-virgem: espirituosa, vulgar, cruel, de caprichos tão destrutivos quanto uma tempestade de Coriolis.

– Santa Alia da Faca, como consta do "Relatório Irulan"

Alia era a personificação de uma sentinela de manto preto sobre a plataforma sul de seu templo, o Fano do Oráculo que os fremen de Paul haviam erigido para ela de encontro à muralha da fortaleza de Muad'Dib.

Ela detestava essa parte de sua vida, mas não sabia como escapar do templo sem causar a destruição de todos eles. Os peregrinos (malditos!) tornavam-se mais numerosos a cada dia. O pórtico inferior do templo estava repleto deles. Os vendedores ambulantes andavam entre os peregrinos, e havia reles feiticeiros, arúspices, adivinhos, todos exercendo suas profissões numa imitação lamentável de Paul Muad'Dib e sua irmã.

Alia viu que as embalagens verdes e vermelhas do novo Tarô de Duna se destacavam entre as mercadorias dos ambulantes. O tarô a intrigava. Quem alimentava o mercado arrakino com aquele expediente? Por que o tarô ganhara repentina importância particularmente naquele momento e naquele lugar? Seria para turvar o Tempo? O vício da especiaria sempre trazia consigo uma certa sensibilidade ao vaticínio. Os fremen eram sabidamente clarividentes. Seria acidental que tantos deles se dedicassem a augúrios e presságios ali e naquele momento? Ela decidiu procurar uma resposta na primeira oportunidade.

Messias de Duna

Entrava um vento de sudeste, um restinho de vento mitigado pela escarpa da Muralha-Escudo que assomava bem alto naqueles rincões setentrionais. A borda brilhava na cor laranja através de uma fina névoa de poeira, iluminada por baixo pelo sol de fim de tarde. Era um vento quente que lhe roçava a face e a deixava com saudades da areia, da segurança dos espaços abertos.

Os últimos remanescentes da turba daquele dia começaram a descer os degraus largos de nefrita do pórtico inferior, sozinhos ou em grupos, e alguns se detinham para olhar as lembrancinhas e os amuletos sagrados nas araras dos ambulantes, outros para consultar um último e reles feiticeiro. Peregrinos, suplicantes, citadinos, fremen, vendedores que davam o dia por encerrado: formavam uma fila irregular que se desfazia ao entrar na avenida delimitada por palmeiras que levava ao centro da cidade.

Os olhos de Alia identificaram os fremen, reparando nas expressões petrificadas de admiração supersticiosa em seus rostos, a maneira meio selvagem com que guardavam distância das outras pessoas. Eles eram sua força e seu risco. Ainda capturavam os vermes gigantes para lhes servir de meio de transporte, por lazer e para os sacrifícios. Ressentiam-se dos peregrinos de fora do planeta, mal suportavam os citadinos dos graben e das *caldeiras*, detestavam o cinismo que viam nos ambulantes. Ninguém acotovelava os fremen bravios, nem mesmo numa turba como aquela que apinhava o caminho para o Fano de Alia. Nada de esfaqueamentos nos Recintos Sagrados, mas já haviam encontrado cadáveres... posteriormente.

A chusma que partia levantara a poeira. O cheiro de pederneira chegou às narinas de Alia, acendeu mais uma pontada de saudade do *bled* aberto. Ela notou que sua percepção do passado tinha se aguçado com a chegada do ghola. Haviam sido tão prazerosos aqueles dias sem entraves, antes de seu irmão subir ao trono – tempo para gracejar, tempo para as pequenas coisas, tempo para desfrutar uma manhã fria ou um pôr do sol, tempo... tempo... tempo... Até mesmo o perigo era bom naqueles dias – um perigo honesto e de origem conhecida. Não havia então a necessidade de forçar os limites da presciência, de bisbilhotar através de véus tenebrosos vislumbres frustrantes do futuro.

Os fremen bravios diziam bem: "Quatro coisas impossíveis de esconder: o amor, a fumaça, um pilar de fogo e um homem andando pelo bled aberto".

Frank Herbert

Com uma sensação repentina de asco, Alia retirou-se da plataforma para as sombras do Fano, percorreu a passos largos a sacada que, lá de cima, olhava para a opalescência cintilante de seu Salão dos Oráculos. A areia nos ladrilhos rilhava sob seus pés. *Os suplicantes sempre arrastavam a areia para os Aposentos Sagrados!* Ela ignorou os criados, guardas, postulantes, os onipresentes sacerdotes-bajuladores do Qizarate, atirou-se na passagem em caracol que subia até seus aposentos particulares. Ali, em meio a divãs, tapetes espessos, tapeçarias e lembranças do deserto, ela dispensou as amazonas fremen que Stilgar havia designado como suas guardiãs pessoais. *Cães de guarda, isso sim!* Tão logo partiram, aos resmungos e protestos, com mais medo de Alia que de Stilgar, ela se despiu, deixando apenas a bainha com a dagacris na tira de couro que trazia ao pescoço, e foi largando as roupas atrás de si ao se dirigir para o banho.

Sabia que ele estava por perto – aquele homem obscuro que ela pressentia em seu futuro, mas não enxergava. Irritava-a o fato de nenhum poder presciente conseguir detalhar aquele vulto. Era possível pressenti-lo somente em momentos inesperados, quando ela sondava a vida de outras pessoas. Ou deparava com um contorno esfumaçado na solidão das trevas quando a inocência se aliava ao desejo. Ele esperava logo depois de um horizonte instável, e ela tinha a impressão de que, se obrigasse seus talentos a atingir uma intensidade inusitada, talvez o enxergasse. Ele estava *lá*, um assédio constante à percepção de Alia: feroz, perigoso, imoral.

O ar morno e úmido a envolveu dentro da banheira. Ali estava um hábito que ela aprendera com as entidades-lembranças das incontáveis Reverendas Madres que foram engastadas em sua consciência feito pérolas num colar fulgurante. A água – a água morna de uma banheira funda – acolheu-lhe a pele quando Alia entrou nela. Ladrilhos verdes com desenhos de peixes vermelhos, arranjados num padrão marinho, circundavam a água. Tamanha abundância de água ocupava aquele espaço que um fremen de outrora teria se sentido ultrajado ao vê-la usada meramente para lavar o corpo humano.

Ele estava por perto.

Era a luxúria em tensão com a castidade, ela pensou. Seu corpo desejava um homem. O sexo não guardava nenhum mistério fortuito para uma Reverenda Madre que havia presidido as orgias do sietch. A consciência *tau* de seus *eus-alheios* poderia fornecer todos os pormenores

Messias de Duna

que sua curiosidade quisesse. Aquela sensação de proximidade não poderia ser outra coisa que não a carne a ansiar pela carne.

A necessidade de tomar uma atitude digladiou-se com a letargia na água morna.

De repente, Alia saiu do banho, ainda pingando água, e andou, molhada e nua, até a câmara de treinamento contígua a seu quarto de dormir. A câmara oblonga e cheia de claraboias encerrava os instrumentos grosseiros e sutis que ajustavam a iniciada Bene Gesserit à percepção/preparação física e mental suprema. Havia amplificadores mnemônicos, serrilhadores digitais provenientes de Ix para fortalecer e sensibilizar os dedos das mãos e dos pés, sintetizadores de odores, sensibilizadores táteis, campos de gradiente de temperatura, reveladores de padrões para não deixá-la cair em hábitos detectáveis, treinadores de resposta das ondas alfa, sincropiscadores para ajustar as habilidades em condições de luz/trevas/espectroscopia...

Em letras de dez centímetros ao longo da parede, inscritas por suas próprias mãos com tinta mnemônica, estava o lembrete fundamental do Credo das Bene Gesserit:

"Antes de nós, todos os métodos de aprendizagem eram maculados pelos instintos. Aprendemos a aprender. Antes de nós, os pesquisadores dominados pelo instinto tinham uma capacidade de concentração limitada, geralmente não mais que uma vida. Nunca lhes ocorreu fazer projetos que se estendessem a cinquenta vidas ou mais. O conceito de treinamento muscular/neural completo não havia chegado a sua percepção."

Ao entrar na sala de treinamento, Alia flagrou seu próprio reflexo multiplicado milhares de vezes nos prismas de cristal de um espelho de esgrima que pendia do coração de um estafermo. Viu a espada longa que a aguardava no suporte, encostada ao alvo, e pensou: *Sim! Vou me exercitar até ficar exausta – exaurir o corpo e esvaziar a mente.*

A espada pareceu-lhe perfeita em sua mão. Ela tirou a dagacris da bainha que trazia ao pescoço, segurou-a com a sinistra, bateu no botão de ativação com a ponta da espada. A resistência ganhou vida quando a aura do escudo-alvo se formou, repelindo com vagar e firmeza sua arma.

Os prismas cintilaram. O alvo passou para a esquerda de Alia.

Ela o seguiu com a ponta da espada longa, pensando, como fizera muitas vezes, que a coisa por pouco não parecia viva. Mas eram só servomotores

Frank Herbert

e circuitos refletores complexos, projetados para atrair os olhos e desviá-los do perigo, para confundir e ensinar. Era um instrumento equipado para reagir como ela reagia, um antieu que se movia como ela se movia, compensando a luz em seus prismas, mudando seu alvo, oferecendo sua contra-arma.

Várias lâminas pareceram brotar dos prismas para atacá-la, mas só uma era real. Ela se defendeu da verdadeira com um contra, atravessou a resistência do escudo com a espada e tocou o alvo. Um marcador se acendeu: uma luz vermelha e cintilante em meio aos prismas... mais uma distração.

A coisa atacou outra vez, movendo-se agora à velocidade de uma marca, só um pouco mais rápido que no início.

Ela aparou e, contrariando a cautela, pontuou com a dagacris.

Duas luzes brilharam nos prismas.

E, mais uma vez, a coisa ganhou velocidade, deslocando-se sobre os rolamentos, deixando-se atrair feito ímã pelos movimentos do corpo e pela ponta da espada de Alia.

Atacar – aparar – contra-atacar.

Atacar – aparar – contra-atacar...

Eram quatro as luzes acesas agora, e a coisa ia ficando mais perigosa, movia-se mais rápido a cada luz, aumentava as áreas confusas.

Cinco luzes.

O suor cintilava em sua pele nua. Ela agora existia num universo de dimensões delineadas pela lâmina ameaçadora, o alvo, os pés descalços contra o piso da sala de exercícios, sentidos/nervos/músculos – um movimento em resposta a outro.

Atacar – aparar – contra-atacar.

Seis luzes... sete...

Oito!

Nunca tinha arriscado oito antes.

Num recesso de sua mente formou-se uma sensação de urgência, um protesto contra tamanha insensatez. O instrumento composto de alvo e prismas era incapaz de pensar, experimentar a cautela ou o remorso. E portava uma espada de verdade. Enfrentar menos que isso arruinaria o propósito do treinamento. A espada que atacava era capaz de mutilar e matar. Mas os melhores espadachins do Imperium nunca tinham enfrentado mais de sete luzes.

Nove!

Messias de Duna

Alia experimentou uma sensação de exaltação suprema. A arma que atacava e o alvo tornaram-se borrões em meio a outros borrões. Pareceu-lhe que a espada em sua mão ganhara vida. Ela era o antialvo. Não era ela quem movia a lâmina: a lâmina a movia.

Dez!

Onze!

Uma coisa passou feito raio perto de seu ombro, desacelerou de encontro à aura do escudo que cercava o alvo, atravessou-o e acionou o botão de desativação. As luzes se apagaram. Os prismas e o alvo rodopiaram até parar.

Alia girou nos calcanhares, furiosa com a intromissão, mas sua reação foi transformada em tensão ao reconhecer a habilidade suprema de quem havia atirado aquela faca. O arremesso fora calculado com uma precisão refinada: rápido o suficiente para atravessar a zona do escudo, mas não rápido demais para ser defletido.

E acertara um ponto milimétrico no interior de um alvo com onze luzes acesas.

Alia viu suas próprias emoções e tensões perderem o ímpeto, quase como ocorrera com o estafermo. Não ficou nem um pouco surpresa ao ver quem havia arremessado a faca.

Paul estava ali, na sala de treinamento, parado junto à porta, com Stilgar três passos atrás dele. Os olhos de seu irmão estavam semicerrados de raiva.

Alia, ao lembrar que estava nua, pensou em se cobrir e achou a ideia engraçada. Era impossível apagar o que os olhos já tinham visto. Devagar, ela recolocou a dagacris na bainha que trazia ao pescoço.

– Eu já devia saber – disse.

– Imagino que saiba muito bem o perigo que correu – falou Paul.

Ele se demorou, interpretando as reações do rosto e do corpo da irmã: o rubor do exercício que corava sua pele, a fartura úmida dos lábios. Havia nela uma feminilidade inquietante que ele nunca havia cogitado em sua irmã. Achou estranho que fosse possível olhar para uma pessoa tão próxima dele e não mais reconhecê-la no quadro identitário que parecera tão estável e familiar.

– Isso foi loucura – Stilgar falou asperamente, colocando-se ao lado de Paul.

As palavras saíram zangadas, mas Alia ouviu o espanto na voz dele, viu-o em seus olhos.

– Onze luzes – disse Paul, balançando a cabeça.

– Eu teria chegado a doze se você não tivesse interferido. – Ela começou a empalidecer sob o olhar firme e minucioso do irmão e acrescentou: – E para que servem tantas luzes nessas malditas coisas se não para tentarmos acendê-las?

– Cabe a uma Bene Gesserit indagar o motivo por trás de um sistema aberto? – Paul perguntou.

– Imagino que você nunca tenha tentado mais de sete! – ela disse, voltando a se zangar. A postura atenta do irmão a incomodava.

– Só uma vez. Gurney Halleck me pegou na décima. O castigo foi tão vergonhoso que nem vou contar o que ele fez. E, por falar em vergonha...

– Da próxima vez, quem sabe vocês não peçam para ser anunciados.

Ela passou por Paul e entrou no quarto, encontrou um manto cinzento e folgado, enfiou-se dentro dele e começou a escovar os cabelos diante de um espelho de parede. Sentia-se suada, triste, uma espécie de tristeza pós-coito que a deixou com vontade de tomar outro banho... e dormir.

– Por que estão aqui? – ela perguntou.

– Milorde – disse Stilgar. A estranha inflexão na voz dele fez Alia se virar para encará-lo.

– Irulan sugeriu que viéssemos, por mais estranho que pareça – Paul falou – Ela acredita, e as informações que Stil possui parecem confirmar isso, que nossos inimigos estão prestes a tentar seriamente se apo...

– Milorde! – disse Stilgar, com mais vigor na voz.

O irmão se virou, intrigado, mas Alia continuou a olhar para o velho naib fremen. Havia algo nele que, naquele momento, não a deixava esquecer que ele era um dos primitivos. Stilgar acreditava num mundo sobrenatural e muito próximo, que lhe falava usando uma língua simples e pagã, desfazendo todas as dúvidas. O universo natural onde ele vivia era feroz, implacável e desprovido da moralidade comum do Imperium.

– Sim, Stil – disse Paul. – Quer contar a ela por que estamos aqui?

– Não é hora para discutir por que estamos aqui – Stilgar falou.

– Qual é o problema, Stil?

Stilgar continuava a fitar Alia.

– Sire, está cego?

Messias de Duna

Paul voltou a olhar para a irmã, e a inquietação começou a se apoderar dele. Dentre todos os seus assistentes, somente Stilgar se atrevia a falar com ele naquele tom, mas até mesmo Stilgar escolhia a ocasião de acordo com a necessidade.

– Essa aí precisa de um homem! – Stilgar deixou escapar. – Teremos problemas se ela não se casar, e logo.

Alia deu as costas aos dois, com o rosto repentinamente em chamas. *Como ele conseguiu me melindrar?*, ela se perguntou. O autocontrole das Bene Gesserit de nada servira para impedir sua reação. Como Stilgar fizera aquilo? Ele não tinha o poder da Voz. Ela se sentiu consternada e zangada.

– Escutem só o grande Stilgar! – Alia disse, ainda de costas para eles, ciente do timbre rabugento em sua voz e incapaz de disfarçá-lo. – Conselhos para as donzelas, de Stilgar, o fremen!

– É por amar vocês dois que tenho a obrigação de falar – Stilgar continuou, com uma profunda dignidade em sua voz. – Não me tornei chefe dos fremen fazendo vista grossa para o que motiva a união de homens e mulheres. Não são necessários poderes misteriosos para isso.

Paul ponderou o que Stilgar queria dizer, repassou o que tinham visto ali e sua própria e incontestável reação masculina diante da irmã. Sim, houvera um quê de lascívia em Alia, algo impetuosamente devasso. O que a fizera entrar nua na sala de exercícios? E colocar sua vida em risco daquela maneira estúpida! Onze luzes nos prismas de esgrima! Aquele autômato descerebrado surgiu enorme em sua mente, com todo o aspecto de uma criatura horrenda e antiga. Possuir uma coisa como aquela era lugar-comum em sua época, mas também trazia a pecha da imoralidade dos antigos. No passado, haviam se deixado guiar por uma inteligência artificial, cérebros computacionais. O Jihad Butleriano acabara com aquilo, mas não com a aura de vício aristocrático que cercava aquelas coisas.

Claro que Stilgar tinha razão. Era preciso encontrar um homem para Alia.

– Cuidarei disso – falou Paul. – Alia e eu discutiremos esse assunto mais tarde, em particular.

Alia deu meia-volta, concentrou-se em Paul. Sabendo como a mente dele funcionava, ela percebeu que fora objeto de uma decisão de Mentat, informaçõezinhas incontáveis juntando-se na análise daquele computador humano. Havia nessa percepção um quê de inexorável – um movimento igual ao dos planetas. Trazia consigo uma parte da ordem do universo, inevitável e apavorante.

– Sire – disse Stilgar –, talvez nós...

– Agora não! – Paul gritou. – Temos outros problemas no momento.

Ciente de que não se atrevia a tentar competir com o irmão em questões de lógica, Alia pôs de lado os últimos instantes, à moda das Bene Gesserit, e falou:

– Irulan os mandou?

Flagrou-se sentindo uma ameaça naquela ideia.

– Indiretamente – respondeu Paul. – As informações que ela nos traz confirmam nossa suspeita de que a Guilda está prestes a tentar se apoderar de um verme da areia.

– Vão tentar capturar um dos pequenos e começar o ciclo da especiaria em algum outro planeta – disse Stilgar. – Significa que encontraram um planeta que julgam adequado.

– Significa que tem cúmplices entre os fremen! – argumentou Alia. – Nenhum estrangeiro conseguiria capturar um verme!

– Nem precisava mencionar – disse Stilgar.

– Precisava, sim – retrucou Alia. Ficou furiosa com tamanha obtusidade. – Paul, sem dúvida você...

– A corrupção está começando – fez Paul. – Sabíamos disso já há algum tempo. Mas eu nunca *vi* esse outro planeta, e isso me incomoda. Se eles...

– *Isso* o incomoda? – Alia quis saber. – Quer dizer apenas que estão usando Pilotos para obscurecer o lugar, da mesma maneira que escondem seus santuários.

Stilgar abriu a boca e a fechou, sem dizer palavra. Tinha a sensação avassaladora de que seus ídolos haviam admitido ter uma fraqueza blasfema.

Paul, percebendo o desassossego de Stilgar, falou:

– Temos um problema imediato! Quero sua opinião, Alia. A sugestão de Stilgar é ampliarmos as patrulhas no bled aberto e reforçarmos a vigilância nas comunidades sietch. É bem possível que avistemos um grupo de desembarque e evitemos a...

– Com um Piloto a conduzi-los? – indagou Alia.

– Estão *mesmo* desesperados, não? – Paul concordou. – É *por isso* que estou aqui.

Messias de Duna

– O que eles *viram* e nós não? – Alia perguntou.

– Exatamente.

Alia concordou com a cabeça, lembrando-se do que havia pensado a respeito do novo Tarô de Duna. Relatou rapidamente seus receios.

– Estão nos cobrindo com uma manta – disse Paul.

– Com patrulhas adequadas – arriscou Stilgar –, pode ser que impeçamos a...

– Não impediremos nada... para sempre – disse Alia.

Ela não gostava da *impressão* que lhe causava a maneira como a mente de Stilgar funcionava agora. Ele havia reduzido seu alcance, eliminado os fundamentos óbvios. Não era o Stilgar de quem ela se lembrava.

– Temos de dar por certo que eles vão capturar um verme – Paul falou. – Se vão conseguir começar o ciclo do mélange em outro planeta é outra história. Vão precisar de mais do que um verme.

Stilgar olhou para o irmão, depois para a irmã. Usando o raciocínio ecológico que a vida no sietch havia enfiado em sua cabeça, ele entendeu o que queriam dizer. Um verme capturado só conseguiria sobreviver num pedacinho de Arrakis – psamoplâncton, criadorezinhos e tudo mais. O problema da Guilda era grande, mas não impossível de solucionar. Sua incerteza crescente repousava numa outra área.

– Então suas visões não detectam o que a Guilda anda fazendo? – perguntou.

– Maldição! – explodiu Paul.

Alia observou Stilgar, captando o espetáculo incidental e selvagem de ideias que acontecia na mente dele. O homem estava preso a um ecúleo de encantamento. Magia! Magia! Vislumbrar o futuro era roubar o fogo aterrador de uma chama sagrada. Encerrava o fascínio do perigo supremo, almas arriscadas e perdidas. Trazia-se dos confins perigosos e informes uma coisa que tinha forma e poder. Mas Stilgar começava a perceber outras forças, talvez poderes superiores além daquele horizonte desconhecido. Sua Bruxa Rainha e o Amigo Feiticeiro revelavam fraquezas perigosas.

– Stilgar – Alia disse, lutando para segurá-lo –, você está num vale entre duas dunas. Eu estou no topo. Minha vista alcança aonde a sua não chega. E, entre outras coisas, vejo montanhas a ocultar o que está ao longe.

– Existem coisas que se escondem de vocês – comentou Stilgar. – Foi o que sempre disseram.

Frank Herbert

– Todo poder tem limites – disse Alia.

– E o perigo pode vir de trás das montanhas – disse Stilgar.

– *Algo* do gênero – Alia falou.

Stilgar fez que sim, com o olhar fixo no rosto de Paul.

– Mas seja o que for que sair de trás das montanhas terá de atravessar as dunas.

O jogo mais perigoso do universo é governar fundamentado em oráculos. Não nos consideramos nem sábios nem valentes o bastante para participar desse jogo. As medidas pormenorizadas aqui para a regulamentação de questões secundárias é o mais perto que nos atrevemos a chegar das raias do governo. Para nossos fins, tomamos emprestado uma definição das Bene Gesserit e pensamos nos diversos planetas como patrimônios genéticos, fontes de ensinamento e de educadores, fontes de tudo que é possível. Nosso objetivo não é governar, e sim aproveitar esses patrimônios genéticos, aprender e nos libertar de todas as restrições impostas pela dependência e pelo governo.

– "A orgia como instrumento da arte de governar", terceiro capítulo de
A Guilda do Piloto

– Foi ali que seu pai morreu? – Edric perguntou dentro de seu tanque, usando um apontador laser para indicar um marcador em forma de joia num dos mapas em relevo que adornavam uma das paredes do salão de recepções de Paul.

– Ali fica o santuário onde repousa o crânio dele – disse Paul. – Meu pai morreu prisioneiro numa fragata dos Harkonnen na pia logo abaixo de nós.

– Ah, sim: lembro-me da história agora. Algo a ver com matar o velho barão Harkonnen, seu inimigo mortal.

Torcendo para não revelar demais o pavor que recintos pequenos como aquela sala lhe impingiam, Edric se revolveu no gás laranja, dirigiu o olhar para Paul, que se sentava sozinho num divã comprido, listado de cinza e preto.

– Minha irmã matou o barão pouco antes da Batalha de Arrakina – disse Paul, com secura na voz e nos gestos.

Frank Herbert

E ele se perguntou por que o peixe-homem da Guilda reabria antigas feridas naquele lugar e naquele momento.

O Piloto parecia travar uma batalha perdida para refrear sua energia nervosa. Haviam desaparecido os movimentos lânguidos de peixe do encontro anterior. Os olhinhos de Edric moviam-se bruscamente daqui para ali, procurando e avaliando. O único criado que o acompanhara estava deslocado, perto da fileira de guardas que se alinhavam junto a uma das paredes menores, à esquerda de Paul. O criado preocupava Paul: corpulento, de pescoço largo, cara obtusa e sem expressão. O homem tinha entrado no recinto empurrando o tanque de Edric sobre seu campo de sustentação, com passos de estrangeiro e os braços arqueados para fora.

Scytale, Edric o chamara. *Scytale, um assistente.*

A aparência do assistente alardeava estupidez, mas os olhos o traíam. Riam de tudo o que viam.

– Sua concubina, pelo jeito, gostou da apresentação dos Dançarinos Faciais – Edric comentou. – Agrada-me saber que pude proporcionar essa pequena diversão. Gostei particularmente da reação dela ao ver as próprias feições reproduzidas simultaneamente pela trupe inteira.

– Não dizem que é bom tomar cuidado com os presentes dos membros da Guilda? – Paul perguntou.

E pensou na apresentação lá fora, no Grande Átrio. Os dançarinos haviam entrado fantasiados como as figuras do Tarô de Duna, atirando-se de um lado e de outro em padrões aparentemente aleatórios que passaram a formar redemoinhos de fogo e antigos traçados proféticos. Daí vieram os soberanos: um desfile de reis e imperadores, como as caras nas moedas, formal e de contornos rígidos, mas curiosamente fluido. E os gracejos: uma cópia do rosto e do corpo de Paul, Chani a se repetir por todo o piso do Átrio, até mesmo Stilgar, que não parou de resmungar nem de se arrepiar enquanto os demais davam risada.

– Mas nossos presentes têm as melhores intenções – protestou Edric.

– Até onde vai sua bondade? – Paul perguntou. – O ghola que nos deu acredita que foi criado para nos destruir.

– Destruí-lo, sire? – Edric perguntou, todo meigo e atencioso. – É possível destruir um deus?

Stilgar, que acabara de entrar e ouvir estas últimas palavras, deteve-se, olhou ferozmente para os guardas. Estavam bem mais distantes de

Messias de Duna

Paul do que ele gostaria que estivessem. Irritado, fez sinal para que se aproximassem.

– Está tudo bem, Stil – disse Paul, erguendo uma das mãos. – É só uma discussão amigável. Por que não traz o tanque do embaixador até aqui, para a ponta de meu divã?

Stilgar, ponderando a ordem, viu que isso colocaria o tanque do Piloto entre Paul e o assistente corpulento, perto demais de Paul, mas...

– Está tudo bem, Stil – Paul repetiu, fazendo com a mão o sinal particular que transformava a ordem numa imposição.

Movendo-se com óbvia relutância, Stilgar empurrou o tanque para mais perto de Paul. Não gostava do contato com o recipiente, nem do aroma intenso de mélange que cercava a coisa. Posicionou-se no canto do tanque, logo abaixo do dispositivo orbital por onde o Piloto falava.

– Matar um deus – fez Paul. – Muito interessante. Mas quem disse que sou um deus?

– Aqueles que o veneram – falou Edric, olhando incisivamente para Stilgar.

– É nisso que acredita? – Paul perguntou.

– Aquilo no que acredito não tem importância, sire – respondeu Edric. – No entanto, muitos observadores têm a impressão de que milorde conspira para se tornar um deus. E pode-se perguntar se isso é algo que um mortal consiga fazer... com segurança?

Paul estudou o membro da Guilda. Criatura repugnante, mas perceptiva. Era uma pergunta que Paul se fizera várias vezes. Mas ele tinha visto linhas alternativas de Tempo suficientes para saber que havia possibilidades piores do que ele aceitar sua própria divindade. Muito piores. Não eram, contudo, os caminhos que um Piloto normalmente sondaria. Curioso. Por que fazer aquela pergunta? O que Edric poderia esperar obter com tamanha desfaçatez? Os pensamentos de Paul *piscaram* (a sociedade dos Tleilaxu estaria por trás da manobra) – *piscaram* (a recente vitória do jihad em Sembou estaria relacionada à atitude de Edric) – *piscaram* (vários princípios das Bene Gesserit se revelavam ali) *piscaram*...

Um processo que envolvia milhares de informaçõezinhas passou piscando por sua percepção computacional. Tomou-lhe, talvez, três segundos.

– Um Piloto questiona as diretrizes da presciência? – Paul perguntou, colocando Edric num terreno dos mais perigosos.

Aquilo transtornou o Piloto, mas ele disfarçou bem, saindo-se com o que soou como um longo aforismo:

– Nenhum homem inteligente questiona a presciência como fato, sire. A visão oracular é algo que os homens conhecem desde os tempos mais remotos. Ela dá um jeito de nos enredar quando menos esperamos. Por sorte, existem outras forças em nosso universo.

– Superiores à presciência? – perguntou Paul, pressionando-o.

– Se a presciência fosse a única a existir e a fazer tudo, sire, aniquilaria a si mesma. Nada além da presciência? Onde poderia ser aplicada, a não ser em seus próprios movimentos em degeneração?

– Existe sempre a condição humana – Paul concordou.

– Algo precário, na melhor das hipóteses, quando não é confundida com alucinações.

– Minhas visões não passam de alucinações? – perguntou Paul, com fingida tristeza em sua voz. – Ou você estaria insinuando que meus adoradores alucinam?

Stilgar, percebendo que a tensão aumentava, chegou um passo mais perto de Paul, concentrou sua atenção no membro da Guilda reclinado dentro do tanque.

– Está distorcendo minhas palavras, sire – Edric protestou. Pairava uma estranha sensação de violência nessas palavras.

Violência, aqui?, admirou-se Paul. *Não se atreveriam! A menos que* (e olhou para seus guardas) *as forças que o protegessem fossem usadas para substituí-lo.*

– Mas você me acusa de conspirar para a minha divinização – disse Paul, modulando a voz para que somente Edric e Stilgar ouvissem. – Conspirar?

– Talvez eu tenha escolhido mal as palavras, milorde.

– Mas são significativas – devolveu Paul. – Revelam que, de mim, você espera o pior.

Edric arqueou o pescoço, olhou de lado para Stilgar, com um ar de apreensão.

– As pessoas sempre esperam o pior dos ricos e poderosos, sire. Dizem que sempre se sabe quando alguém é da aristocracia: o nobre só revela os vícios que o tornarão popular.

Um tremor percorreu a face de Stilgar.

Messias de Duna

Paul atentou ao movimento, captando os pensamentos e as zangas que cochichavam na mente de Stilgar. Como o membro da Guilda se atrevia a falar daquele jeito com Muad'Dib?

– Não está brincando, naturalmente – disse Paul.

– Brincando, sire?

Paul começou a notar a secura em sua boca. Pareceu-lhe haver gente demais na sala, que o ar que respirava tinha passado por pulmões em demasia. O toque de mélange que vinha do tanque de Edric parecia ameaçador.

– Quem seriam meus cúmplices nessa conspiração? – Paul perguntou em seguida. – Diria ser o Qizarate?

O encolher de ombros de Edric agitou o gás laranja em volta de sua cabeça. Já não parecia mais preocupado com Stilgar, embora o fremen continuasse a olhar ferozmente para ele.

– Está sugerindo que meus missionários das Ordens Sagradas, *todos eles*, andam pregando mentiras sutis? – insistiu Paul.

– Poderia ser uma questão de interesse pessoal e sinceridade – disse Edric.

Stilgar levou uma das mãos à dagacris sob seu manto.

Paul balançou a cabeça e disse:

– Então está me acusando de insinceridade.

– Não sei se *acusar* seria a palavra adequada, sire.

O atrevimento desta criatura!, Paul pensou. E disse:

– Acusação ou não, está dizendo que meus bispos e eu não somos melhores que bandoleiros sequiosos de poder.

– Sequiosos de poder, sire? – Edric voltou a olhar para Stilgar. – O poder costuma isolar aqueles que o detêm em demasia. Por fim, acabam perdendo o contato com a realidade... e tombam.

– Milorde, já mandou executar homens por muito menos! – grunhiu Stilgar.

– Homens, sim – Paul concordou. – Mas esse aí é um embaixador da Guilda.

– Ele o acusa de fraude e profanação! – disse Stilgar.

– O raciocínio dele me interessa, Stil. Contenha sua raiva e continue alerta.

– Como Muad'Dib mandar.

Frank Herbert

– Diga-me, Piloto, como conseguiríamos manter essa fraude hipotética através de distâncias tão imensas do espaço e do tempo sem meios para vigiar cada missionário, examinar cada nuance em cada priorado e templo do Qizarate?

– O que é o tempo para milorde? – Edric perguntou.

Stilgar franziu o cenho, obviamente confuso. E pensou: *Muad'Dib já afirmou várias vezes enxergar o que está atrás dos véus do tempo. O que esse membro da Guilda de fato está dizendo?*

– A estrutura de uma fraude como essa não começaria a mostrar furos? – perguntou Paul. – Discordâncias importantes, dissidências... dúvidas, confissões de culpa: uma fraude certamente não conseguiria suprimir tudo isso.

– O que a religião e o interesse pessoal não são capazes de esconder, os governos o fazem – afirmou Edric.

– Está testando os limites de minha tolerância? – Paul perguntou.

– Meus argumentos não têm valor algum? – retorquiu Edric.

Ele quer que nós o matemos?, Paul se perguntou. *Edric estaria se oferecendo como sacrifício?*

– Prefiro o ponto de vista dos céticos – ensaiou Paul. – Você obviamente foi treinado para usar todos os truques mentirosos da arte de governar, os duplos sentidos e as palavras de poder. Para você, a linguagem não passa de uma arma, e assim você põe minha armadura à prova.

– O ponto de vista dos céticos – disse Edric, e um sorriso espichou-lhe a boca. – E os soberanos são sabidamente céticos no que toca à religião. A religião também é uma arma. E que tipo de arma seria a religião quando ela se torna o governo?

Paul sentiu-se serenar por dentro, uma profunda cautela se apoderou dele. Para quem Edric falava? Malditas palavras sagazes, cheias de expedientes manipuladores – aquele laivo de humor despreocupado, o ar tácito de cumplicidade nos segredos: seus modos indicavam que ele e Paul eram duas pessoas sofisticadas, homens de um universo mais vasto que compreendiam as coisas que não cabiam à gente comum entender. Com um sobressalto, Paul percebeu que não era ele o alvo principal de toda aquela retórica. Aquela desgraça que assolava a corte se dirigia aos ouvidos de outras pessoas: aos ouvidos de Stilgar, dos guardas reais... talvez até mesmo para o assistente corpulento.

Messias de Duna

– Impuseram-me o *mana* religioso – disse Paul. – Não o procurei. – E pensou: *Pronto! Deixemos este peixe-homem pensar que saiu vitorioso de nossa batalha de palavras!*

– Então por que não o repudiou, sire? – Edric perguntou.

– Por causa de minha irmã, Alia – Paul respondeu, observando Edric com cuidado. – Ela é uma deusa. Aconselho cautela ao tratar de Alia, para que ela não o fulmine e mate com um olhar.

Um sorriso triunfante, que começara a se formar na boca de Edric, foi substituído por uma expressão de susto.

– Falo sério – Paul disse, observando o susto se espalhar e vendo Stilgar assentir com a cabeça.

Com tristeza na voz, Edric comentou:

– Abusou da confiança que eu depositava em milorde, sire. E não há dúvida de que era essa sua intenção.

– Não esteja tão certo de que conhece minhas intenções – disse Paul, sinalizando para Stilgar que a audiência terminara.

Ao gesto inquisitivo de Stilgar, que perguntava se era para assassinar Edric, Paul respondeu com um sinal negativo da mão, reforçando-o com uma ordem imperativa, para que Stilgar não resolvesse agir por conta própria.

Scytale, o assistente de Edric, foi para um dos cantos atrás do tanque e começou a empurrá-lo em direção à porta. Ao passar diante de Paul, parou, dirigiu-lhe aquele olhar risonho e disse:

– Com sua licença, milorde?

– Sim, o que foi? – Paul perguntou, notando como Stilgar se aproximara em resposta à ameaça implícita que o homem emanava.

– Há quem diga que as pessoas se apegam à liderança do imperador porque o espaço é infinito. Sentem-se solitárias sem um símbolo para uni-las. Para um povo solitário, o imperador é um lugar definido. Podem se voltar para ele e dizer: "Estão vendo só? Lá está Ele. Ele nos une". Talvez a religião tenha a mesma finalidade, milorde.

Scytale acenou alegremente com a cabeça e voltou a empurrar o tanque de Edric. Saíram do salão, Edric inerte em seu tanque, de olhos fechados. O Piloto parecia exausto, esgotada toda a sua energia nervosa.

Paul acompanhou com o olhar o vulto trôpego de Scytale, admirado com as palavras do homem. Um sujeito peculiar, o tal Scytale, pensou. Ao falar, irradiara a sensação de uma multidão, como se toda a sua herança genética estivesse à flor da pele.

– Que esquisito – disse Stilgar, dirigindo-se a ninguém em particular.

Paul levantou-se do divã quando um dos guardas fechou a porta, logo depois de Edric e sua escolta sair.

– Esquisito – repetiu Stilgar. Uma veia latejava em sua têmpora.

Paul diminuiu a intensidade das luzes do salão, foi até uma janela que se abria para um paredão inclinado de seu Forte. Luzes brilhavam lá embaixo, ao longe – pigmeus em movimento. Uma turma de trabalhadores se movia lá embaixo, trazendo gigantescos blocos de ligaplás para consertar uma das fachadas do templo de Alia, danificada por um raro e inesperado ciclone de areia.

– Foi insensatez convidar aquela criatura a entrar nestes aposentos, Usul – Stilgar disse.

Usul, Paul pensou. *Meu nome de sietch. Stilgar não me deixa esquecer que foi meu soberano um dia, que ele me salvou do deserto.*

– Por que fez isso? – Stilgar perguntou, falando bem perto de Paul, logo atrás dele.

– Dados. Preciso de mais dados.

– Não é perigoso tentar enfrentar essa ameaça *somente* como Mentat?

Perspicaz, Paul pensou.

A computação dos Mentats ainda era finita. Não era possível exprimir algo ilimitado dentro dos limites de um idioma. Mas as habilidades dos Mentats tinham lá sua serventia. Foi o que disse a Stilgar, desafiando--o a refutar seu argumento.

– Sempre haverá algo lá fora – disse Stilgar. – Coisas que é melhor *deixar* lá fora.

– Ou aqui dentro – Paul falou. E aceitou por um instante sua própria conclusão de oráculo/Mentat. Lá fora, sim. E aqui dentro: aqui jaz o verdadeiro horror. Como se proteger de si mesmo? Estavam certamente armando para que ele destruísse a si mesmo, mas era uma posição cercada de possibilidades ainda mais apavorantes.

Seu devaneio foi interrompido pelo som de passos rápidos. A figura de Korba, o Qizara, irrompeu pelo vão da porta, com a iluminação intensa dos corredores como contraluz. Entrou como se arremessado por uma força invisível e estacou quase imediatamente ao deparar com a

Messias de Duna

escuridão do salão. Parecia vir com as mãos cheias de rolos de shigafio. Cintilaram sob a luz do corredor, pequenas e estranhas joias redondas que se apagaram quando a mão de um dos guardas apareceu para fechar a porta.

– Está aí, milorde? – Korba perguntou, perscrutando as sombras.

– O que foi? – perguntou Stilgar.

– Stilgar?

– Estamos os dois aqui. O que foi?

– Estou transtornado com essa recepção para o membro da Guilda.

– Transtornado? – Paul perguntou.

– O povo está dizendo que milorde homenageia nossos inimigos.

– Só isso? – disse Paul. – São os rolos que pedi para você me trazer? – Apontou os orbes de shigafio nas mãos de Korba.

– Rolos... Ah! Sim, milorde. São as crônicas. Deseja vê-las aqui?

– Já as vi. São para Stilgar.

– Para mim? – Stilgar perguntou.

Ele começou a se ressentir daquilo que interpretava como um capricho da parte de Paul. Crônicas! Stilgar havia procurado Paul pouco antes para discutir as computações logísticas destinadas à conquista de Zabulon. A presença do embaixador da Guilda havia interferido. E agora... Korba trazia crônicas!

– Até onde vão seus conhecimentos de história? – Paul cismou em voz alta, estudando o vulto escuro a seu lado.

– Milorde, sou capaz de nomear todos os planetas em que nossa gente pisou em suas migrações. Conheço os confins do Imperium...

– A Idade de Ouro da Terra, já a estudou alguma vez?

– A Terra? A Idade de Ouro?

Stilgar estava irritado e confuso. Por que Paul iria querer discutir mitos da aurora do tempo? A mente de Stilgar ainda lhe parecia abarrotada de dados a respeito de Zabulon – as computações dos Mentats do estado-maior: duzentas e cinco fragatas de ataque com trinta legiões, batalhões de apoio, oficiais de pacificação, missionários do Qizarate... as provisões necessárias (tinha as cifras todas na cabeça) e o mélange... armamento, uniformes, medalhas... urnas para as cinzas dos mortos... o número de especialistas – homens para produzir as matérias-primas da propaganda, escrivães, contadores... espiões... e espiões dos espiões...

109

– Eu também trouxe o acessório de pulsossincronização, milorde – arriscou Korba. Obviamente sentira a tensão cada vez maior entre Paul e Stilgar, e isso o perturbava.

Stilgar balançou a cabeça de um lado para o outro. *Pulsossincronização?* Por que Paul queria que ele usasse um vibrossistema mnemônico com um projetor de shigafio? Para que procurar dados específicos nas crônicas? Era trabalho para os Mentats! Como de costume, Stilgar viu-se incapaz de se livrar da forte desconfiança que sentia em relação a usar o projetor e seus acessórios. A coisa sempre o fazia se perder em sensações inquietantes, uma chuva avassaladora de dados que sua mente organizaria mais tarde, surpreendendo-o com informações que até então não sabia ter.

– Sire, tenho aqui as computações a respeito de Zabulon – disse Stilgar.

– Que se desidratem as computações de Zabulon! – Paul gritou, usando a expressão obscena dos fremen que dava a entender que, àquela umidade, homem nenhum iria se rebaixar a tocar.

– Milorde!

– Stilgar, você precisa urgentemente de uma imparcialidade que só se adquire com a compreensão dos efeitos de longo prazo. As poucas informações que temos a respeito da antiguidade, a ninharia de dados que os butlerianos nos deixaram, Korba a trouxe para você. Comece com Gengis Khan.

– Gengis... Khan? Era um dos Sardaukar, milorde?

– Ah, de muito antes. Ele matou... talvez quatro milhões.

– Devia ter armas formidáveis para matar tantos, sire. Feixeleses, talvez, ou...

– Ele não os matou pessoalmente, Stil. Matou como eu mato, enviando suas legiões. Há um outro imperador que quero que você marque de passagem: um tal Hitler. Ele matou mais de seis milhões. Um bom número, para a época.

– Mortos... pelas legiões dele? – Stilgar perguntou.

– Sim.

– Os números não são muito impressionantes, milorde.

– Muito bem, Stil. – Paul olhou para os rolos nas mãos de Korba, que os segurava como se quisesse deixá-los cair e sair correndo. – Números:

Messias de Duna

fazendo uma estimativa conservadora, matei sessenta e um bilhões, esterilizei noventa planetas, desmoralizei completamente outros quinhentos. Eliminei os seguidores de quarenta religiões que existiam havia...

– Infiéis! – protestou Korba. – Infiéis, todos eles!

– Não. Fiéis.

– Meu suserano está brincando – disse Korba, com voz trêmula. – O jihad trouxe dez mil planetas para a luz resplandecente de...

– Para as trevas – disse Paul. – Levaremos uma centena de gerações para nos recuperar do Jihad de Muad'Dib. Acho difícil imaginar que alguém possa um dia superar tal coisa. – Um riso entrecortado irrompeu de sua garganta.

– Qual é a graça, Muad'Dib? – Stilgar perguntou.

– Graça nenhuma. Simplesmente tive uma visão súbita do imperador Hitler dizendo algo parecido. Sem dúvida o fez.

– Nenhum outro soberano teve seus poderes – Korba argumentou. – Quem se atreveria a desafiá-lo? Suas legiões controlam o universo conhecido e todos os...

– As legiões controlam. Será que sabem disso?

– Milorde controla suas legiões, sire – interveio Stilgar, e ficou patente, pelo tom de sua voz, que ele se apercebera repentinamente de sua própria posição naquela cadeia de comando, de sua própria mão a dirigir todo aquele poder.

Depois de colocar os pensamentos de Stilgar nos trilhos que desejava, Paul voltou toda a sua atenção para Korba e disse:

– Deixe os rolos ali sobre o divã. – Enquanto Korba cumpria suas ordens, Paul perguntou: – Como anda a recepção, Korba? Minha irmã tem tudo sob controle?

– Sim, milorde – o tom de Korba foi cauteloso. – E Chani a tudo vê pelo postigo. Ela desconfia de que pode haver Sardaukar na comitiva da Guilda.

– E ela deve estar certa, sem dúvida. Os chacais estão se reunindo.

– Bannerjee estava preocupado com a possibilidade de alguns deles tentarem entrar nas áreas privativas do Forte – falou Stilgar, mencionando o chefe do destacamento da Segurança de Paul.

– E tentaram?

– Ainda não.

Frank Herbert

– Mas houve uma certa confusão nos jardins cerimoniais – disse Korba.

– Que tipo de confusão? – quis saber Stilgar.

Paul concordou com a cabeça.

– Pessoas estranhas andando de lá para cá, pisando nas plantas, cochichando – contou Korba. – Ouvi relatos sobre comentários inquietantes.

– Por exemplo? – perguntou Paul.

– *É assim que gastam o dinheiro de nossos impostos?* Disseram-me que o próprio embaixador fez essa pergunta.

– Não me surpreende. Havia muitos estranhos nos jardins?

– Dezenas, milorde.

– Bannerjee posicionou soldados escolhidos a dedo nas portas vulneráveis, milorde – disse Stilgar.

Virou-se ao falar, deixando a única luz que ainda restava no salão iluminar metade de seu rosto. A iluminação peculiar, o rosto, tudo isso roçou um nódulo de memória na mente de Paul: alguma coisa do deserto. Paul não se deu o trabalho de trazê-la totalmente à tona, concentrando sua atenção em como Stilgar havia recuado mentalmente. O fremen tinha uma testa lisa retesada que espelhava praticamente todo e qualquer pensamento que passava por sua cabeça. Desconfiava agora, desconfiava profundamente do estranho comportamento do imperador.

– Não me agrada essa invasão dos jardins – Paul falou. – A cortesia para com os convidados e as necessidades formais de receber um embaixador são uma coisa, mas isso...

– Cuidarei para que sejam removidos – disse Korba. – Imediatamente.

– Espere! – ordenou Paul quando Korba já começava a se virar para sair.

Na repentina quietude do momento, Stilgar colocou-se numa posição de onde pudesse estudar o rosto de Paul. Tamanha destreza. Paul admirava aquilo, uma façanha destituída de toda petulância. Era típico dos fremen: a astúcia temperada pelo respeito à privacidade alheia, uma manobra da necessidade.

– Que horas são? – Paul perguntou.

– Quase meia-noite, sire – respondeu Korba.

– Korba, creio que você seja minha melhor criação.

– Sire!

Havia ofensa na voz de Korba.

– Tem admiração por mim? – Paul perguntou.

Messias de Duna

– Milorde é Paul Muad'Dib, que era Usul em nosso sietch – disse Korba. – Conhece minha devoção a...

– Alguma vez chegou a se sentir como um apóstolo?

Korba obviamente entendeu mal as palavras, mas interpretou corretamente o tom.

– Meu imperador sabe que tenho a consciência limpa!

– Que Shai-hulud nos salve – Paul murmurou.

O silêncio inquisitivo do momento foi rompido pelo som de alguém que assoviava ao passar pelo corredor lá fora. Ao chegar diante da porta, o assovio foi calado pela ordem ríspida de um guarda.

– Korba, acho que você talvez sobreviva a tudo isso – Paul disse. E percebeu que a compreensão começava a iluminar o rosto de Stilgar.

– E quanto aos estranhos nos jardins, sire? – Stilgar perguntou.

– Aah, sim. Mande Bannerjee colocá-los para fora, Stil. Korba vai ajudar.

– Eu, sire? – Korba revelava profunda inquietação.

– Alguns amigos meus esqueceram que um dia foram fremen – disse Paul, dirigindo-se a Korba, mas destinando suas palavras a Stilgar. – Marque aqueles que Chani identificar como Sardaukar e mate-os. Cuide disso pessoalmente. Quero a coisa feita com discrição, sem causar tumulto indevido. Não podemos nos esquecer de que a religião e o governo não se resumem a sermões e à aprovação de tratados.

– Obedeço às ordens de Muad'Dib – Korba sussurrou.

– E as computações de Zabulon? – Stilgar perguntou.

– Ficam para amanhã. E, removidos os forasteiros dos jardins, anuncie o fim da recepção. A festa acabou, Stil.

– Entendido, milorde.

– Tenho certeza de que sim – disse Paul.

**Aqui jaz um deus caído –
Pequena não foi a queda.
Só erigimos seu pedestal,
Alto e estreito ele era.**

– Epigrama tleilaxu

Alia se agachou, com os cotovelos apoiados nos joelhos, o queixo sobre os punhos, e fitou o corpo em cima da duna: alguns ossos e restos de carne dilacerada que um dia foram uma moça. As mãos, a cabeça, boa parte do torso superior haviam desaparecido, devorados pelos ventos de Coriolis. Toda a areia ao redor exibia as pegadas dos médicos e questores de seu irmão. Já haviam partido, exceto os assistentes funerários que estavam de lado, acompanhados por Hayt, o ghola, esperando que ela terminasse sua leitura atenta e misteriosa do que estava escrito ali.

Um céu cor de trigo envolvia o lugar na glauca luz tão comum aos meados da tarde naquelas latitudes.

O corpo fora descoberto várias horas antes por uma aeronave de correio em voo rasante, cujos instrumentos detectaram um traço tênue de água onde não deveria haver nenhum. Seu alerta trouxera os especialistas. E eles descobriram... o quê? Que aquela tinha sido uma mulher de mais ou menos vinte anos, fremen, viciada em semuta... e que morrera ali, na provação do deserto, em decorrência de um veneno discreto de origem tleilaxu.

Morrer no deserto era uma ocorrência bastante comum. Mas uma fremen viciada em semuta, isso era tão raro que Paul a mandara examinar o local usando os métodos que sua mãe havia lhes ensinado.

Alia tinha a impressão de que nada fizera a não ser lançar sua própria aura de mistério sobre um local que já era bem misterioso. Ouviu os pés do ghola remexer a areia, olhou para ele. A atenção dele repousava momentaneamente nos tópteros da escolta que circulavam lá no alto, feito uma revoada de corvos.

Cuidado com os presentes da Guilda, Alia pensou.

O tóptero funerário e a aeronave na qual ela viera estavam pousados na areia perto de um afloramento de rocha logo atrás do ghola. Olhar para os tópteros no chão deu-lhe ganas de alçar voo e sumir dali.

Messias de Duna

Mas ocorrera a Paul que ela talvez visse ali algo que os demais poderiam deixar escapar. Ela se contorceu dentro de seu trajestilador. Parecia estranho e incômodo após todos aqueles meses de vida citadina, sem o traje. Ela estudou o ghola, perguntando-se se ele saberia alguma coisa a respeito daquela morte peculiar. Viu que um cacho dos cabelos de cabrito preto havia escapado do capuz do trajestilador dele. Percebeu que sua mão ansiava enfiar aquele cacho de volta em seu lugar.

Como se atraídos por esse pensamento, os olhos metálicos e cinzentos voltaram-se para ela. Os olhos a fizeram estremecer, e ela desviou o olhar.

Uma mulher fremen morrera ali graças a um veneno chamado "a garganta do inferno".

Uma fremen viciada em semuta.

Ela dividia com Paul o desassossego diante daquela combinação.

Os assistentes funerários esperavam pacientemente. O cadáver não continha água suficiente para que a reaproveitassem. Não havia pressa. E acreditariam que Alia, por meio de alguma arte glíptica, estivesse decifrando aqueles restos mortais para dali extrair uma estranha verdade.

Nenhuma verdade estranha lhe ocorreu.

Havia somente uma sensação remota de raiva bem em seu íntimo, diante dos pensamentos óbvios na mente dos assistentes. Era um produto do maldito mistério religioso. Ela e o irmão não podiam ser *gente*. Tinham de ser algo mais. As Bene Gesserit haviam cuidado disso ao manipular a genealogia dos Atreides. A mãe deles contribuíra ao empurrá-los para o caminho da bruxaria.

E Paul perpetuava a diferença.

As Reverendas Madres encerradas nas lembranças de Alia despertaram, agitadas, provocando lampejos adab de pensamento: *"Calma, pequenina! Você é o que é. Existem compensações"*.

Compensações!

Chamou o ghola com um gesto.

Ele se deteve ao lado dela, atencioso, paciente.

– O que vê aqui? – ela perguntou.

– Talvez nunca venhamos a saber quem morreu aqui – ele disse. – A cabeça, os dentes sumiram. As mãos... Improvável que alguém como ela tivesse um registro genético em algum lugar com o qual pudéssemos comparar suas células.

– Veneno tleilaxu – ela comentou. – O que acha disso?

– Muitas pessoas compram esses venenos.

– Verdade. E resta muito pouco deste corpo para que possa ser regenerado, como fizeram com o seu.

– Mesmo que se pudesse contar com os Tleilaxu para fazer isso.

Ela concordou e se pôs de pé.

– Leve-me de volta à cidade.

Quando já estavam no ar, rumo norte, ela disse:

– Você pilota exatamente como Duncan Idaho.

Ele lhe lançou um olhar especulativo.

– Já me disseram isso antes.

– No que está pensando agora? – ela perguntou.

– Em muitas coisas.

– Não fuja da pergunta, maldito!

– Qual pergunta?

Ela o encarou com ferocidade.

Ele viu o olhar feroz e deu de ombros.

Tão Duncan Idaho, o gesto, ela pensou. Acusadoramente, com a voz gutural e embargada, ela disse:

– Eu só queria ouvir suas respostas para confrontá-las com meus próprios pensamentos. A morte daquela moça me incomoda.

– Eu não estava pensando nisso.

– No que estava pensando?

– Nas emoções estranhas que sinto quando as pessoas falam daquele que eu talvez tenha sido.

– Talvez tenha sido?

– Os Tleilaxu são muito espertos.

– Nem tanto. Você foi Duncan Idaho.

– Muito provavelmente. É a computação elementar.

– Quer dizer que você é emotivo?

– Até certo ponto. Sinto uma ânsia. Ando inquieto. Uma certa tendência a me arrepiar, e tenho de me esforçar para controlá-la. Tenho esses... lampejos de imagens.

– Que imagens?

– São velozes demais para que eu consiga reconhecê-las. Lampejos. Espasmos... quase lembranças.

Messias de Duna

– E não fica curioso com essas lembranças?

– Claro que sim. A curiosidade me impele, mas enfrento forte relutância. Penso: "E se eu não for quem eles acreditam que eu seja?". Não gosto dessa ideia.

– E era só nisso que estava pensando?

– Sabe que não, Alia.

Como ele se atreve a usar meu primeiro nome? Ela sentiu a raiva subir e descer ao relembrar a maneira como ele havia falado: a meia-voz mansa e vibrante, a despreocupada confiança masculina. Um músculo se contraiu em sua mandíbula. Rilhou os dentes.

– Não é El Kuds lá embaixo? – ele perguntou, baixando brevemente uma das asas e provocando uma comoção repentina em sua escolta.

Ela olhou para baixo, para as sombras que eles projetavam, como ondas sobre o promontório logo acima da Garganta de Harg, para o paredão e a pirâmide de rocha que encerrava o crânio de seu pai. *El Kuds – o Lugar Sagrado.*

– É o Lugar Sagrado – ela disse.

– Tenho de visitá-lo um dia desses – ele comentou. – Pode ser que me aproximar dos restos mortais de seu pai traga lembranças que eu consiga apreender.

De repente, ela viu como devia ser forte aquela necessidade de saber quem ele tinha sido. Era a compulsão que o definia. Voltou a olhar para as rochas, o paredão e sua base, que descia até uma praia seca e um mar de areia – rochas cor de canela que se erguiam das dunas como um navio a arrostar as ondas.

– Dê a volta – ela disse.

– A escolta...

– Eles vão nos seguir. Faça a volta por baixo deles.

Ele obedeceu.

– Está realmente a serviço de meu irmão? – ela perguntou quando ele já havia estabelecido o novo curso e a escolta os seguia.

– Estou a serviço dos Atreides – ele disse, com formalidade na voz.

E ela viu a mão direita dele se erguer e baixar: praticamente a antiga continência de Caladan. Uma expressão acabrunhada se apoderou do rosto dele. Ela o observou examinar a pirâmide de rocha.

– O que o incomoda? – ela perguntou.

Os lábios dele se moveram. Uma voz saiu dali, fina, lacônica:

– Ele era... ele era...

Uma lágrima correu-lhe pelo rosto.

Alia viu-se paralisada pela estupefação dos fremen. Ele oferecia água aos mortos! Compulsivamente, levou um dedo à face dele, tocou a lágrima.

– Duncan – ela sussurrou.

Ele parecia algemado aos controles do tóptero, o olhar preso à tumba lá embaixo.

Ela ergueu a voz:

– Duncan!

Ele engoliu em seco, sacudiu a cabeça, olhou para ela com um brilho nos olhos metálicos.

– Eu... senti... um braço... nos meus ombros – ele murmurou. – Eu senti! Um braço. – A garganta se moveu. – Era... um amigo. Era... meu amigo.

– Quem?

– Não sei. Achei que fosse... Sei lá.

A luz do comunicador começou a piscar na frente de Alia; o capitão da escolta queria saber por que voltavam para o deserto. Ela pegou o microfone, explicou que haviam feito uma breve homenagem à tumba de seu pai. O capitão a lembrou de que já era tarde.

– Vamos para Arrakina agora – ela disse, devolvendo o microfone ao lugar.

Hayt inspirou fundo, inclinou o tóptero e fez a volta, rumo norte.

– Foi o braço de meu pai que você sentiu, não foi? – ela perguntou.

– Talvez.

A voz dele era a do Mentat que computava as probabilidades, e Alia viu que ele havia recuperado a compostura.

– Sabe como eu conheço meu pai? – ela perguntou.

– Faço ideia.

– Permita-me esclarecer as coisas.

Em poucas palavras, ela explicou como havia despertado e adquirido a percepção das Reverendas Madres antes de nascer, um feto apavorado com o conhecimento de inúmeras vidas encerrado em suas células nervosas – e tudo isso após a morte de seu pai.

– Conheço meu pai como minha mãe o conhecia. Até o último detalhe de cada experiência que ela dividiu com ele. De certo modo, eu sou

Messias de Duna

minha mãe. Tenho todas as lembranças dela até o instante em que bebeu a Água da Vida e sucumbiu ao transe de transmigração.

– Seu irmão explicou uma parte dessa história.

– Foi? Por quê?

– Eu pedi.

– Por quê?

– Um Mentat precisa de dados.

– Ah.

Ela olhou para baixo, para a vastidão enfadonha da Muralha-Escudo – rochas torturadas, fossos e fendas.

Ele viu para onde se dirigia o olhar dela e disse:

– Um lugar muito descoberto, aquele lá embaixo.

– Mas um lugar fácil de esconder. – Olhou para ele. – Lembra-me a mente humana... com todos os seus segredos.

– Aaah – ele disse.

– Aaah? O que quer dizer com aaah?

Zangou-se com ele de uma hora para outra e não atinou com o motivo.

– Você gostaria de saber o que minha mente esconde – ele disse. Foi uma afirmação, não uma pergunta.

– Como sabe se eu já não descobri o que você realmente é com meus poderes prescientes? – ela indagou.

– Já descobriu?

Ele parecia genuinamente curioso.

– Não!

– As sibilas têm limitações.

Ele tinha achado graça, pelo jeito, e isso diminuiu a raiva de Alia.

– Achou graça? Não tem o menor respeito por meus poderes? – ela indagou. A pergunta soou timidamente argumentativa até mesmo aos ouvidos dela.

– Respeito seus augúrios e presságios talvez mais do que pensa – ele disse. – Eu estava na plateia durante seu Ritual Matutino.

– E o que isso significa?

– Você é muito habilidosa com símbolos – ele falou, mantendo a atenção nos controles do tóptero. – Típico das Bene Gesserit, eu diria. Mas, como é o caso de muitas bruxas, você se descuidou de seus poderes.

Ela sentiu um espasmo de medo e clamou:

– Como ousa?

– Ouso muito mais do que meus criadores previram. Graças a esse fato raro, continuo com seu irmão.

Alia estudou as esferas de aço que eram os olhos dele: não havia ali expressão humana. O capuz do trajestilador ocultava-lhe o perfil do queixo. A boca, no entanto, continuava firme. Havia nela uma força imensa... e determinação. As palavras dele transmitiam uma veemência que infundia confiança. "Ouso muito mais..." Era algo que Duncan Idaho poderia ter dito. Os Tleilaxu teriam fabricado seu ghola melhor do que imaginavam? Ou seria só uma impostura, parte de seu condicionamento?

– Explique-se, ghola – ela ordenou.

– Conhece a ti mesmo, é essa tua ordem? – ele perguntou.

E, outra vez, ela teve a impressão de que ele achava graça.

– Não discuta comigo, sua... sua *coisa*! – Levou uma das mãos à dagacris que trazia embainhada ao pescoço. – Por que deram você a meu irmão?

– Seu irmão me contou que você assistiu à apresentação. Você me ouviu responder a essa pergunta quando ele a fez.

– Responda-a outra vez... para mim!

– Fui criado para destruí-lo.

– É o Mentat quem fala?

– Já sabe a resposta, não precisa perguntar – ralhou ele. – E também sabe que o presente não era necessário. Seu irmão já estava destruindo a si mesmo com toda a propriedade.

Ela ponderou as palavras, com a mão ainda sobre o cabo da faca. Uma resposta astuciosa, mas havia sinceridade na voz dele.

– Então para que o presente? – ela ensaiou.

– Talvez para a diversão dos Tleilaxu. E é verdade que a Guilda me requisitou como presente.

– Por quê?

– A resposta é a mesma.

– Como é que me descuidei de meus poderes?

– Como você os emprega? – ele contrapôs.

A pergunta cortante chegou às dúvidas que ela mesma acalentava. Afastou a mão da faca e perguntou:

– Por que você diz que meu irmão estava se destruindo?

Messias de Duna

– Ora, que é isso, menina! Onde estão esses tão alardeados poderes? Não sabe raciocinar?

Controlando a raiva, ela disse:

– Raciocine *por* mim, Mentat.

– Muito bem.

Ele deu uma olhada ao redor, à procura da escolta, depois voltou sua atenção para o curso que seguiam. A planície de Arrakina começava a aparecer, passado o perímetro setentrional da Muralha-Escudo. O desenho das vilas de caldeira e graben continuava indistinto sob uma nuvem de poeira, mas já era possível discernir o brilho distante de Arrakina.

– Sintomas – ele disse. – Seu irmão mantém um Panegirista oficial que...

– Que foi um presente dos naibs fremen!

– Um presente estranho vindo de amigos – ele disse. – Por que queriam cercá-lo de lisonjas e servilismo? Já prestou realmente atenção nesse Panegirista? *"As pessoas são iluminadas por Muad'Dib. O regente umma, nosso imperador, saiu das trevas para brilhar, resplandecente, sobre todos os homens. Ele é nosso Senhor. Ele é a água preciosa de uma fonte infinita. Ele derrama alegria para que todo o universo a beba."* Ora!

Baixinho, Alia falou:

– Se eu simplesmente repetisse suas palavras para nossa escolta fremen, eles transformariam você em alpiste.

– Pode contar a eles.

– Meu irmão governa segundo a lei natural do céu!

– Não acredita nisso, então por que o diz?

– Como sabe no que eu acredito?

Era tão grande o tremor que ela sentia que nenhum poder das Bene Gesserit conseguiria controlar. Aquele ghola causava um efeito que ela não previra.

– Você me mandou raciocinar como um Mentat – ele a fez lembrar.

– Nenhum Mentat sabe no que eu acredito! – Ela inspirou fundo duas vezes, trêmula. – Como se atreve a nos julgar?

– Julgar vocês? Não estou julgando.

– Não faz ideia de como fomos criados!

– Vocês dois foram criados para governar. Foram treinados para ter uma sede de poder exagerada. Foram impregnados com um domínio sagaz da política e uma compreensão profunda das utilidades da guerra e do rito. Lei natural? Que lei natural? Esse mito assombra a história humana. Assombra! É um fantasma. É insubstancial, irreal. Seu jihad é uma lei natural?

– Conversa mole de Mentat – ela escarneceu.

– Sou um servo dos Atreides e falo com franqueza.

– Servo? Não temos servos, apenas discípulos.

– E eu sou um discípulo da percepção – ele disse. – Entenda isso, menina, e você...

– Não me chame de menina! – ela gritou. Fez metade da dagacris deslizar para fora da bainha.

– Retiro o que disse.

Olhou para ela, sorriu, voltou sua atenção para a condução do tóptero. Já era possível divisar a construção escarpada que era o Forte dos Atreides, dominando os subúrbios ao norte de Arrakina.

– Você é uma coisa antiga no corpo de alguém que é pouco mais que uma menina – ele disse. – E o corpo está transtornado com sua recém-adquirida condição de mulher.

– Não sei por que dou ouvidos a você – ela resmungou, mas deixou a dagacris voltar a sua bainha, limpou a palma da mão no manto. A palma, umedecida pela transpiração, incomodava sua ideia fremen de frugalidade. Tamanho desperdício da umidade do corpo!

– Você me dá ouvidos porque sabe que sou dedicado a seu irmão. Minhas ações são claras e fáceis de entender.

– Nada a seu respeito é claro e fácil de entender. Você é a criatura mais complexa que já vi. Como vou saber o que os Tleilaxu incutiram em você?

– Acidental ou intencionalmente, eles me deram a liberdade de me automodelar.

– Você se refugia nas parábolas zen-sunitas – ela o acusou. – O sábio se automodela, o tolo só vive para morrer. – Sua voz era pura paródia. – Discípulo da percepção!

– Os homens não distinguem método e esclarecimento.

– Você fala por enigmas!

– Falo à mente que se abre.

– Vou repetir tudo isso diante de Paul.

– Ele já ouviu boa parte.

Ela se viu oprimida pela curiosidade.

Messias de Duna

– Como é que você ainda está vivo... e solto? O que ele disse?

– Ele riu. E disse: "As pessoas não querem um contador como imperador: querem um mestre, alguém para protegê-las da mudança". Mas concordou que a destruição de seu Império nasce nele mesmo.

– Por que ele diria essas coisas?

– Porque eu o convenci de que entendo o problema dele e estou aqui para ajudá-lo.

– O que você poderia ter dito para conseguir tal coisa?

Ele continuou calado, manobrando o tóptero para pegar a perna do vento e pousar nas instalações da guarda sobre o telhado do Forte.

– Exijo que me conte o que foi que você disse!

– Não sei se você aguentaria.

– Eu decido se aguento ou não! Ordeno que fale imediatamente!

– Permita-me pousar primeiro.

E, sem esperar a permissão dela, virou e pegou a perna de base, deu sustentação máxima às asas, pousou delicadamente no orniporto de um laranja intenso em cima do telhado.

– Agora – disse Alia. – Fale.

– Eu disse a ele que resistir a si mesmo talvez seja a tarefa mais difícil do universo.

Ela balançou a cabeça.

– Isso... isso é...

– Um remédio amargo – ele falou, observando os guardas que atravessaram correndo o telhado na direção deles e assumiram suas posições de escolta.

– É uma bobagem amarga!

– O maior dos condes palatinados e o mais humilde servo estipendiário têm o mesmo problema. Não há como contratar um Mentat nem qualquer outro intelecto para resolvê-lo por você. Não existe mandado de investigação nem intimação de testemunhas que possam fornecer as respostas. Nenhum serviçal, nenhum discípulo é capaz de tratar a ferida. Você mesma terá de tratá-la ou continuará a sangrar à vista de todos.

Ela girou e deu-lhe as costas, percebendo no mesmo instante o que o ato revelava em relação a seus próprios sentimentos. Sem artifícios da Voz nem truques de bruxaria, ele havia chegado outra vez a sua psique. Como ele fazia aquilo?

Frank Herbert

– O que disse para ele fazer? – ela sussurrou.

– Disse-lhe para julgar, impor a ordem.

Alia olhou para fora, para os guardas, e notou como eles esperavam com toda a paciência, com toda a ordem.

– Fazer justiça – ela murmurou.

– Nada disso! – ele gritou. – Sugeri que ele julgasse, nada mais, orientado por um princípio, talvez...

– Que seria?

– Manter os amigos e destruir os inimigos.

– Julgar com injustiça, então.

– O que é a justiça? Duas forças colidem. Pode ser que cada uma delas tenha razão em sua própria esfera. E é aí que um imperador impõe soluções ordeiras. As colisões que não é capaz de impedir, ele as resolve.

– Como?

– Da maneira mais simples possível: ele decide.

– Mantendo os amigos e destruindo os inimigos.

– Isso não é estabilidade? As pessoas querem ordem, seja essa ou qualquer outra. Estão sentadas dentro das celas de seus anseios e veem que a guerra se tornou a diversão dos ricos. É uma forma perigosa de sofisticação. É desordeiro.

– Vou sugerir a meu irmão que você é perigoso demais e precisa ser destruído – ela disse, virando-se para encará-lo.

– Uma solução que eu já sugeri.

– E é por isso que é perigoso – ela completou, medindo as palavras. – Você dominou suas paixões.

– *Não* é por isso que sou perigoso.

Antes que ela conseguisse se mexer, ele se debruçou, agarrou-lhe o queixo com uma das mãos e impôs seus lábios aos dela.

Foi um beijo delicado, breve. Ele se afastou, e ela olhou para ele com um ar escandalizado, estimulado por vislumbres dos sorrisos espasmódicos no rosto dos guardas que ainda estavam do lado de fora, em disciplinada posição de sentido.

Alia levou um dedo aos lábios. Fora tamanha a familiaridade daquele beijo. Os lábios dele eram a concupiscência de um futuro que ela vira em algum caminho presciente pouco usado. De peito arfante, ela disse:

– Eu devia mandar esfolá-lo.

Messias de Duna

– Porque sou perigoso?

– Porque você toma liberdades demais!

– Liberdade nenhuma. Nada tomo que já não me tenham oferecido antes. Fique feliz por eu não ter tomado tudo que me ofereceram. – Ele abriu a porta e escorregou para fora. – Venha. Já perdemos muito tempo à toa. – Caminhou a passos largos na direção da cúpula de entrada, logo depois do orniporto.

Alia pulou para fora e correu para alcançá-lo.

– Contarei a ele tudo o que você disse e tudo o que você fez.

– Ótimo.

Ele abriu a porta para ela.

– Ele mandará executar você – ela disse, entrando na cúpula.

– Por quê? Por ter roubado o beijo que eu queria?

Ele a seguiu, e seu movimento a obrigou a recuar. A porta fechou-se delicadamente atrás dele.

– O beijo que *você* queria!

Ela foi tomada pela fúria.

– Muito bem, Alia. O beijo que você queria, então.

Ele começou a contorná-la, seguindo em direção ao setor de descarga.

Como se o movimento dele a tivesse lançado de encontro a uma percepção mais elevada, ela percebeu a franqueza, a absoluta sinceridade dele. *O beijo que eu queria*, ela disse consigo mesma. *Verdade.*

– Sua sinceridade é que é perigosa – ela disse, seguindo-o.

– De volta ao caminho da sabedoria – ele comentou, sem perder o ritmo. – Um Mentat não teria apresentado a questão de maneira mais direta. Agora: o que foi que você viu no deserto?

Ela segurou o braço dele, obrigando-o a parar. Ele o fizera outra vez: abalara a mente de Alia, levando-a a um estado de percepção aguçada.

– Não consigo explicar, mas continuo pensando nos Dançarinos Faciais. Por quê?

– Foi por isso que seu irmão a mandou para o deserto – ele falou, com um aceno afirmativo da cabeça. – Conte-lhe que tem essa ideia fixa.

– Mas por quê? – Ela sacudiu a cabeça. – Por que os Dançarinos Faciais?

– Há uma moça morta lá fora – ele disse. – Talvez não tenham dado falta de nenhuma moça fremen.

Penso na alegria que é estar vivo e me pergunto se chegarei a dar o salto interior até a raiz deste corpo e conhecer a mim mesmo como um dia fui. A raiz está lá. Se algum ato meu conseguirá encontrá-la, isso continua emaranhado no futuro. Mas todas as coisas que um homem é capaz de fazer a mim pertencem. Qualquer ato meu poderia fazê-lo.

– "Com a palavra, o ghola", O memorial de Alia

Deitado, imerso no odor berrante da especiaria, com o olhar voltado para o interior, através do transe oracular, Paul viu a lua se tornar uma esfera alongada. Girava e se contorcia, chiava – o chiado terrível de uma estrela que se extinguia num mar infinito – caindo... caindo... caindo... como uma bola arremessada por uma criança.

Sumiu.

Aquela lua não tinha se posto. Ele foi engolfado pela constatação. Sumiu: nada de lua. A terra tremeu feito um animal a sacudir a pelagem. Ele foi varrido pelo pavor.

Paul sentou-se em seu catre com um movimento brusco do torso, de olhos bem abertos, fitando o vazio. Parte dele olhava para fora; a outra parte, para dentro. Lá fora, ele via a gelosia de ligaplás que arejava seu quarto particular e sabia que estava ao lado de um dos abismos pétreos de seu Forte. Ali dentro, ele ainda via a lua cair.

Fora! Fora!

Sua gelosia de ligaplás abria-se para a luz incandescente do meio-dia que cobria Arrakina. Por dentro – ali repousava a noite mais escura. Uma chuva de aromas deliciosos proveniente de um jardim suspenso beliscava-lhe os sentidos, mas nenhum perfume floral traria de volta aquela lua caída.

Paul girou e, com os pés, tocou a superfície fria do chão, espiou através da gelosia. Enxergava diretamente o arco suave de uma passarela feita de ouro e platina estabilizada com cristais. Joias de fogo da longínqua Cedon decoravam a ponte, que levava às galerias do centro velho da cidade, passando por cima de um lago e de uma fonte repletos de flores aquá-

Messias de Duna

ticas. Paul sabia que, se ficasse de pé, veria pétalas tão puras e vermelhas como sangue fresco a rodopiar, a girar lá embaixo – discos de cor ambiente ao sabor de uma torrente esmeralda.

Seus olhos absorveram a cena sem libertá-lo da escravidão da especiaria.

Aquela visão terrível de uma lua perdida.

A visão sugeria uma perda monstruosa de segurança individual. Talvez tivesse presenciado a queda de sua civilização, derrubada pelas próprias pretensões...

Uma lua... uma lua... uma lua que cai.

Precisara de uma dose maciça da essência da especiaria para vencer a lama levantada pelo tarô. Mostrara-lhe apenas uma lua em queda e o caminho detestável que ele já conhecia desde o princípio. Para dar fim ao jihad, para silenciar o vulcão de carnificina, ele teria de desacreditar a si mesmo.

Desvencilhe-se... desvencilhe-se... desvencilhe-se...

O perfume floral do jardim suspenso fez com que se lembrasse de Chani. Desejava ardentemente seus braços naquele momento, os braços aderentes do amor e do esquecimento. Mas nem mesmo Chani conseguiria exorcizar aquela visão. O que Chani diria se ele a procurasse e contasse que tinha em mente uma determinada morte? Sabendo que era inevitável, por que não escolher a morte de um aristocrata e dar cabo da vida com uma fanfarrice secreta, desperdiçando os anos que poderiam ter sido? Morrer antes de chegar ao fim da determinação, não seria essa a decisão de um aristocrata?

Levantou-se, foi até a abertura imbricada da gelosia, saiu para uma sacada de onde se viam, lá em cima, as flores e trepadeiras que pendiam do jardim. Sua boca continha a secura de uma marcha pelo deserto.

Lua... lua... Onde está essa lua?

Pensou na descrição que Alia fizera, o corpo da moça encontrado nas dunas. Uma fremen viciada em semuta! Tudo se encaixava no padrão detestável.

Nada se tira deste universo, pensou. *Ele dá o que quer.*

Os restos de uma concha oriunda dos mares da Mãe Terra repousavam sobre uma mesa baixa ao lado do parapeito da sacada. Tomou nas mãos a lisura lustrosa da concha, tentou fazer seus sentidos retrocederem no Tempo. A superfície perolada refletia luas cintilantes de luz. Despregou

Frank Herbert

o olhar da concha, examinou, além do jardim, um céu transformado em conflagração: rastros de poeira iridescente brilhando ao sol argênteo.

Meus fremen se referem a si mesmos como "Filhos da Lua", pensou.

Largou a concha, pôs-se a andar ao longo da sacada. Aquela lua apavorante oferecia a esperança de escapar? Procurou um significado no campo da comunhão mística. Sentiu-se fraco, abalado, ainda sob o domínio da especiaria.

Na extremidade norte de seu abismo de ligaplás, ele avistou os edifícios mais baixos do aglomerado governamental. Os pedestres abarrotavam as calçadas sobre os telhados. Parecia-lhe que as pessoas se deslocavam como um friso em contraste com um plano de fundo feito de portas, paredes, ladrilhos. As pessoas eram ladrilhos! Ao piscar, ele as congelava em sua mente. Um friso.

Uma lua cai e desaparece.

Sobreveio-lhe a sensação de que a cidade lá fora havia se convertido num estranho símbolo de seu universo. Os edifícios que ele enxergava foram erigidos na planície onde seus fremen haviam destruído as legiões dos Sardaukar. O terreno que um dia fora calcado pelas batalhas agora repercutia o clamor impetuoso dos negócios.

Sem se afastar da beirada externa da sacada, Paul contornou o canto. Agora, a vista era a de um subúrbio onde as construções da cidade se perdiam nas pedras e na areia do deserto que o vento carregava. O templo de Alia dominava o primeiro plano: tapeçarias verdes e pretas nas paredes laterais de dois mil metros exibiam o símbolo da lua de Muad'Dib.

Uma lua que cai.

Paul passou uma das mãos pela testa e os olhos. A metrópole-símbolo o oprimia. Ele desdenhava os próprios pensamentos. Tamanha hesitação em outra pessoa teria despertado sua raiva.

Ele detestava sua cidade!

A fúria radicada no tédio estremeceu e fervilhou em seu íntimo, acalentada por decisões inevitáveis. Ele sabia qual caminho seus pés tinham de seguir. Já o tinha visto tantas vezes, não? *Visto!* Certa vez... tempos atrás, pensara em si mesmo como o inventor do governo. Mas a invenção havia caído nos velhos padrões. Era como uma engenhoca hedionda e de memória maleável. Era possível dar-lhe a forma que se quisesse, mas bastava relaxar um segundo para que ela voltasse a assumir formas antigas.

Messias de Duna

Forças que, fora de seu alcance, agiam nos corações humanos fugiam dele e o desafiavam.

Paul olhou por cima dos telhados. Que tesouros da vida sem entraves jaziam sob aqueles tetos? Vislumbrou lugares de verde-folhagem, vegetação ao ar livre em meio ao vermelho-greda e ao ouro dos telhados. O verde, o presente de Muad'Dib e sua água. Pomares e bosques estavam ao alcance de sua visão – vegetação a céu aberto a rivalizar com a do lendário Líbano.

– Muad'Dib desperdiça água feito um louco – diziam os fremen.

Paul cobriu os olhos com as mãos.

A lua caiu.

Deixou caírem as mãos, olhou para sua metrópole com a visão agora clara. Os edifícios assumiram uma aura de monstruosa barbárie imperial. Erguiam-se enormes e brilhantes sob o sol setentrional. Colossos! Todas as extravagâncias arquitetônicas que uma história demente seria capaz de produzir mostravam-se diante dele: terraços enormes como chapadas, praças tão grandes quanto algumas cidades, parques, edifícios, pedacinhos de natureza cultivada.

Um talento artístico soberbo se limitava com prodígios inexplicáveis de um mau gosto desolador. Os detalhes gravavam-se nele: um portal secreto da antiquíssima Bagdá... uma cúpula sonhada na mítica Damasco... um arco proveniente da baixa gravidade de Atar... elevações harmônicas e profundezas extravagantes. Tudo isso produzia um efeito de magnificência ímpar.

Uma lua! Uma lua! Uma lua!

A frustração o enredava. Sentia a pressão do inconsciente-massa, aquele golpe veloz de humanidade que cortava seu universo. Acometiam-no com uma força semelhante à de uma gigantesca pororoca. Ele detectava as vastas migrações que operavam nas relações humanas: torvelinhos, correntezas, torrentes genéticas. Não havia barragem de abstinência, ataque de impotência nem maldições capazes de detê-la.

O Jihad de Muad'Dib era menos que um piscar de olhos naquele movimento maior. A Irmandade Bene Gesserit que nadava naquela onda, essa entidade corporativa que tinha os genes como ofício, estava aprisionada na torrente tanto quanto ele. Visões de uma lua a cair tinham de ser comparadas com outras lendas, outras visões num universo onde até mesmo as estrelas aparentemente eternas empalideciam, tremelicavam, morriam...

Que diferença fazia uma única lua num universo como aquele?

Bem no interior de sua cidadela e fortaleza, tão no âmago que o som às vezes se perdia na correnteza de ruídos da cidade, tilintava um rebabe de dez cordas com uma canção do jihad, um lamento por uma mulher que ficara em Arrakis:

Suas ancas são dunas que o vento arredondou,
Seus olhos brilham feito o calor do verão.
Os cabelos descem-lhe pelas costas em duas tranças –
Cheios de hidroanéis, seus cabelos!
Minhas mãos recordam sua pele,
Fragrante feito âmbar, com cheiro de flor.
As pálpebras estremecem com as lembranças...
Fui ferido pela chama branca do amor!

A canção o deixou enjoado. Uma cantiga para criaturas estúpidas absortas em sentimentalismo! Melhor cantar para o cadáver embebido nas dunas que Alia tinha visto.

Um vulto se mexeu nas sombras da gelosia da sacada. Paul girou nos calcanhares.

O ghola veio para o fulgor total do sol. Seus olhos metálicos cintilaram.

– Seria Duncan Idaho ou o homem chamado Hayt? – Paul perguntou.

O ghola deteve-se a dois passos dele.

– Qual deles milorde prefere?

A voz comportava um leve tom de cautela.

– Banque o zen-sunita – Paul disse, com amargura.

Significados dentro de significados! O que um filósofo zen-sunita poderia dizer ou fazer para mudar um tiquinho da realidade que se desdobrava diante dele naquele instante?

– Milorde está incomodado.

Paul virou-se, olhou para a escarpa distante da Muralha-Escudo, viu arcadas e arcobotantes esculpidas pelo vento, uma paródia terrível de sua cidade. A natureza a pregar-lhe uma peça! *Veja o que sou capaz de construir!* Ele reconheceu um talho no maciço distante, um lugar onde a areia saía de uma fissura, e pensou: *Ali! Bem ali, lutamos com os Sardaukar!*

– O que incomoda milorde? – perguntou o ghola.

Messias de Duna

– Uma visão – Paul sussurrou.

– Aaaaah, quando os Tleilaxu me acordaram, tive visões. Estava inquieto, sozinho... sem saber de fato que estava sozinho. Não naquele momento. Minhas visões nada revelaram! Os Tleilaxu me disseram que era uma intromissão da carne a que ficam sujeitos todos os homens e gholas, um mal-estar, nada mais.

Paul virou-se, estudou os olhos do ghola, aquelas esferas encovadas de aço, inexpressivas. Que visões teriam presenciado aqueles olhos?

– Duncan... Duncan... – Paul murmurou.

– Chamam-me Hayt.

– Vi uma lua cair – disse Paul. – Sumiu, foi destruída. Ouvi um grande chiado. A terra tremeu.

– Embriagou-se no excesso de tempo – disse o ghola.

– Pergunto ao zen-sunita e responde-me o Mentat! Muito bem! Submeta minha visão a sua lógica, Mentat. Analise-a e reduza-a a meras palavras, prontas para o enterro.

– Enterro, sim. Milorde foge da morte. Digladia-se com o instante seguinte, recusa-se a viver aqui e agora. Augúrios! Que muleta para um imperador!

Paul viu-se fascinado por uma mancha no queixo do ghola da qual se lembrava muito bem.

– Tentando viver nesse futuro – disse o ghola –, milorde lhe dá substância? Torna-o real?

– Se seguir o caminho de meu futuro-visão, estarei vivo *então* – Paul murmurou. – O que faz você pensar que eu quero viver lá?

O ghola encolheu os ombros.

– Você me pediu uma resposta substancial.

– Onde há substância num universo composto de acontecimentos? – Paul perguntou. – Existe uma resposta final? Cada solução não gera novas perguntas?

– Milorde digeriu uma quantidade tão grande de tempo que agora delira com a imortalidade – disse o ghola. – Até mesmo *seu* Império, milorde, tem de viver o tempo que lhe é devido e morrer.

– Não me venha com esse desfile de altares escurecidos pela fumaça – Paul resmungou. – Já ouvi histórias tristes suficientes a respeito de deuses e messias. Por que eu precisaria de poderes especiais para prever minhas próprias desgraças, como fazem todos os outros? O servo mais humilde de minhas cozinhas poderia fazê-lo. – Balançou a cabeça. – A lua caiu!

– A mente de milorde não se deteve em seu princípio.

– É assim que vai me destruir? – Paul quis saber. – Impedindo-me de ordenar meus pensamentos?

– É possível ordenar o caos? – o ghola perguntou. – Nós, zen-sunitas, temos um ditado: "Não ordenar, eis a coleção definitiva". O que se pode coligir sem antes coligir a si mesmo?

– Sou atormentado por uma visão e você aí vomitando absurdos! – enfureceu-se Paul. – O que sabe sobre a presciência?

– Já vi o oráculo agir. Já vi aqueles que procuram sinais e presságios de seus destinos pessoais. Eles temem aquilo que buscam.

– Minha lua em queda é real – Paul sussurrou. Inspirou, trêmulo. – Está em movimento. Em movimento.

– Os homens sempre temem as coisas que se movem por conta própria – disse o ghola. – Milorde teme seus próprios poderes. As coisas caem do nada e entram em sua cabeça. Quando caem fora, para onde vão?

– Você me consola com espinhos – Paul grunhiu.

Uma iluminação interior transpareceu no rosto do ghola. Por um instante, ele se tornou o genuíno Duncan Idaho.

– Ofereço-lhe o consolo que está a meu alcance – disse.

Paul admirou-se com aquele espasmo momentâneo. Teria o ghola sentido o pesar que a mente dele rejeitava? Teria Hayt reprimido uma visão toda sua?

– Minha lua tem um nome – Paul sussurrou.

Deixou a visão inundá-lo. Apesar de todo o seu ser gritar, nenhum som lhe escapou. Tinha medo de falar, temia que sua voz o traísse. O ar daquele futuro apavorante estava saturado com a ausência de Chani. O corpo que gritara de êxtase, os olhos que, com seu desejo, o fizeram arder, a voz que o encantara por não usar nenhum truque de controle sutil – tudo desaparecera, de volta à água e à areia.

Lentamente, Paul virou-se, olhou para fora, para o presente e a praça diante do templo de Alia. Três peregrinos de cabeça raspada entraram pela alameda processional. Vestiam mantos amarelos e encardidos e andavam depressa, com a cabeça abaixada para enfrentar o vento da tarde.

Messias de Duna

Um deles mancava, arrastando o pé esquerdo. Venceram o vento, contornaram um canto e sumiram de vista.

Sumiram como sua lua sumiria. Ainda assim, a visão repousava diante dele. O propósito terrível da visão não lhe deixava escolha.

A carne se rende, pensou. *A eternidade toma aquilo que já foi seu. Nossos corpos agitaram brevemente as águas, dançaram com uma certa inebriação diante do amor da vida e do eu, lidaram com algumas ideias estranhas, depois se submeteram aos instrumentos do Tempo. O que podemos dizer a respeito? Eu aconteci. Não sou... mas aconteci.*

> **"Não se implora a misericórdia do sol."**
>
> **– "O sofrimento de Muad'Dib", em O memorial de Stilgar**

Um segundo de incompetência pode ser fatal, a Reverenda Madre Gaius Helen Mohiam lembrou a si mesma.

Ela ia mancando, aparentemente despreocupada, no centro de um círculo de guardas fremen. Sabia que um deles, o que vinha logo atrás dela, era surdo-mudo, imune a todas as artimanhas da Voz. Sem dúvida haviam-no encarregado de matá-la à menor provocação.

Por que Paul mandara chamá-la?, ela se perguntou. Estava prestes a dar sua sentença? Lembrou-se do dia, tempos atrás, em que o colocara à prova... o menino Kwisatz Haderach. Ele era profundo.

Maldita seja a mãe dele por toda a eternidade! Era culpa dela que as Bene Gesserit tivessem perdido o controle sobre aquela linhagem genética.

O silêncio fazia volume nas passagens abobadadas adiante de seu séquito. Sentiu que a mensagem era transmitida. Paul escutaria o silêncio. Saberia que ela estava a caminho antes mesmo que fosse anunciada. Não se iludia com a ideia de que seus poderes fossem maiores que os dele.

Maldito!

Ressentia-se dos fardos que a idade lhe impunha: as articulações doloridas, as reações já não tão rápidas quanto antes, os músculos não tão elásticos quanto os látegos da juventude. Foram um longo dia e uma longa vida. Passara aquele dia com o Tarô de Duna, procurando em vão uma pista sobre seu destino. Mas as cartas se mostraram indolentes.

Os guardas fizeram-na contornar uma curva e entrar em mais uma das passagens abobadadas e aparentemente intermináveis. Janelas triangulares de metavidro a sua esquerda abriam-se para o caramanchão de trepadeiras e as flores cor de anil lá em cima, nas sombras intensas lançadas pelo sol da tarde. Ladrilhos no chão: desenhos de criaturas aquáticas de planetas exóticos. Lembranças da água por toda parte. Dinheiro... riquezas.

Vultos usando mantos cruzaram um outro corredor na frente dela, lançaram olhares dissimulados para a Reverenda Madre. Ficaram patentes em seus modos o reconhecimento... e a tensão.

Messias de Duna

Ela manteve sua atenção no contorno bem definido do couro cabeludo do guarda que ia imediatamente a sua frente: corpo jovem, vincos rosados no colarinho do uniforme.

A imensidão daquela cidadela ighir começava a impressioná-la. Passagens... passagens... Passaram por uma porta aberta de onde saía o som de tambura e flauta a tocar uma música suave e anciã. Um olhar de relance mostrou-lhe olhos fremen de azul sobre azul, fitando-a desde o interior do aposento. Detectou neles o fermento de revoltas lendárias a despertar nos genes selvagens.

Sabia que ali estava a medida de seu fardo pessoal. Não havia como uma Bene Gesserit escapar da consciência de que existiam os genes e suas possibilidades. Comoveu-se com uma sensação de perda: aquele Atreides tolo e teimoso! Como podia negar as joias da posteridade que jaziam em sua virilha? Um Kwisatz Haderach! Nascido fora de tempo, verdade, mas real – tão real quanto a abominação que era sua irmã... e ali estava uma incógnita perigosa. Uma Reverenda Madre selvagem, gerada sem as inibições das Bene Gesserit e que não devia lealdade à evolução ordenada dos genes. Ela tinha os mesmos poderes do irmão, não havia dúvida – e não era só isso.

O tamanho da cidadela começou a oprimi-la. As passagens nunca terminariam? O lugar fedia a uma força física aterradora. Nenhum planeta, nenhuma civilização em toda a história humana tinha visto antes tamanha imensidão construída pelo homem. Seria possível esconder dezenas de cidades antigas dentro daquelas paredes!

Passaram por portas ovais com luzes piscantes. Ela reconheceu a arte ixiana: orifícios pneumáticos de transporte. Por que a faziam marchar toda aquela distância, então? A resposta começou a tomar forma em sua mente: para oprimi-la, em preparação para aquela audiência com o imperador.

Uma pista ínfima, mas que se juntava a outros indícios sutis: a supressão e a seleção relativas das palavras por parte de sua escolta, os traços de timidez primitiva em seus olhos, quando a chamavam de *Reverenda Madre*, a natureza fria, insípida e essencialmente inodora daqueles corredores. Tudo se combinava para revelar muitas coisas que uma Bene Gesserit poderia interpretar.

Paul queria alguma coisa dela!

Frank Herbert

Disfarçou o entusiasmo. Havia uma alavanca de negociação. Restava apenas descobrir a natureza dessa alavanca e colocar sua força à prova. Certas alavancas já tinham movido coisas bem maiores que aquela cidadela. Sabia-se de civilizações inteiras derrubadas com um dedo.

A Reverenda Madre lembrou-se, então, da avaliação de Scytale: *Uma criatura, depois de se transformar numa coisa, irá preferir a morte a se tornar o contrário do que é.*

As passagens pelas quais a escoltavam iam ficando maiores em pequenas medidas – truques no arranjo das abóbadas, ampliação graduada dos arrimos colunados, substituição das janelas triangulares por formas oblongas e maiores. Adiante, por fim, assomaram as portas duplas no centro da parede mais distante de uma antecâmara de pé-direito alto. Ela pressentiu que as portas seriam *muito* grandes e foi obrigada a reprimir um sobressalto quando sua percepção treinada mediu as verdadeiras proporções. O vão tinha pelo menos oitenta metros de altura e metade disso na largura.

Quando ela e sua escolta se aproximaram, as portas se abriram para dentro – um movimento imenso e silencioso de mecanismos ocultos. Reconheceu mais exemplos da arte ixiana. Por aquela porta altaneira ela passou com seus guardas e entrou no Grande Salão de Recepção do imperador Paul Atreides – "Muad'Dib, diante de quem todos se apequenam". Agora ela via o efeito daquele ditado popular em ação.

Ao avançar na direção de Paul, sentado no trono distante, a Reverenda Madre viu-se mais impressionada com as sutilezas arquitetônicas do ambiente do que com sua imensidão. O espaço era grande: poderia abrigar a cidadela inteira de qualquer soberano da história humana. A amplidão do recinto dizia muita coisa a respeito das forças estruturais ocultas e equilibradas com esmero. As armações e vigas de sustentação atrás daquelas paredes e a cúpula do teto longínquo deviam ultrapassar qualquer coisa que já haviam tentado até então. Tudo aludia a uma engenharia genial.

Sem parecer fazê-lo, o salão ficava menor na outra ponta, recusando-se a apequenar Paul sobre o trono no centro de uma plataforma. Uma percepção não treinada, abalada com as proporções do ambiente, o veria a princípio muitas vezes maior do que realmente era. As cores se aproveitavam da psique desprotegida: o trono verde de Paul fora lapidado a partir

Messias de Duna

de uma única esmeralda de Hagal. Aludia a coisas vivas e, segundo a mitologia fremen, refletia a cor do pesar. Segredava que ali estava sentado o homem capaz de incitar o pesar – vida e morte num mesmo símbolo, uma ênfase inteligente nos opostos. Atrás do trono, cortinas formavam uma cascata de laranja queimado, do ouro-caril da terra de Duna e salpicos da cor de canela do mélange. Para o olhar treinado, o simbolismo era óbvio, mas guardava marteladas que deitariam por terra os não iniciados.

O tempo tinha seu papel ali.

A Reverenda Madre contou os minutos que levou para se aproximar da Presença Imperial com seus passos mancos. Havia tempo suficiente para se deixar intimidar. A menor propensão ao ressentimento seria arrancada pelo poder desenfreado que se concentrava na pessoa. Era possível começar a longa marcha em direção ao trono como um ser humano digno e terminá-la como um mosquito.

Assistentes e assessores circundavam o imperador numa sequência curiosa: os guardas reais perfilados em posição de sentido ao longo da parede acortinada ao fundo; a abominação, Alia, dois degraus abaixo de Paul e a sua esquerda; Stilgar, o lacaio imperial, no degrau diretamente abaixo de Alia; e, à direita, um degrau acima do piso do salão, uma figura solitária, o espectro carnal de Duncan Idaho, o ghola. Ela reparou nos fremen mais velhos entre os guardas, naibs barbados com as escaras dos trajestiladores no nariz, as dagacrises embainhadas na cintura, uma ou outra pistola maula, até mesmo algumas armaleses. Deviam ser homens de confiança, ela pensou, para portar armaleses diante de Paul, já que ele obviamente usava um gerador de escudo. Ela enxergava o tremeluzir do campo que o envolvia. Bastaria uma rajada de armalês naquele campo para a cidadela inteira virar um buraco no chão.

Os guardas que a acompanhavam pararam a dez passos da plataforma e separaram-se para dar-lhe visão desimpedida do imperador. Ela percebeu, então, a ausência de Chani e Irulan, e ficou curiosa. Diziam que ele não presidia nenhuma audiência importante sem elas.

Paul acenou-lhe com a cabeça, calado, medindo-a.

Imediatamente, ela decidiu tomar a ofensiva e disse:

– Então, o grande Paul Atreides se digna a ver aquela a quem baniu.

Paul sorriu com ironia, pensando: *Ela sabe que quero alguma coisa dela*. Era inevitável que soubesse disso, sendo ela quem era. Ele reconhe-

Frank Herbert

cia os poderes da mulher. As Bene Gesserit não se tornavam Reverendas Madres por acaso.

– Podemos dispensar os rodeios? – ele indagou.

Seria assim tão fácil?, ela se perguntou. E disse:

– Diga o que quer.

Stilgar se mexeu, lançou um olhar penetrante para Paul. O lacaio imperial não gostava de seu tom de voz.

– Stilgar quer que eu a mande embora – Paul falou.

– E não que me mate? – ela perguntou. – Eu teria esperado algo mais direto de um naib fremen.

Stilgar franziu o cenho e disse:

– Muitas vezes, devo falar de modo contrário ao que penso. Isso se chama diplomacia.

– Então vamos dispensar também a diplomacia – ela disse. – Era necessário me fazer andar toda essa distância? Sou uma velha.

– Era preciso demonstrar como posso ser insensível – Paul explicou. – Assim você apreciará minha condescendência.

– Atreve-se a tratar uma Bene Gesserit com tamanha indelicadeza?

– Atos torpes também mandam seu recado – disse Paul.

Ela hesitou, ponderando as palavras dele. Então... ele ainda poderia se livrar dela... de maneira torpe, obviamente, se ela... se ela o quê?

– Diga o que quer de mim – ela resmungou.

Alia olhou para o irmão, fez um sinal de cabeça na direção das cortinas atrás do trono. Conhecia o raciocínio de Paul naquele caso, mas nem por isso gostava da ideia. E daí que fosse uma *profecia aleatória*? Sentia-se mais do que relutante em tomar parte naquela negociação.

– Cuidado ao falar comigo, velha – Paul disse.

Ele me chamou de velha quando era um rapazola, a Reverenda Madre pensou. *Estaria me lembrando de que tive participação em seu passado? A decisão que tomei na época, terei de tomá-la novamente aqui?* Sentiu o peso da decisão, algo físico que fez seus joelhos tremerem. Os músculos gritaram de cansaço.

– Foi uma longa caminhada e posso ver que está cansada – Paul disse. – Passemos a meu aposento particular atrás do trono. Lá poderá se sentar.

Ele fez um sinal com a mão para Stilgar e se levantou.

Stilgar e o ghola colocaram-se um de cada lado da Reverenda Madre, ajudaram-na a subir os degraus e seguiram Paul por uma passagem escondida pelas cortinas. Ela percebeu, então, por que ele a havia recebido no salão: uma pantomima para os guardas e naibs. Ele os temia, portanto. E agora – agora ele exibia uma benevolência cortês, atrevendo-se a usar tais estratagemas com uma Bene Gesserit. Seria mesmo atrevimento? Ela pressentiu uma outra presença lá atrás, olhou por sobre o ombro e viu que Alia os seguia. Os olhos da mulher mais jovem tinham um ar pensativo e funesto. A Reverenda Madre estremeceu.

O aposento particular ao final da passagem era um cubo de ligaplás de vinte metros, iluminado por luciglobos amarelos, com as paredes cobertas por tapeçarias de um laranja carregado, típicas de uma tendestiladora do deserto. Continha divãs, almofadas macias, um odor tênue de mélange, cântaros de água feitos de cristal sobre uma mesa baixa. Parecia apertado e minúsculo depois do salão lá fora.

Paul a acomodou num divã e ficou de pé diante dela, estudando-lhe o rosto idoso: dentes acerados, olhos que escondiam mais do que revelavam, a pele profundamente enrugada. Ele apontou um cântaro de água. Ela balançou a cabeça, desalojando uma mecha de cabelo grisalho.

Em voz baixa, Paul disse:

– Quero negociar com você a vida da mulher que amo.

Stilgar pigarreou.

Alia tocou com os dedos o cabo da dagacris que trazia embainhada ao pescoço.

O ghola continuava à porta, de rosto impassível, com os olhos metálicos apontados para o vazio logo acima da cabeça da Reverenda Madre.

– Teve uma visão na qual eu tivesse algo a ver com a morte dela? – a Reverenda Madre perguntou. Manteve sua atenção no ghola, estranhamente perturbada pela presença dele. Por que deveria se sentir ameaçada pelo ghola? Ele era um instrumento da conspiração.

– Sei o que você quer de mim – Paul disse, esquivando-se da pergunta que ela fizera.

Então ele apenas desconfia, ela pensou. A Reverenda Madre olhou para as pontas de seus sapatos, que uma prega do manto havia exposto. Pretos... pretos... os sapatos e o manto ostentavam as marcas de seu cárcere: manchas, pregas. Ela ergueu o queixo e deparou com o olhar zangado de Paul. Encheu-se de entusiasmo, mas escondeu a emoção atrás dos lábios franzidos e das pálpebras entrecerradas.

Frank Herbert

– O que oferece em troca? – ela perguntou.

– Pode ficar com meu sêmen, mas não com minha pessoa – disse Paul. – Irulan banida e inseminada artificial...

– Como ousa?! – a Reverenda Madre atacou, empertigando-se.

Stilgar deu meio passo à frente.

De maneira desconcertante, o ghola sorriu. E agora Alia o estudava.

– Não vamos discutir as coisas que sua Irmandade proíbe – disse Paul. – Não quero ouvir falar de pecados, abominações, nem das crenças remanescentes dos últimos jihads. Pode ficar com meu sêmen para usá-lo em seus planos, mas nenhum filho de Irulan irá se sentar em meu trono.

– Seu trono – ela desdenhou.

– *Meu* trono.

– Então quem dará à luz o herdeiro imperial?

– Chani.

– Ela é estéril.

– Ela espera um filho.

Uma inspiração involuntária expôs o susto da velha.

– Está mentindo! – gritou.

Paul ergueu a mão e conteve o avanço impetuoso de Stilgar.

– Sabemos há dois dias que ela espera um filho meu.

– Mas Irulan...

– Somente por métodos artificiais. Eis minha oferta.

A Reverenda Madre fechou os olhos para não ver o rosto dele. Maldição! Lançar a sorte dos genes daquela maneira! O asco fervilhava em seu íntimo. Os ensinamentos das Bene Gesserit, as lições do Jihad Butleriano: todos condenavam o ato. Não se aviltavam as aspirações mais elevadas da humanidade. Nenhuma máquina podia funcionar da mesma maneira que a mente humana. Palavras e ações não poderiam insinuar a possibilidade de reproduzir os homens no mesmo patamar dos animais.

– A decisão é sua – Paul disse.

Ela balançou a cabeça. Os genes, os preciosos genes dos Atreides: só isso importava. A necessidade tinha raízes mais profundas que a interdição. Para a Irmandade, o acasalamento misturava mais do que esperma e óvulo. O objetivo era capturar a psique.

A Reverenda Madre agora entendia a sagacidade sutil da oferta de Paul. Ele faria as Bene Gesserit cúmplices de um ato que acarretaria a ira

Messias de Duna

popular... se um dia fosse descoberto. Não poderiam admitir a paternidade se o imperador a negasse. A troca talvez preservasse os genes dos Atreides para a Irmandade, mas nunca compraria um trono.

Percorreu o recinto com o olhar, estudando cada rosto: Stilgar, passivo e à espera; o ghola, imobilizado em algum lugar em seu íntimo; Alia a observar o ghola... e Paul, a ira sob uma fina camada superficial.

– É sua única oferta? – ela perguntou.

– Minha única oferta.

Ela olhou para o ghola, presa de um movimento breve dos músculos da face da criatura. Emoção?

– Você, ghola – ela disse. – É recomendável fazer uma oferta como essa? E tendo sido feita, é recomendável aceitá-la? Seja nosso Mentat.

Os olhos metálicos voltaram-se para Paul.

– Responda como bem entender – disse Paul.

O ghola voltou mais uma vez seus olhos reluzentes para a Reverenda Madre, sobressaltou-a novamente ao sorrir.

– A oferta é tão boa quanto a coisa real que ela compra, e só – ele disse. – A troca oferecida aqui é uma vida por outra, uma negociação de ordem elevada.

Alia removeu uma mecha de cabelos acobreados da testa e disse:

– E o que mais se esconde nessa barganha?

A Reverenda Madre recusou-se a olhar para Alia, mas as palavras arderam em sua mente. Sim, havia ali implicações muito mais profundas. Sim, a irmã era uma abominação, mas não havia como negar sua posição de Reverenda Madre, com todas as implicações do título. Gaius Helen Mohiam sentiu-se, naquele instante, não uma única pessoa, mas todas as outras que se juntavam em minúsculos congéries em sua memória. Estavam alertas, todas as Reverendas Madres que ela absorvera ao se tornar uma Sacerdotisa da Irmandade. Alia deveria estar na mesma situação.

– O que mais? – o ghola indagou. – É de se perguntar por que as bruxas Bene Gesserit não usaram os métodos dos Tleilaxu.

Gaius Helen Mohiam e todas as Reverendas Madres dentro dela estremeceram. Sim, os Tleilaxu faziam coisas repugnantes. Se baixassem as barreiras à inseminação artificial, o passo seguinte seria o dos Tleilaxu: a mutação controlada?

Paul, observando o jogo de emoções a seu redor, sentiu de repente como se não conhecesse mais aquelas pessoas. Só enxergava estranhos.

Frank Herbert

Até mesmo Alia era uma estranha.

Alia disse:

– Se lançássemos os genes Atreides ao sabor da corrente de um rio Bene Gesserit, quem sabe o que sairia disso?

A cabeça de Gaius Helen Mohiam virou-se com presteza, e ela confrontou o olhar de Alia. Na velocidade de um instante, uniram-se como Reverendas Madres, dividindo um único pensamento: *O que está por trás de qualquer ação dos Tleilaxu? O ghola era uma coisa tleilaxu. Teria implantado aquele plano na mente de Paul? Paul tentaria negociar diretamente com os Bene Tleilax?*

Ela interrompeu o contato com o olhar de Alia, sentindo suas próprias ambiguidades e inadequações. Lembrou-se de que a armadilha do treinamento das Bene Gesserit estava nos poderes concedidos: esses poderes predispunham a pessoa à vaidade e ao orgulho. Mas o poder enganava quem o usava. A tendência era acreditar que o poder seria capaz de superar qualquer barreira... até mesmo a ignorância da própria pessoa.

Só uma coisa ali era suprema para as Bene Gesserit, ela disse consigo mesma. Era a pirâmide de gerações que chegara ao ápice com Paul Atreides... e a abominação que era sua irmã. Uma decisão errada naquele momento e a pirâmide teria de ser reconstruída... gerações atrás nas linhagens paralelas e com espécimes reprodutores a quem faltariam as melhores características.

Mutação controlada, ela pensou. *Os Tleilaxu realmente a praticaram? Tentador!* Ela sacudiu a cabeça, para se livrar melhor desses pensamentos.

– Rejeita minha proposta? – Paul perguntou.

– Estou pensando – ela disse.

E, outra vez, ela olhou para a irmã. O cruzamento ideal para aquela mulher Atreides se perdera... morto por Paul. No entanto, restava uma outra possibilidade, que *consolidaria* a característica desejada num descendente. Paul atrevia-se a oferecer a reprodução dos animais às Bene Gesserit! Quanto ele estaria realmente preparado para pagar pela vida de sua Chani? Aceitaria um cruzamento com sua própria irmã?

Lutando para ganhar tempo, a Reverenda Madre disse:

– Diga-me, ó exemplo impecável de tudo que é sagrado, Irulan tem algo a dizer a respeito dessa sua proposta?

Messias de Duna

– Irulan fará o que você o mandar fazer – Paul resmungou.

Verdade, Mohiam pensou. Firmou o queixo, ofereceu um novo gambito:

– Existem dois Atreides.

Paul, pressentindo parte do que a velha tinha em mente, sentiu o sangue corar seu rosto.

– Cuidado com o que vai sugerir – ele disse.

– Você simplesmente *usaria* Irulan para seus próprios fins, hein? – ela perguntou.

– Ela não foi treinada para ser usada? – Paul perguntou.

E nós a treinamos, é o que está dizendo, Mohiam pensou. *Bem... Irulan é uma moeda dividida. Haveria outro jeito de usar uma moeda como essa?*

– Vai colocar o filho de Chani no trono? – a Reverenda Madre perguntou.

– No *meu* trono – disse Paul.

Ele olhou para Alia, perguntando-se de repente se ela conhecia as possibilidades divergentes naquele diálogo. Alia permanecia de olhos fechados, estranhamente sossegada. Com que força interior ela comungava? Vendo a irmã daquele jeito, Paul sentiu-se à deriva. Alia estava numa praia que se afastava dele.

A Reverenda Madre tomou sua decisão e disse:

– É muita coisa para uma pessoa só decidir. Tenho de consultar meu Conselho em Wallach. Permitirá uma mensagem?

Como se ela precisasse de minha permissão!, Paul pensou. Disse:

– Concordo, então. Mas não se demore demais. Não vou esperar sentado enquanto vocês discutem.

– Vai negociar com os Bene Tleilax? – o ghola perguntou, e sua voz foi uma intromissão cortante.

Os olhos de Alia se abriram de repente, e ela fitou o ghola como se um invasor perigoso a tivesse acordado.

– Não resolvi nada disso – Paul falou. – O que farei é ir para o deserto tão logo isso possa ser arranjado. Nosso filho nascerá no sietch.

– Sábia decisão – salmodiou Stilgar.

Alia recusou-se a olhar para Stilgar. Era a decisão errada. Era capaz de sentir isso em cada uma de suas células. Paul *devia* saber. Por que tinha se lançado por aquele caminho?

– Os Bene Tleilax ofereceram seus serviços? – Alia perguntou. Ela viu que Mohiam aguardava a resposta.

143

Frank Herbert

Paul balançou a cabeça.

– Não. – Olhou para Stilgar. – Stil, cuide para que a mensagem seja enviada a Wallach.

– É para já, milorde.

Paul virou-se, esperou até Stilgar chamar os guardas e sair com a bruxa velha. Percebeu que Alia ponderava se deveria confrontá-lo com mais perguntas. Em vez disso, ela se virou para o ghola.

– Mentat, os Tleilaxu tentarão cair nas boas graças de meu irmão?

O ghola deu de ombros.

Paul percebeu que divagava. *Os Tleilaxu? Não... não da maneira que Alia está pensando.* Mas a pergunta revelava que ela não tinha visto as alternativas. Bem... a visão variava de uma sibila para outra. Por que não uma variação de irmão para irmã? Divagando... divagando... Ele voltava de cada pensamento com um sobressalto para apanhar fragmentos da conversa que acontecia a sua volta.

– ... deve saber o que os Tleilaxu...

– ... a completude dos dados é sempre...

– ... dúvidas consideráveis no que...

Paul virou-se, olhou para a irmã, chamou a atenção dela. Sabia que ela veria lágrimas em seu rosto e se perguntaria por quê. Que perguntasse. A conjectura agora era uma gentileza. Ele olhou para o ghola, vendo apenas Duncan Idaho, apesar dos olhos metálicos. A tristeza e a compaixão digladiavam-se dentro de Paul. O que aqueles olhos de metal registrariam?

Existem vários graus de visão e vários graus de cegueira, Paul pensou. Sua mente voltou-se para uma paráfrase de um trecho da Bíblia Católica de Orange: *"Que sentidos nos faltam para que não consigamos ver um outro mundo a nossa volta?".*

Seriam aqueles olhos de metal um sentido diferente da visão?

Alia foi até o irmão, percebendo sua absoluta tristeza. Tocou uma lágrima em sua face, num gesto fremen de espanto, e disse:

– Não devemos prantear aqueles que nos são caros antes de sua partida.

– Antes de sua partida – Paul sussurrou. – Diga-me, irmãzinha, o que seria *antes*?

"Já estou farto dessa história de deus e sacerdote! Acha que não enxergo meu próprio mythos? Verifique seus dados mais uma vez, Hayt. Introduzi meus ritos nos atos humanos mais elementares. As pessoas comem em nome de Muad'Dib! Fazem amor em meu nome, nascem em meu nome... atravessam a rua em meu nome. Não se pode erguer uma viga de teto no casebre mais humilde da longínqua Gangishree sem que se invoque a bênção de Muad'Dib!"

– "Livro das diatribes", em A crônica de Hayt

– Arrisca-se demais abandonando seu posto e vindo aqui a esta hora – disse Edric, olhando ferozmente para o Dançarino Facial através das paredes de seu tanque.

– Como seu raciocínio é fraco e estreito – disse Scytale. – Quem é este que vem lhe fazer uma visita?

Edric hesitou, observando a forma corpulenta, as pálpebras pesadas, a cara obtusa. Era muito cedo, e o metabolismo de Edric não havia ainda passado do descanso noturno para o consumo pleno de mélange.

– Essa não é a forma que circulou pelas ruas? – Edric perguntou.

– Ninguém olharia duas vezes para alguns dos personagens que fui hoje – respondeu Scytale.

O camaleão pensa que uma mudança de forma irá escondê-lo de qualquer coisa, Edric pensou, com raro discernimento. E imaginou se a presença dele na conspiração realmente os escondia de todos os poderes oraculares. A irmã do imperador, por exemplo...

Edric chacoalhou a cabeça, agitando o gás laranja de seu tanque, e disse:

– Por que veio aqui?

– É preciso estimular o presente a agir mais depressa – disse Scytale.

– Impossível.

– É preciso encontrar uma maneira – Scytale insistiu.

– Por quê?

– As coisas não estão a meu gosto. O imperador está tentando nos dividir. Já fez sua oferta às Bene Gesserit.

– Ah, foi *isso*.

– É, isso! Você tem de estimular o ghola a...

– Você o criou, Tleilaxu. Sabe que não há como me pedir uma coisa dessas. – Edric fez uma pausa, aproximou-se da parede transparente de seu tanque. – Ou será que mentiu para nós a respeito desse presente?

– Mentir?

– Disse-nos para apontar e soltar a arma, nada mais. Depois de entregue o ghola, não teríamos como interferir.

– Pode-se transtornar qualquer ghola. Basta interrogá-lo a respeito de sua identidade original.

– O que isso fará?

– Isso o induzirá a tomar atitudes que atenderão a nossos propósitos.

– Ele é um Mentat dotado dos poderes da lógica e da razão – objetou Edric. – Pode deduzir o que estou fazendo... ou a irmã. Se a atenção dela estiver no...

– Você nos esconde ou não da sibila? – Scytale perguntou.

– Não tenho medo de oráculos. Preocupo-me com a lógica, com espiões de verdade, com os poderes materiais do Imperium, com o controle da especiaria, com...

– Podemos contemplar à vontade o imperador e seus poderes contanto que não nos esqueçamos de que todas as coisas são finitas – Scytale falou.

Estranhamente, o Piloto recuou, inquieto, agitando os membros feito um tritão estapafúrdio. Scytale resistiu a uma sensação de asco ao ver aquilo. O Navegador da Guilda vestia sua costumeira malha escura, com o cinto bojudo e seus diversos recipientes. Mas... dava a impressão de estar nu ao se mover. Eram os gestos, o nadar, o estender dos braços, decidiu Scytale, e mais uma vez ficou impressionado com os elos delicados de sua conspiração. Não formavam um grupo compatível. Isso era uma fraqueza.

A agitação de Edric cessou. Ele fitava Scytale, a visão tingida pelo gás laranja que o sustentava. *Que plano o Dançarino Facial teria guardado para se salvar?*, Edric se perguntou. O Tleilaxu não agia de maneira previsível. Mau agouro.

Alguma coisa na voz e nas ações do Navegador dizia a Scytale que o membro da Guilda temia mais a irmã que o imperador. Foi um pensamen-

Messias de Duna

to repentino projetado rapidamente na tela da percepção. Perturbador. Teriam deixado passar algo importante a respeito de Alia? O ghola seria armamento suficiente para destruir os dois?

– Sabe o que dizem de Alia? – Scytale perguntou, sondando.

– O que quer dizer?

O peixe-homem voltou a ficar agitado.

– Que a filosofia e a cultura nunca tiveram uma benfeitora como ela – disse Scytale. – Prazer e beleza se unem na...

– O que há de duradouro na beleza e no prazer? – Edric indagou. – Destruiremos os dois Atreides. Cultura! Oferecem cultura para governar melhor. Beleza! Promovem a beleza que escraviza. Criam uma ignorância letrada: nada mais fácil que isso. Não deixam nada ao acaso. Correntes! Tudo o que fazem cria correntes, escraviza. Mas os escravos sempre se revoltam.

– A irmã pode se casar e produzir descendentes – disse Scytale.

– Por que está falando da irmã? – Edric perguntou.

– Pode ser que o imperador escolha um homem para ela.

– Deixe-o escolher. Já é tarde demais.

– Nem mesmo você é capaz de inventar o instante seguinte – advertiu Scytale. – Você não é um criador... assim como os Atreides não são. – Meneou a cabeça. – Não devemos ousar demais.

– Não somos nós que saímos por aí boquejando a respeito da criação – protestou Edric. – Não somos nós a ralé que tenta fazer de Muad'Dib um messias. Que absurdo é esse? Por que levanta essas questões?

– É este planeta. *Ele* levanta questões.

– Os planetas não falam!

– Este aqui fala.

– Ah, é?

– Fala da criação. A areia soprada pelo vento à noite, isso é a criação.

– Areia soprada pelo vento...

– Quando acordamos, a primeira luz nos mostra o mundo novo: completamente virgem e pronto para receber nossos rastros.

Areia sem rastros?, Edric pensou. *Criação?* Sentiu-se enredado por uma ansiedade repentina. A prisão que era seu tanque, a sala que o cercava, tudo se fechava em cima dele, apertava-o.

Rastros na areia.

– Você fala como um fremen – disse Edric.

Frank Herbert

– É uma ideia fremen, e instrutiva – Scytale concordou. – Falam que o Jihad de Muad'Dib deixou rastros no universo da mesma maneira que um fremen deixa pegadas na areia nova. Eles abriram uma trilha na vida dos homens.

– E daí?

– Chega mais uma noite. O vento sopra.

– Sim, o jihad é finito. Muad'Dib usou seu jihad e...

– Ele não usou o jihad – disse Scytale. – O jihad o usou. Creio que ele o teria detido se pudesse.

– Se pudesse? Ele só tinha de...

– Ora, fique quieto! – Scytale vociferou. – Não se pode deter uma epidemia mental. Ela salta de uma pessoa para outra através de parsecs. É irresistivelmente contagiosa. Ela ataca o lado desprotegido, onde abrigamos os fragmentos de outras pestes semelhantes. Quem é capaz de deter algo assim? Muad'Dib não tem o antídoto. A coisa tem origem no caos. As ordens conseguem chegar lá?

– Você foi infectado, então? – Edric perguntou. Girou lentamente no gás laranja, imaginando por que as palavras de Scytale continham tanto medo em seu tom. O Dançarino Facial teria rompido com a conspiração? Não havia como perscrutar o futuro e examinar a questão naquele momento. O futuro havia se tornado uma torrente de lama, entupida de profetas.

– Estamos todos contaminados – disse Scytale, lembrando a si mesmo que a inteligência de Edric era gravemente limitada. Como poderia fazer o membro da Guilda entender?

– Mas quando nós o destruirmos – disse Edric –, o contá...

– Eu deveria abandoná-lo à própria ignorância. Mas meus deveres não o permitem. Além do mais, é perigoso para todos nós.

Edric recuou, firmou-se com um pontapé de um dos pés palmados, o que fez o gás laranja tremular em volta de suas pernas.

– Você diz coisas estranhas.

– A coisa toda é explosiva – disse Scytale, com uma voz mais calma. – Está prestes a arrebentar. Quando o fizer, serão cacos para todo lado, através dos séculos. Você não vê?

– Já lidamos com religiões antes – protestou Edric. – Se essa nova...

– *Não* é só uma religião! – Scytale disse, perguntando-se o que a Reverenda Madre teria a dizer sobre aquela dura lição imposta a um colega cons-

Messias de Duna

pirador. – O governo religioso é algo mais. Muad'Dib enfiou seu Qizarate em toda parte, desalojou os antigos cargos do governo. Mas ele não tem um funcionalismo público permanente, nem embaixadas entrosadas. Tem prelazias, ilhas de autoridade. No centro de cada ilha, um homem. Os homens aprendem a obter e manter o poder pessoal. Os homens são invejosos.

– Quando estiverem divididos, nós iremos absorvê-los um a um – disse Edric, com um sorriso complacente. – É só cortar fora a cabeça para o corpo tombar diante...

– Esse corpo tem duas cabeças – disse Scytale.

– A irmã... que pode se casar.

– Que certamente irá se casar.

– Não gosto de seu tom de voz, Scytale.

– E eu não gosto de sua ignorância.

– E daí se ela se casar? Isso irá abalar nossos planos?

– Irá abalar o universo.

– Mas eles não são singulares. Eu mesmo possuo poderes que...

– Você é uma criancinha. Está ensaiando os primeiros passos por onde eles já andaram.

– Eles *não* são singulares!

– Está esquecendo, membro da Guilda, que um dia criamos um Kwisatz Haderach. Trata-se de um ser farto do espetáculo do Tempo. É uma forma de vida que não se pode ameaçar sem se cercar de uma ameaça idêntica. Muad'Dib sabe que queríamos atacar sua Chani. Temos de agir mais rápido do que vínhamos fazendo. Você tem de chegar ao ghola, estimulá-lo como eu ensinei.

– E se eu não o fizer?

– Sentiremos o raio na pele.

Ó, verme de muitos dentes,
Podes negar o que não tem cura?
A carne e o alento que te atraem
Para o campo de todos os princípios
Alimentam-se de monstros a se contorcer numa
porta de fogo!
Não tens em todo o teu figurino um manto
Que cubra a embriaguez da divindade
Nem que esconda as queimaduras do desejo!

– "Cantiga do verme", retirada do Livro de Duna

Paul fizera um bocado de esforço na sala de exercícios, usando a dagacris e a espada curta contra o ghola. No momento, estava de pé junto a uma janela, olhando para a praça do templo lá embaixo, e tentava imaginar o que estaria acontecendo com Chani na clínica. Levaram-na para lá, passando mal, no meio da manhã, sexta semana de gravidez. Os médicos eram os melhores. Chamariam quando tivessem notícias.

As densas nuvens de areia da tarde escureciam o céu acima da praça. Os fremen tinham um nome para aquelas condições atmosféricas: "ar sujo".

Será que os médicos nunca chamariam? Os segundos pelejavam a passar, relutavam a entrar no universo dele.

A espera... a espera... As Bene Gesserit não mandavam nenhuma resposta de Wallach. Postergavam deliberadamente, claro.

A visão presciente tinha registrado aqueles momentos, mas ele resguardava sua percepção do oráculo, preferindo ali o papel de um Peixe-do-Tempo, a nadar não para onde ele queria ir, e sim para onde as correntes o levavam. O destino não permitia mais contendas.

Ouvia-se o ghola a guardar as armas, examinando o equipamento. Paul suspirou, levou uma das mãos ao próprio cinto, desativou seu escudo. O formigamento da extinção do campo percorreu-lhe a pele.

Confrontaria os fatos quando Chani voltasse, Paul disse a si mesmo. Teria tempo suficiente então para aceitar o fato de que aquilo que escondera dela havia lhe prolongado a vida. *Era maldade*, ele se perguntou, *preferir Chani a um herdeiro? Com que direito ele tomava a decisão no lugar dela?* Que tolice pensar aquilo! Quem poderia hesitar, dadas as alternativas: fossos de escravos, tortura, sofrimento agonizante... e coisas piores?

Ouviu a porta se abrir, os passos de Chani.

Paul se virou.

A intenção de matar havia se instalado na expressão de Chani. O largo cinto fremen que cingia a cintura de seu manto dourado, os hidroanéis que ela usava como colar, uma das mãos nos quadris (nunca longe da faca), o olhar incisivo com o qual ela sempre inspecionava qualquer sala ao entrar: tudo nela era agora só um pano de fundo para a violência.

Ele abriu os braços quando ela se aproximou, trouxe-a para bem perto de si.

– Alguém andou colocando um contraceptivo em minha comida durante um bom tempo... antes de eu começar a nova dieta – ela rouquejou, falando de encontro ao peito dele. – A gravidez será problemática por causa disso.

– Mas há algum remédio? – ele perguntou.

– Remédios perigosos. Sei de onde veio esse veneno! O sangue dela é meu.

– Minha Sihaya – ele murmurou, apertando-a nos braços para aplacar um tremor repentino. – Você terá o herdeiro que queremos. Já não basta?

– Minha vida é consumida mais depressa – ela disse, colando-se ao corpo dele. – A gravidez agora controla minha vida. Os médicos me disseram que segue a uma velocidade terrível. Tenho de comer e comer... e ingerir mais especiaria também... comê-la, bebê-la. Vou matar aquela mulher por isso!

Paul beijou-lhe o rosto.

– Não, minha Sihaya. Não vai matar ninguém. – E pensou: *Irulan prolongou sua vida, querida. Para você, a hora do parto é a hora da morte.*

Sentiu que o pesar secreto sugava-lhe o tutano, despejava sua vida num frasco escuro.

Chani desvencilhou-se dele.

– Não podemos perdoá-la!

– Quem falou em perdoar?

– Então por que não devo matá-la?

Foi uma pergunta tão categórica e típica dos fremen que Paul se viu quase sobrepujado por uma vontade histérica de rir. Ele a disfarçou, dizendo:

– Não ajudaria em nada.

– Você *viu* isso?

Paul sentiu seu abdômen se contrair com a lembrança-visão.

– O que vi... o que vi... – ele murmurou.

Cada aspecto dos acontecimentos mais próximos encaixava-se num presente que o paralisava. Sentia-se acorrentado a um futuro que, exposto com demasiada frequência, aferrava-se a ele feito um súcubo voraz. Uma secura tensa fechou-lhe a garganta. Imaginou se teria seguido o feitiço de seu próprio oráculo até se ver atirado num presente impiedoso.

– Conte-me o que *viu* – Chani disse.

– Não posso.

– Por que não posso matá-la?

– Porque estou pedindo.

Ele a viu aceitar o fato. Ela o fez da mesma maneira que a areia aceitava a água: absorvendo-a e escondendo-a. *Havia obediência sob aquela superfície quente e zangada?*, ele se perguntou. E percebeu então que a vida no Forte real em nada mudara Chani. Ela simplesmente ficara ali durante algum tempo, acomodara-se numa escala da viagem ao lado de seu homem. Não haviam lhe tirado nada que pertencesse ao deserto.

Chani se afastou dele, olhou para o ghola que esperava de pé perto do círculo de losangos da sala de exercícios.

– Andou se batendo com ele? – ela perguntou.

– E foi bom para mim.

O olhar dela dirigiu-se ao círculo no chão, depois voltou aos olhos metálicos do ghola.

– Não gosto dessa coisa – ela disse.

– Ele não foi criado para me atacar.

– Você viu *isso*?

– Não *vi*!

– Então como sabe?

– Porque ele é mais que um ghola: ele é Duncan Idaho.

– Os Bene Tleilax o fizeram.

– Fizeram mais do que tinham a intenção de fazer.

Ela sacudiu a cabeça. Uma ponta de seu lenço nezhoni roçou-lhe o decote do manto.

– Como pode mudar o fato de que ele é um ghola?

– Hayt, é você o instrumento de minha ruína?

Messias de Duna

– Se a substância do aqui e do agora for alterada, o futuro será alterado – disse o ghola.

– Isso não é resposta! – objetou Chani.

Paul ergueu a voz:

– Como vou morrer, Hayt?

A luz faiscava nos olhos artificiais.

– Dizem, milorde, que morrerá por causa do dinheiro e do poder.

Chani se empertigou.

– Como ele se atreve a falar assim com você?

– O Mentat é sincero – explicou Paul.

– Duncan Idaho era um amigo de verdade? – ela perguntou.

– Ele deu sua vida por mim.

– É uma pena que não se possa restaurar a identidade original de um ghola – Chani sussurrou.

– E você me converteria? – o ghola perguntou, dirigindo seu olhar para Chani.

– O que ele quer dizer? – Chani perguntou.

– Ser convertido é dar meia-volta – disse Paul. – Mas não há volta.

– Todo homem traz consigo seu próprio passado – Hayt falou.

– E todo ghola? – Paul perguntou.

– De certo modo, milorde.

– Então, e quanto a esse passado que se esconde em seu corpo secreto? – perguntou Paul.

Chani viu como a pergunta transtornou o ghola. Os movimentos dele ficaram mais rápidos, as mãos se fecharam. Ela olhou para Paul, perguntando-se por que ele o interrogava daquela maneira. Haveria um jeito de restaurar o homem que a criatura tinha sido um dia?

– Algum ghola já se lembrou de seu verdadeiro passado? – Chani perguntou.

– Foram muitas as tentativas – disse Hayt, o olhar fixo no chão perto de seus pés. – Nenhum ghola até hoje recuperou sua antiga identidade.

– Mas você deseja que isso aconteça – Paul falou.

As superfícies descoradas dos olhos do ghola ergueram-se para se concentrar em Paul com uma intensidade premente.

– Sim!

Em voz baixa, Paul disse:

– Se houver uma maneira...

– Este corpo não é o corpo com que nasci – disse Hayt, tocando a testa com a mão esquerda, numa curiosa saudação. – Ele... renasceu. Somente a forma é familiar. Um Dançarino Facial se sairia igualmente bem.

– Não tão bem – Paul falou. – E você não é um Dançarino Facial.

– É verdade, milorde.

– De onde vem sua forma?

– Da impressão genética das células originais.

– Em algum lugar, há uma coisa maleável que se lembra da forma de Duncan Idaho. Dizem que os antigos esquadrinharam essa região antes do Jihad Butleriano. Qual é a extensão dessa lembrança, Hayt? O que ela aprendeu com o original?

O ghola encolheu os ombros.

– E se ele não foi Idaho? – Chani perguntou.

– Foi, sim.

– Dá para ter certeza?

– Ele é Duncan em todos os aspectos. Não consigo imaginar uma força grande o suficiente para manter essa forma dessa maneira, sem o menor lapso ou desvio.

– Milorde! – Hayt objetou. – Só porque não conseguimos imaginar uma coisa, não significa que podemos excluí-la da realidade. Existem coisas que tenho de fazer como ghola que eu não faria como homem.

Mantendo sua atenção em Chani, Paul disse:

– Viu só?

Ela fez que sim.

Paul deu-lhe as costas, resistindo a uma tristeza profunda. Foi até as janelas da sacada, fechou as cortinas. As luzes se acenderam na repentina escuridão. Apertou a faixa do manto, prestou atenção aos ruídos atrás dele.

Nada.

Virou-se. Chani parecia em transe, com o olhar concentrado no ghola.

Paul viu que Hayt havia se retirado para algum aposento interior de seu ser: voltara a sua posição de ghola.

Chani virou-se ao ouvir que Paul voltava. Ainda era escrava do instante que Paul havia precipitado. Por um breve momento, o ghola tinha sido um ser humano profundo e cheio de vida. Naquele momento, ele tinha sido alguém que ela não temia – de fato, alguém que ela apreciava e admirava. Agora ela entendia aonde Paul quisera chegar com o interrogatório. Ele queria que ela visse o *homem* no corpo do ghola.

Ela olhou para Paul.

– Aquele homem, aquele era Duncan Idaho?

– Aquele era Duncan Idaho. Ele ainda está ali.

– *Ele* teria permitido que Irulan continuasse viva? – Chani perguntou.

A água não penetrou muito fundo, Paul pensou. E disse:

– Se eu tivesse ordenado, sim.

– Não entendo – ela disse. – Você não deveria estar zangado?

– Estou zangado.

– Não parece... zangado. Parece triste.

Ele fechou os olhos.

– É. Isso também.

– Você é meu homem. Sei disso, mas, de repente, não entendo você.

Subitamente, Paul teve a impressão de que percorria uma caverna comprida. Seu corpo se movia – um pé depois do outro –, mas seus pensamentos estavam em outro lugar.

– Eu não me entendo – ele sussurrou.

Quando abriu os olhos, descobriu que havia se afastado de Chani.

Ela falou de algum lugar atrás dele.

– Querido, não perguntarei de novo o que você *viu*. Só sei que darei a você o herdeiro que queremos.

Ele assentiu, e então:

– Eu já sabia, desde o começo.

Ele se virou para estudá-la. Chani parecia muito distante.

Ela se empertigou, levou uma das mãos ao abdômen.

– Estou faminta. Os médicos me disseram para comer três ou quatro vezes mais do que antes. Estou assustada, querido. Está indo rápido demais.

Rápido demais, ele concordou. *Esse feto sabe que a pressa é uma necessidade.*

> Vê-se a natureza audaciosa das ações de Muad'Dib no fato de que Ele sabia desde o início para onde estava indo e, no entanto, nunca se desviou do caminho. Deixou isso claro quando falou: "Digo-lhes que chego, agora, a minha provação, quando ficará demonstrado que eu sou o Servo Supremo". E assim Ele entretece todos em Um, para que tanto amigos quanto inimigos possam adorá-Lo. É por esse motivo, e só por esse motivo, que Seus apóstolos rezavam: "Senhor, salve-nos dos outros caminhos que Muad'Dib cobriu com as Águas de Sua Vida". Só é possível imaginar esses "outros caminhos" com a mais profunda aversão.
>
> – excerto d'O Yiam-el-Din (Livro do Julgamento)

Quem trazia a mensagem era uma moça – Chani conhecia-lhe o rosto, o nome e a família –, e foi por isso que ela passou pela Segurança Imperial.

Chani não fizera mais do que identificá-la para um oficial da Segurança de nome Bannerjee, que depois arranjou a reunião com Muad'Dib. Bannerjee agiu por instinto e motivado pela certeza de que o pai da moça fizera parte dos Comandos Suicidas do imperador, os temidos Fedaykin, nos tempos anteriores ao jihad. Não fosse isso, ele teria ignorado a alegação da moça de que sua mensagem destinava-se somente aos ouvidos de Muad'Dib.

Naturalmente, ela foi examinada e revistada antes da reunião no gabinete particular de Paul. Ainda assim, Bannerjee a acompanhou, com uma das mãos sobre a faca e a outra no braço da moça.

Era quase meio-dia quando a fizeram entrar na sala: um recinto estranho que misturava o estilo fremen do deserto com o ar aristocrático das Famílias. Ornamentos típicos dos *hiereg* forravam três paredes: tapeçarias delicadas, adornadas com figuras saídas da mitologia fremen. Um monitor de vídeo cobria a quarta parede, uma superfície cinza-prateada atrás de uma escrivaninha oval cujo tampo sustentava um único objeto, um relógio de areia fremen embutido num *planetário*. O planetário, um

Messias de Duna

mecanismo suspensor de Ix, trazia as duas luas de Arrakis no clássico Trígono do Verme alinhado com o sol.

Paul, de pé ao lado da escrivaninha, olhou para Bannerjee. O oficial da Segurança era um daqueles que começaram na Guarda Civil Fremen, e ele conquistara sua posição usando a cabeça e provando sua lealdade, apesar dos ancestrais contrabandistas, como seu nome atestava. Era uma figura compacta, quase gordo. Mechas de cabelos pretos caíam-lhe sobre a pele escura e aparentemente hidratada de sua testa feito a crista de uma ave exótica. Seus olhos eram azul-azuis e fixavam-se naquele olhar capaz de presenciar a felicidade ou a atrocidade sem mudar de expressão. Tanto Chani quanto Stilgar confiavam nele. Paul sabia que, se o mandasse esganar a moça imediatamente, Bannerjee o faria.

– Sire, aqui está a moça com a mensagem – falou Bannerjee. – Milady Chani disse que mandou avisá-lo.

– Sim – concordou Paul, com um breve aceno de cabeça.

Estranhamente, a moça não olhou para ele; sua atenção continuava no planetário. Ela tinha pele escura, altura mediana, as formas ocultas sob um manto de tecido cor de vinho suntuoso e corte simples, algo que indicava gente de posses. Os cabelos preto-azulados vinham presos numa faixa estreita de material semelhante ao do traje. O manto escondia-lhe as mãos. Paul desconfiava de que as mãos estivessem firmemente entrelaçadas. Seria condizente com a personagem. Tudo nela seria condizente com a personagem, até mesmo o manto: um último resquício de elegância, guardado para um momento como aquele.

Paul fez sinal para que Bannerjee se colocasse de lado. Ele hesitou antes de obedecer. E então a moça se moveu: um passo adiante. Quando ela se movia, havia graça. Ainda assim, os olhos dela o evitavam.

Paul limpou a garganta.

Então a moça ergueu o olhar, e os olhos sem nada de branco se arregalaram de admiração na medida certa. Ela tinha um rostinho peculiar, o queixo delicado, uma impressão de resguardo na maneira como exibia a boca pequena. Os olhos pareciam anormalmente grandes acima dos zigomas oblíquos. Havia nela um certo desânimo a indicar que ela raramente sorria. Os cantos dos olhos ostentavam um tênue deslustro amarelo que poderia sinalizar a irritação provocada pelo pó ou o rastro da semuta.

Tudo condizia com a personagem.

– Você pediu para me ver – disse Paul.

O momento da provação suprema para aquela forma de moça chegara. Scytale assumira a forma, os maneirismos, o sexo, a voz: tudo que suas habilidades foram capazes de captar e presumir. Mas era uma mulher que Muad'Dib conhecia desde os tempos do sietch. Fora uma criança na época, mas ela e Muad'Dib tinham as mesmas experiências. Certas áreas da memória tinham de ser evitadas com delicadeza. Era o papel mais difícil que Scytale já havia tentado interpretar.

– Sou Lichna de Berk al Dib, filha de Otheym.

A voz da moça saiu fraca, mas firme, fornecendo nome, filiação e estirpe.

Paul assentiu. Entendeu como Chani se deixara enganar. O timbre da voz, tudo reproduzido com exatidão. Não fossem o treinamento Bene Gesserit que ele mesmo recebera para usar a Voz e a teia de *dao* na qual a visão oracular o envolvia, aquele disfarce de Dançarino Facial talvez tivesse enganado até mesmo ele.

O treinamento expôs certas discrepâncias: a moça era mais velha do que deveria ser; havia um excesso de controle nas cordas vocais; a disposição do pescoço e dos ombros errava por muito pouco a altivez do aprumo fremen. Mas também havia esmero: o manto suntuoso fora remendado para denunciar a verdadeira condição social... e os traços eram de uma exatidão belíssima. Indicavam uma certa simpatia daquele Dançarino Facial pelo papel que representava.

– Descanse em minha casa, filha de Otheym – Paul disse, usando a saudação formal fremen. – É bem-vinda como a água depois de uma travessia árida.

Um relaxamento dos mais sutis expôs a confiança transmitida por aquela aparente aceitação.

– Trago uma mensagem – ela disse.

– O mensageiro de um homem é como se fosse ele mesmo – Paul falou.

Scytale exalou de mansinho. Saíra-se bem, mas agora vinha a tarefa decisiva: era preciso conduzir o Atreides para aquele caminho especial. Ele tinha de perder sua concubina fremen em circunstâncias nas quais ninguém mais poderia levar a culpa. O fracasso devia caber apenas ao *onipotente* Muad'Dib. Era preciso fazê-lo perceber seu fracasso supremo e então aceitar a alternativa dos Tleilaxu.

Messias de Duna

– Sou a fumaça que bane o sono à noite – Scytale disse, empregando o código dos Fedaykin: *trago más notícias*.

Paul lutou para manter a calma. Sentia-se nu, a alma abandonada num tempo de cegueira que se escondia de todas as visões. Oráculos poderosos ocultavam aquele Dançarino Facial. Paul conhecia apenas os contornos daqueles momentos. Sabia apenas o que *não* podia fazer. Não podia matar aquele Dançarino Facial. Isso precipitaria o futuro que era preciso evitar a todo custo. De alguma maneira, era preciso encontrar um jeito de alcançar o coração das trevas e mudar aquele padrão aterrador.

– Entregue-me sua mensagem.

Bannerjee posicionou-se de tal maneira a observar o rosto da moça. Ela pareceu reparar nele pela primeira vez, e o olhar dela se dirigiu para o cabo da faca sob a mão do oficial da Segurança.

– Os inocentes não acreditam na maldade – ela comentou, olhando diretamente para Bannerjee.

Aaah, muito bom, Paul pensou. Era o que a verdadeira Lichna teria dito. Ele sentiu uma dor aguda e momentânea pela verdadeira filha de Otheym – morta, um cadáver na areia. Mas não havia tempo para aquelas emoções. Ele franziu o cenho.

Bannerjee manteve sua atenção na moça.

– Mandaram-me entregar a mensagem em segredo – ela disse.

– Por quê? – Bannerjee quis saber, a voz estridente, inquisitiva.

– Porque essa é a vontade de meu pai.

– Ele é meu amigo – Paul disse. – Não sou um fremen? Então meu amigo poderá ouvir tudo que eu ouvir.

Scytale sossegou a forma de moça. Seria um verdadeiro costume dos fremen... ou seria um teste?

– O imperador pode fazer suas próprias leis – disse Scytale. – Eis a mensagem: meu pai deseja que vá até ele e que leve Chani.

– Por que tenho de levar Chani?

– Ela é sua mulher e uma Sayyadina. É uma questão de Água, pelas regras de nossas tribos. Ela tem de atestar que meu pai fala de acordo com a Tradição dos fremen.

Há realmente alguns fremen na conspiração, Paul pensou. Aquele momento sem dúvida alguma estava de acordo com coisas que ainda viriam a acontecer. E ele não tinha alternativa a não ser se entregar àquele curso.

159

Frank Herbert

– De que seu pai quer falar? – Paul perguntou.

– Quer falar de uma trama contra Muad'Dib, uma trama dos fremen.

– Por que ele não trouxe a mensagem pessoalmente? – indagou Bannerjee.

Ela não tirava os olhos de Paul.

– Meu pai não pode vir aqui. Os conspiradores desconfiam dele. Ele não sobreviveria à viagem.

– Ele não poderia ter revelado a trama a você? – Bannerjee perguntou. – Por que arriscar a vida da filha nesta missão?

– Os pormenores estão seguros dentro de um portador distrans que só Muad'Dib poderá abrir – ela disse. – Disso eu sei.

– Por que não mandar o distrans, então? – perguntou Paul.

– É um distrans humano – ela respondeu.

– Então eu irei. Mas irei sozinho.

– Chani precisa vir junto!

– Chani espera um filho.

– Quando é que uma mulher fremen se recusou a...

– Meus inimigos deram-lhe um veneno sutil – Paul explicou. – Será uma gravidez difícil. Sua saúde não permitirá que ela me acompanhe agora.

Antes que Scytale conseguisse detê-las, emoções estranhas transpareceram na fisionomia da moça: frustração, raiva. Scytale lembrou que toda vítima devia ter uma escapatória, até mesmo alguém como Muad'Dib. Mas a conspiração não havia fracassado. O Atreides ainda estava na rede. Era uma criatura que havia se enfiado resolutamente dentro de um padrão. Destruiria a si mesmo antes de se transformar no oposto daquele padrão. Tinha sido assim com o Kwisatz Haderach dos Tleilaxu. Seria assim com aquele ali. Além disso... o ghola.

– Deixe-me pedir que Chani decida – ela disse.

– Eu já decidi. Você me acompanhará no lugar de Chani.

– Precisamos de uma Sayyadina do Rito!

– Você não é amiga de Chani?

Encurralado!, Scytale pensou. *Será que ele desconfia? Não. É a cautela dos fremen. E o contraceptivo é um fato. Bem... existem outras maneiras.*

– Meu pai me falou para não voltar, que era para pedir asilo aqui. Disse que Muad'Dib não me colocaria em perigo.

Messias de Duna

Paul concordou. Lindamente condizente com a personagem. Ele não teria como negar o asilo. Ela usaria como argumento a obediência fremen a uma ordem paterna.

– Levarei a esposa de Stilgar, Harah – Paul disse. – Diga-nos como chegar a seu pai.

– Como sabe que pode confiar na esposa de Stilgar?

– Sabendo.

– Mas eu não sei.

Paul mordiscou os lábios, e então:

– Sua mãe ainda está viva?

– Minha mãe de verdade juntou-se a Shai-hulud. Minha segunda mãe ainda está viva e cuida de meu pai. Por quê?

– Ela é de Sietch Tabr?

– Sim.

– Lembro-me dela. Ela tomará o lugar de Chani. – Paul fez um sinal para Bannerjee. – Cuide para que os criados levem Lichna, filha de Otheym, a aposentos adequados.

Bannerjee assentiu. *Criados*. A palavra-código que indicava que era preciso colocar aquela mensageira sob vigilância especial. Ele a tomou pelo braço. Ela resistiu.

– Como irá ter com meu pai? – ela indagou.

– Você descreverá o caminho para Bannerjee – Paul falou. – Ele é meu amigo.

– Não! Meu pai mandou! Não posso!

– Bannerjee? – fez Paul.

Bannerjee estacou. Paul viu que o homem vasculhava a memória enciclopédica que o ajudara a chegar àquela posição de confiança.

– Conheço um guia capaz de levá-lo a Otheym – disse Bannerjee.

– Então irei sozinho.

– Sire, se...

– Otheym quer assim – Paul disse, mal disfarçando o sarcasmo que o consumia.

– Sire, é muito perigoso – protestou Bannerjee.

– Até mesmo um imperador tem de aceitar certos riscos. A decisão foi tomada. Faça o que mandei.

Relutantemente, Bannerjee levou o Dançarino Facial para fora da sala.

Frank Herbert

Paul virou-se para a tela em branco atrás de sua escrivaninha. Teve a impressão de que esperava a chegada de uma pedra que descia às cegas de um lugar alto.

Devia revelar a Bannerjee a verdadeira natureza da mensageira?, ele se perguntou. Não! Aquele incidente fora inscrito na tela de sua visão. O menor desvio acarretaria uma violência precipitada. Era preciso encontrar um momento que servisse de fulcro, um lugar onde ele conseguisse se desenredar da visão por vontade própria.

Se é que existia esse momento...

Por mais exótica que a civilização humana se torne, não importam os progressos da vida e da sociedade, nem a complexidade da interface máquina/ser humano, sempre aparecem interlúdios de poder solitário em que o rumo da humanidade, o próprio futuro da humanidade, depende das ações relativamente simples de indivíduos isolados.

– excerto d'O Livru de Deus dos Tleilaxu

Ao fazer a travessia pela alta passarela que ia de seu Forte ao Ministério do Qizarate, Paul começou a mancar de propósito. O sol estava quase para se pôr, e ele atravessava sombras compridas que ajudavam a ocultá-lo, mas olhos aguçados ainda poderiam detectar em seus modos alguma coisa que o identificasse. Levava um escudo, mas não o ativara, pois seus assistentes decidiram que o tremeluzir da coisa poderia levantar suspeitas.

Paul olhou para a esquerda. Cordões de nuvens de areia se estendiam sobre o pôr do sol feito uma persiana. O ar que atravessava os filtros de seu trajestilador era seco como o de um hiereg.

Não estava realmente sozinho ali fora, mas a rede de Segurança que o cercava nunca fora tão frouxa desde que ele deixara de andar sozinho pelas ruas à noite. Ornitópteros dotados de radares noturnos seguiam ao sabor do vento lá no alto, num padrão aparentemente aleatório, todos ligados aos movimentos dele por meio de um transmissor escondido em suas roupas. Homens selecionados percorriam as ruas lá embaixo. Outros haviam se espalhado por toda a cidade depois de ver o imperador disfarçado: figurino fremen completo, até o trajestilador e as botinas *temag*, as feições pintadas de preto. Suas bochechas foram distorcidas com implantes de plasteno. Um tubo coletor percorria-lhe a mandíbula esquerda.

Ao chegar à outra extremidade da ponte, Paul olhou para trás e viu algo se mover ao lado da gelosia de pedra que disfarçava a sacada de seus aposentos particulares. Chani, sem dúvida alguma. Ela havia comparado aquela aventura a "procurar areia no deserto".

Frank Herbert

Como ela entendia mal a decisão amarga. Escolher uma agonia ou outra, ele pensou, tornava até mesmo as agonias mais insignificantes quase insuportáveis.

Por um instante confuso e emocionalmente doloroso, ele reviveu a despedida. No último segundo, Chani tivera um vislumbre-tau do que ele sentia, mas entendera tudo errado. Pensara que as emoções dele eram as da despedida de pessoas queridas quando uma delas entrava no perigoso desconhecido.

Como eu queria desconhecer, ele pensou.

Ele já havia cruzado a ponte e entrado no corredor superior que atravessava o ministério. Ali havia luciglobos fixos e pessoas atarefadas, movidas pela pressa. O Qizarate nunca dormia. Chamaram a atenção de Paul as placas acima das portas, como se ele as visse pela primeira vez: *Despachantes. Destilarias e Retortas Eólicas. Folhetos Proféticos. Provas de Fé. Suprimentos Religiosos. Armamento... Propagação da Fé...*

Um letreiro mais honesto teria sido *Propagação da Burocracia*, ele pensou.

Uma espécie de funcionário público religioso havia surgido em todo o seu universo. Esse homem novo do Qizarate costumava ser um convertido. Raramente desalojava um fremen de cargos-chave, mas preenchia todos os interstícios. Usava o mélange mais para mostrar que podia pagar por ele do que em troca dos benefícios geriátricos. Distinguia-se de seus soberanos: o imperador, a Guilda, as Bene Gesserit, o Landsraad, a Família ou o Qizarate. Seus deuses eram a Rotina e os Registros. Era suprido por Mentats e sistemas prodigiosos de arquivamento. Conveniência era a primeira palavra de seu catequismo, apesar de professar da boca para fora sua devoção aos preceitos butlerianos. Afirmava que não se podiam criar máquinas à imagem da mente de um homem, mas cada um de seus atos revelava que ele preferia as máquinas aos homens, os números aos indivíduos, a visão geral e remota ao contato íntimo e pessoal que exigia imaginação e iniciativa.

Quando saiu na rampa do outro lado do edifício, Paul escutou os sinos a anunciar o Rito Vespertino no Fano de Alia.

Havia uma estranha sensação de permanência naqueles sinos.

O templo do outro lado da praça apinhada de gente era novo; os rituais, de criação recente. Mas havia algo naquele cenário numa pia desértica nos limites de Arrakina – algo na maneira como a areia carregada pelo

Messias de Duna

vento começara a erodir as pedras e o plasteno, algo na maneira fortuita como os prédios haviam se elevado em volta do Fano. Tudo conspirava para produzir a impressão de que se tratava de um lugar antigo, cheio de tradições e mistérios.

Ele já estava bem no meio da turba: não havia mais volta. O único guia que sua força de Segurança conseguira encontrar havia insistido para que se fizesse a coisa daquela maneira. A Segurança não gostara nada da rapidez com que Paul havia concordado. Stilgar gostara menos ainda. E Chani objetara mais que todos os outros.

A multidão a seu redor, mesmo quando as pessoas só o resvalavam, olhava de relance para ele, sem vê-lo, e seguia em frente, dando-lhe uma curiosa liberdade para se movimentar. Ele sabia que era a maneira como foram condicionadas a tratar um fremen. Ele se portava como um homem das profundezas do deserto. Esses homens se enfureciam facilmente.

Quando ele entrou na torrente apressada que seguia na direção da escadaria do templo, o aperto ficou ainda maior. Já não havia mais como as pessoas não se espremerem contra ele, mas ele se viu alvo de desculpas ritualizadas: "Perdoe-me, nobre senhor. Não tenho como evitar esta descortesia". "Perdão, senhor. Nunca vi um aperto pior que este." "Humildes desculpas, cidadão abençoado. Um desajeitado me empurrou."

Paul passou a ignorar as palavras depois das primeiras. Não havia sentimento nelas, a não ser uma espécie de medo ritualizado. Em vez disso, pegou-se pensando que fora um longo percurso desde seu tempo de menino no castelo Caladan. Onde foi que tomara o caminho que o levara àquela travessia de uma praça apinhada de gente num planeta tão distante de Caladan? Tinha realmente tomado um caminho? Não sabia dizer se, em algum momento de sua vida, havia agido por uma razão específica. As motivações e as forças opressoras foram complexas, talvez mais complexas que qualquer outro conjunto de estímulos na história humana. Ele tinha ali a sensação inebriante de que poderia ainda evitar o destino que enxergava tão nitidamente ao longo daquele caminho. Mas a multidão o impelia, e ele teve a sensação vertiginosa de que havia se perdido, de que perdera o comando de sua própria vida.

A multidão seguiu com ele escadaria acima e entrou no pórtico do templo. As vozes tornaram-se sussurros. O cheiro do medo ficou mais forte – acre, suarento.

Frank Herbert

Os acólitos já haviam começado o culto dentro do templo. Seu cântico despretensioso dominava os outros sons – sussurros, o ruge-ruge de roupas, o arrastar de pés, tosse –, contando a história dos Lugares Distantes que a Sacerdotisa visitava em seu transe sagrado.

"Ela monta o verme da areia espacial!
Ela atravessa todas as tempestades
E nos conduz ao país de ventos mansos.
Dormimos à entrada do ninho da serpente,
Mas ela guarda nossas almas a sonhar.
Afastando-se do calor do deserto,
Ela nos esconde num vale fresco.
O brilho de seus dentes brancos
Guia-nos à noite.
Pelas tranças de seus cabelos
Somos alçados ao céu!
Uma doce fragrância de flores
Nos envolve em sua presença."

Balak!, Paul pensou na língua fremen. *Cuidado! Ela também pode se encher de paixão e fúria.*

No pórtico do templo, havia fileiras de lucitubos altos e finos que simulavam chamas de velas. Eles bruxulearam. O bruxuleio revolveu lembranças ancestrais em Paul, muito embora ele soubesse que era essa a intenção. Aquele cenário era um atavismo, arquitetado com astúcia, eficaz. Ele detestava sua própria participação naquilo tudo.

A multidão seguiu com ele através das portas de metal e entrou na nave gigantesca, um lugar lúgubre, com luzes bruxuleantes lá no alto, distantes, e um altar iluminadíssimo na outra ponta. Atrás do altar – um móvel de madeira escura enganadoramente simples, decorado com desenhos arenosos retirados da mitologia fremen –, luzes ocultas dançavam no campo de uma portapru e criavam uma aurora boreal iridescente. As sete fileiras de acólitos cantores logo abaixo daquela cortina espectral ganhavam um quê de sobrenatural: mantos pretos, rostos brancos, bocas que se moviam em uníssono.

Paul examinou os peregrinos a seu redor e, de repente, teve inveja do desvelo que demonstravam, da maneira como pareciam escutar ver-

Messias de Duna

dades que ele não conseguia ouvir. Pareceu-lhe que obtinham ali algo que a ele era negado, algo misteriosamente capaz de curar.

Tentou se aproximar pouco a pouco do altar, mas foi detido por uma mão que lhe segurou o braço. Paul virou a cabeça e encontrou o olhar inquisitivo de um fremen ancião: olhos azul-azuis sob o cenho ameaçador, a refletir que o haviam reconhecido. Um nome surgiu na mente de Paul: Rasir, um companheiro dos tempos de sietch.

No aperto da multidão, Paul sabia que estaria completamente vulnerável se Rasir tivesse intenções violentas.

O velho chegou mais perto, com uma das mãos sob o manto encardido de areia – segurando o cabo de uma dagacris, sem dúvida. Paul preparou-se da melhor maneira possível para resistir a um ataque. O velho aproximou a cabeça do ouvido de Paul e sussurrou:

– Seguiremos com os outros.

Era o sinal que identificaria seu guia. Paul concordou com a cabeça.

Rasir se afastou e virou-se para o altar.

– Ela vem do leste – cantavam os acólitos. – Com o sol a suas costas. Todas as coisas ficam expostas. No fulgor pleno da luz, seus olhos não deixam passar nada, seja claro ou escuro.

Um rebabe lamuriento desafinou no entrechoque com as vozes, calou-as, retirou-se para o silêncio. Com uma precipitação elétrica, a multidão avançou vários metros impetuosamente. Viram-se espremidos numa massa compacta de carne, e o ar se adensou com a respiração das pessoas e o cheiro da especiaria.

– Shai-hulud escreve sobre areia limpa! – clamaram os acólitos.

Paul sentiu sua própria respiração se unir à das pessoas a seu redor. Um coro feminino começou a cantar baixinho nas sombras atrás da portapru tremeluzente:

– Alia... Alia... Alia...

Foi ganhando cada vez mais volume, sucumbiu a um silêncio repentino.

E, de novo, vozes começando a vesperar baixinho:

"Ela acalma todas as tempestades –
Seus olhos matam nossos inimigos,
E atormentam os descrentes.
Desde os minaretes de Tuono

Frank Herbert

Onde bate a luz da aurora
E corre a água límpida,
vê-se sua sombra.
No calor resplendente do verão
Ela nos serve pão e leite –
Frescos, fragrantes de especiarias.
Seus olhos derretem nossos inimigos,
Atormentam nossos opressores
E penetram todos os mistérios.
Ela é Alia... Alia... Alia..."

Lentamente, as vozes foram se calando.

Paul teve um mal-estar. *O que estamos fazendo?*, ele se perguntou. Alia era uma bruxa-criança, mas estava amadurecendo. E ele pensou: *Amadurecer é ficar mais perverso.*

A atmosfera mental coletiva do templo roía-lhe a psique. Sentia a parte de si mesmo que se unira às pessoas a seu redor, mas as diferenças formavam uma contradição fatal. Estava imerso, isolado num pecado pessoal que nunca conseguiria expiar. A imensidão do universo fora do templo inundava sua percepção. Como poderia um homem, um ritual, esperar coser tamanha imensidão num traje que servisse em todos os homens?

Paul estremeceu.

O universo fazia-lhe oposição a cada passo. Escapava-lhe das mãos, concebia incontáveis disfarces para enganá-lo. Aquele universo nunca concordaria com nenhuma forma que ele lhe desse.

Um silêncio profundo espalhou-se por todo o templo.

Alia surgiu das trevas atrás da iridescência tremeluzente. Vestia um manto amarelo, debruado com o verde dos Atreides: o amarelo para representar a luz do sol; o verde, a morte que gerava a vida. Paul experimentou a ideia repentina e surpreendente de que Alia aparecera ali só para ele, tão somente para ele. Seu olhar percorreu a turba dentro do templo para se fixar em sua irmã. Ela *era* sua irmã. Conhecia o ritual dela e suas raízes, mas nunca antes estivera ali com os peregrinos, vendo-a através dos olhos deles. Ali, representando o mistério daquele lugar, ele percebeu que ela era parte do universo que lhe fazia oposição.

Os acólitos trouxeram-lhe um cálice dourado.

Messias de Duna

Alia ergueu o cálice.

Usando parte de sua percepção, Paul entendeu que o cálice continha o mélange inalterado, o veneno sutil, o sacramento do oráculo de Alia.

De olhos fixos no cálice, Alia falou. Sua voz afagava os ouvidos, o som floral, fluente e musical:

– No princípio, éramos vazios – ela disse.

– Ignorávamos todas as coisas – cantou o coro.

– Não conhecíamos o Poder que reside em todos os lugares – disse Alia.

– E em todos os Tempos – cantou o coro.

– Eis o Poder – Alia disse, erguendo ligeiramente o cálice.

– Ele nos traz alegria – cantou o coro.

E nos traz sofrimento, Paul pensou.

– Ele desperta a alma – disse Alia.

– Desfaz todas as dúvidas – o coro cantou.

– Nos planetas, perecemos – Alia disse.

– No Poder, sobrevivemos – cantou o coro.

Alia levou o cálice aos lábios, bebeu.

Para seu assombro, Paul flagrou-se prendendo o fôlego tanto quanto o peregrino mais humilde daquela turba. Apesar de conhecer tão bem cada fragmento da experiência pela qual Alia passava, ele fora apanhado na teia do tau. Percebeu que relembrava como o veneno incandescente entrava no corpo e o percorria. A memória desvelou a cessação do tempo, quando a percepção tornava-se um cisco e alterava o veneno. Voltou a provar como era despertar em meio à ausência de tempo onde todas as coisas eram possíveis. Ele *conhecia* a experiência pela qual Alia passava no momento, mas agora via que não a conhecia. O mistério cegava os olhos.

Alia estremeceu, caiu de joelhos.

Paul exalou, acompanhando os peregrinos extasiados. Assentiu com a cabeça. Parte do véu que o cobria começou a se erguer. Absorto na bem--aventurança de uma visão, ele havia esquecido que cada visão pertencia àqueles que ainda estavam a caminho, ainda por devir. Na visão, atravessava-se a escuridão, sem que se pudesse distinguir a realidade do acidente insubstancial. Ansiava-se por absolutos que nunca poderiam existir.

Nessa ânsia, perdia-se o presente.

Alia oscilava no êxtase da alteração da especiaria.

Pareceu a Paul que uma presença transcendental lhe falava, dizendo:

– Veja! Bem ali! Está vendo o que você ignorava?

Naquele instante, pensou enxergar com outros olhos, ver uma série de imagens e um ritmo naquele lugar que nenhum artista ou poeta conseguiria reproduzir. Era vital e lindo, uma luz fulgurante que expunha toda ânsia de poder... até mesmo a sua.

Alia falou. Sua voz amplificada retumbou por toda a nave.

– Noite luminosa – gritou.

Um gemido varreu a multidão de peregrinos feito uma onda.

– Nada se esconde numa noite como esta! – disse Alia. – Que luz rara é esta escuridão? Não há como fixar nela o olhar! Os sentidos não a registram. Não há palavras que a descrevam. – Baixou a voz. – Resta o abismo. Prenhe de todas as coisas que ainda não existem. Aaaaah, que violência delicada!

Paul sentiu que esperava um sinal particular de sua irmã. Poderia ser qualquer gesto, qualquer palavra, algo relacionado à magia e a processos místicos, uma corrente de dentro para fora que o assentasse feito flecha num arco cósmico. O momento era como o mercúrio a tremular em sua percepção.

– Haverá tristeza – entoou Alia. – Lembrem-se de que todas as coisas não passam de um começo, estão sempre começando. Mundos aguardam ser conquistados. Algumas pessoas ao alcance de minha voz terão destinos gloriosos. Vocês irão zombar do passado, esquecerão o que lhes digo agora: dentro de todas as diferenças existe a unidade.

Paul reprimiu um grito de decepção quando Alia baixou a cabeça. Ela não havia dito o que ele esperava ouvir. Seu corpo pareceu-lhe uma crosta seca, uma casca abandonada por um inseto do deserto.

Outras pessoas deviam estar sentindo algo parecido, pensou. Percebeu a inquietação a seu redor. De repente, uma mulher da turba, alguém bem mais adiante ali na nave, à esquerda de Paul, elevou a voz, um som angustiado e sem palavras.

Alia ergueu a cabeça e Paul teve a sensação vertiginosa de que a distância entre eles havia ruído, de que ele olhava diretamente nos olhos vidrados da irmã, a poucos centímetros dela.

– Quem me chama? – Alia perguntou.

– Eu – gritou a mulher. – Eu, Alia. Ó, Alia, ajude-me. Dizem que meu filho foi morto em Muritan. Ele se foi? Nunca mais voltarei a ver meu filho...? Nunca?

Messias de Duna

– Você está tentando andar de costas na areia – entoou Alia. – Nada se perde. Tudo volta mais tarde, mas pode ser que você não reconheça a forma alterada que voltará.

– Alia, não entendo! – a mulher se queixou.

– Você vive cercada pelo ar, mas não o vê – Alia disse, com mordacidade na voz. – Você é um lagarto? Sua voz tem o sotaque fremen. Uma fremen tenta trazer os mortos de volta? De que mais precisamos de nossos mortos, exceto a água?

Bem no centro da nave, um homem de capa vermelha e suntuosa ergueu as duas mãos, e as mangas caíram, expondo os braços cobertos de branco.

– Alia – bradou. – Fizeram-me uma proposta comercial. Devo aceitar?

– Você vem aqui feito um pedinte – disse Alia. – Procura a tigela dourada, mas só encontrará um punhal.

– Pediram-me para matar um homem! – bradou uma voz que vinha da direita, uma voz grave, com a tonalidade do sietch. – Devo aceitar? E, se aceitar, terei êxito?

– Início e fim são a mesma coisa – Alia falou, ríspida. – Já não lhe disse isso antes? Você não veio aqui fazer essa pergunta. No que é que não consegue acreditar para ter de vir aqui se queixar?

– Ela está num humor terrível hoje – resmungou uma mulher perto de Paul. – Você já a tinha visto assim tão irritada?

Ela sabe que estou aqui, Paul pensou. *Terá visto na visão alguma coisa que a enfureceu? Estaria furiosa comigo?*

– Alia – chamou um homem bem na frente de Paul. – Diga a este bando de frouxos e negociantes quanto tempo seu irmão irá governar!

– Tem minha permissão para procurar a resposta você mesmo – Alia grunhiu. – Você traz o preconceito na boca! Se meu irmão não montasse o verme do caos, você não teria casa nem água!

Com um gesto veemente, apertando o manto, Alia girou nos calcanhares, atravessou as fitas bruxuleantes de luz, perdeu-se nas trevas atrás delas.

Imediatamente, os acólitos enveredaram pelo cântico de encerramento, mas perderam o ritmo. Obviamente, foram surpreendidos pelo fim inesperado do rito. Um balbuciar incoerente elevou-se da multidão de todos os lados. Paul sentiu a agitação a seu redor, a inquietude, a insatisfação.

Frank Herbert

– Foi aquele idiota e sua pergunta estúpida sobre negócios – uma mulher perto de Paul resmungou. – O hipócrita!

O que Alia tinha visto? Qual das trilhas que atravessavam o futuro?

Alguma coisa acontecera ali naquela noite, estragando o rito do oráculo. Geralmente, a multidão clamava para que Alia respondesse suas perguntas desprezíveis. Sim, procuravam o oráculo feito pedintes. Ele os ouvira fazer aquilo muitas vezes, ao observá-los escondido nas trevas atrás do altar. O que saíra diferente naquela noite?

O fremen idoso puxou a manga de Paul e, com a cabeça, apontou a saída. A multidão já começava a empurrá-los naquela direção. Paul deixou-se acotovelar junto com eles, a mão do guia em sua manga. Tinha a sensação de que seu corpo havia se tornado a manifestação de um poder que ele não mais controlava. Havia se tornado uma não entidade, uma imobilidade móvel. No centro da não entidade, lá estava ele, deixando-se levar pelas ruas de sua cidade, seguindo uma trilha tão familiar a suas visões que fez seu coração se enregelar de pesar.

Eu deveria saber o que Alia viu, pensou. *Eu mesmo já o vi tantas vezes. E ela não se queixou... ela também viu as alternativas.*

O aumento da produção e o aumento da renda não podem sair de sincronia em meu Império. Eis a essência de minha ordem. Não pode haver nenhuma dificuldade na balança comercial das diversas esferas de influência. E a razão para tanto é simplesmente porque assim o ordeno. Quero enfatizar minha autoridade nessa área. Sou o consumidor de energia supremo deste domínio, e continuarei a sê-lo, vivo ou morto. Meu Governo é a economia.

– Decreto-lei do imperador Paul Muad'Dib

– É aqui que nos despedimos – disse o velho, soltando a manga de Paul. – Fica ali à direita, a segunda porta de lá para cá. Vá com Shai-hulud, Muad'Dib... e lembre-se de quando era Usul.

O guia de Paul sumiu na escuridão.

Paul sabia que haveria homens da Segurança por ali, preparados para apanhar o guia e levar o homem ao interrogatório. Mas Paul flagrou-se torcendo para que o fremen idoso escapasse.

Havia estrelas no céu e a luz distante da Primeira Lua, que vinha de algum lugar além da Muralha-Escudo. Mas ali não era o deserto aberto onde um homem podia contar com uma estrela como guia. O velho o trouxera para um dos novos subúrbios, e isso Paul era capaz de perceber.

A tal rua estava tomada pela areia que o vento trazia das dunas invasoras. O brilho fraco de um solitário globo suspenso da iluminação pública no fim da rua fornecia luz suficiente para mostrar que se tratava de um beco sem saída.

O ar se adensou com o cheiro de um destilador de reaproveitamento. A coisa devia estar mal tampada para deixar escapar seus odores fétidos e liberar no ar noturno uma quantidade de umidade que beirava perigosamente o desperdício. Como sua gente andava descuidada, Paul pensou. Eram os milionários da água: esqueciam-se daquele tempo em que poderiam matar um homem em Arrakis por causa de uma oitava parte da água de seu corpo.

Frank Herbert

Por que hesito?, Paul se perguntou. *É a segunda porta de lá para cá. Eu já sabia disso antes que me dissessem. Mas é preciso levar a coisa até o fim e com precisão. Portanto... hesito.*

Uma gritaria irrompeu de repente da casa de esquina à esquerda de Paul. Uma mulher ralhava com alguém: a nova ala da casa deixava entrar pó, ela se queixava. Por acaso ele achava que a água caía do céu? Se o pó entrava, a umidade saía.

Alguns se lembram, Paul pensou.

Ele seguiu pela rua e a discussão foi ficando para trás.

Água do céu!, ele pensou.

Alguns fremen viram aquele prodígio em outros planetas. Ele mesmo o tinha visto, havia mandado trazê-lo para Arrakis, mas a lembrança parecia algo que tivesse ocorrido a uma outra pessoa. Chuva, era chamada. De repente, ele recordou uma tormenta em seu planeta natal: nuvens densas e cinzentas no céu de Caladan, uma aparição elétrica e tempestuosa, o ar carregado de umidade, as grandes gotas d'água tamborilando nas claraboias. A chuva escorria feito riacho pelos beirais dos telhados. Bueiros levavam a água até um rio que, embarreado e túrgido, passava pelos pomares da Família... e ali os galhos estéreis das árvores cintilavam molhados.

Paul prendeu o pé num montinho baixo de areia do outro lado da rua. Por um segundo, sentiu o barro aderir a seus sapatos de menino. E aí estava de volta à areia, na escuridão entupida de pó e ensurdecida pelo vento, com o Futuro a pairar acima dele, provocador. A aridez da vida a sua volta pareceu-lhe uma acusação. *Você fez isto!* Tornaram-se uma civilização de espiões de olhos secos e mexeriqueiros, pessoas que resolviam todos os problemas com energia... e mais energia... e ainda mais energia. Odiando cada erg.

Pisou em pedras irregulares. Sua visão lembrava-se delas. O retângulo escuro de uma porta apareceu a sua direita, preto sobre preto: a casa de Otheym. A casa do Destino, um lugar diferente dos outros que o cercavam somente na função que o Tempo havia escolhido lhe dar. Era um lugar estranho para ficar marcado na história.

A porta se abriu em resposta a sua batida. O vão revelou a luz verde e baça de um átrio. Um anão o examinou lá de dentro, uma cara idosa num corpo de criança, uma aparição que a presciência nunca vira.

– Não é que você veio? – disse a aparição.

Messias de Duna

O anão deu um passo para o lado, nenhum espanto em seus modos, meramente a satisfação maldosa de um sorriso vagaroso.

– Entre! Entre!

Paul hesitou. Não havia nenhum anão na visão, mas tudo mais continuava idêntico. As visões podiam ter essas disparidades e, ainda assim, manter-se fiéis a seu mergulho original no infinito. Mas a diferença o desafiava a ter esperança. Voltou a olhar para o começo da rua, para a cintilação perolada e cremosa de sua lua que emergia de sombras recortadas. A lua o assombrava. Como foi que ela caiu?

– Entre – o anão insistiu.

Paul entrou, ouviu o baque surdo da porta que se encaixava nos lacres de umidade. O anão passou por ele e foi mostrando o caminho, açoitando o chão com os pés enormes. Abriu o delicado portão de treliça que dava entrada ao pátio central e coberto e acenou:

– Eles estão esperando, sire.

Sire, Paul pensou. *Então ele me conhece.*

Antes que Paul conseguisse investigar o que acabara de descobrir, o anão escapuliu por uma passagem lateral. A esperança era um vento dervixe a rodopiar, a dançar dentro de Paul. Ele se dirigiu ao outro lado do pátio. Era um lugar escuro e melancólico, havia ali um cheiro de doença e derrota. Sentiu-se intimidado pela atmosfera. *Seria derrota escolher um mal menor?*, ele se perguntou. A que distância havia chegado naquela trilha?

Um vão de porta estreito na parede oposta despejava luz. Ele suprimiu os cheiros ruins e a sensação de ser observado, passou pela porta e entrou numa sala pequena. Era um lugar árido para os padrões fremen, com tapeçarias típicas dos hiereg somente em duas paredes. De frente para a porta, um homem estava sentado sobre almofadas carmesins logo abaixo da melhor tapeçaria. Um vulto feminino deslizava nas sombras atrás de uma outra porta, numa parede nua à esquerda.

Paul sentiu-se aprisionado na visão. Tinha sido assim. Onde estava o anão? Onde estava a diferença?

Seus sentidos absorveram a sala numa única varredura gestáltica. O lugar era mantido com esmero, apesar da pouca mobília. Ganchos e varas pelas paredes nuas indicavam de onde as tapeçarias tinham sido removidas. Os peregrinos pagavam quantias exorbitantes por artefatos fremen autênticos, lembrou-se Paul. Os peregrinos ricos consideravam tesouros as tapeçarias do deserto, insígnias legítimas de um hajj.

Paul teve a impressão de que as paredes nuas o acusavam com sua demão recente de gesso. O estado puído das duas tapeçarias remanescentes ampliava a sensação de culpa.

Uma prateleira estreita ocupava a parede a sua direita. Sustentava uma fileira de retratos, em sua maioria de fremen barbados, alguns de trajestilador, com os tubos coletores pendurados; outros de uniforme imperial, fazendo pose diante de cenários exóticos de outros planetas. O mais comum era a paisagem marítima.

O fremen sobre as almofadas pigarreou, obrigando Paul a olhar para ele. Era Otheym da maneira exata como a visão o havia mostrado: o pescoço agora esquelético, uma coisinha delicada feito pássaro, aparentemente fraca demais para sustentar a cabeça grande. A cara era um estrago assimétrico: redes de cicatrizes ziguezagueavam pela face esquerda, logo abaixo de um olho cheio d'água e de pálpebra caída, mas, do outro lado, a pele lisa e o olhar franco de fremen, azul sobre azul. O nariz era um ancorete comprido a bisseccionar o rosto.

A almofada de Otheym ficava no centro de um tapete puído em castanho, grená e fios de ouro. O tecido da almofada exibia as manchas do uso e remendos, mas tudo que era metálico em volta da figura sentada brilhava de lustro: as molduras dos retratos, o rebordo e os suportes da prateleira, o pedestal de uma mesa baixa à direita.

Paul dirigiu um cumprimento de cabeça à metade lisa do rosto de Otheym e disse:

– Boa sorte para você e sua morada.

Era a saudação de um velho amigo e companheiro de sietch.

– Então voltamos a nos ver, Usul.

A voz que pronunciou seu nome tribal saiu com o tremor plangente dos velhos. O olho baço e de pálpebra caída no lado arruinado da cara se mexeu acima da pele curtida e das cicatrizes. Cerdas cinzentas da barba por fazer cobriam aquele lado, e ali cascas escabrosas pendiam da mandíbula. Quando Otheym falava, sua boca se retorcia, e a abertura deixava em exposição dentes de metal prateados.

– Muad'Dib sempre atende ao chamado de um Fedaykin – disse Paul.

A mulher nas sombras da porta se mexeu e falou:

Messias de Duna

– É o que Stilgar gosta de alardear.

Ela avançou e veio para a luz, uma versão mais velha da Lichna que o Dançarino Facial havia copiado. Paul lembrou-se, então, de que Otheym havia se casado com duas irmãs. Os cabelos dela eram grisalhos, o nariz adunco como o de uma bruxa. Calos de tecelã enfileiravam-se em seus indicadores e polegares. Uma mulher fremen teria exibido aquelas marcas com orgulho na época do sietch, mas, vendo que ele reparava em suas mãos, ela as escondeu sob uma dobra do manto azul-claro.

Paul recordou-lhe o nome naquele instante: Dhuri. O choque foi lembrar-se dela como criança, e não como ela havia aparecido na visão que ele tivera daqueles momentos. *Era o tom choroso na voz da mulher*, Paul disse consigo mesmo. Ela também choramingava quando criança.

– Está me vendo aqui – disse Paul. – Eu estaria aqui sem a aprovação de Stilgar? – Virou-se para Otheym. – Carrego seu fardo d'água, Otheym. Disponha.

Era a conversa franca de fremen irmãos de sietch.

Otheym respondeu com um aceno trêmulo da cabeça, quase um exagero para aquele pescoço fino. Ergueu a mão esquerda coberta de manchas senis e apontou o estrago em sua cara.

– Peguei o mal lacerante em Tarahell, Usul – ele ofegou. – Logo depois da vitória, quando todos tí...

Um acesso de tosse cortou-lhe a voz.

– A tribo logo recolherá a água dele – Dhuri falou.

Ela foi até Otheym, escorou-lhe as costas com travesseiros, segurou-lhe o ombro para firmá-lo até a tosse passar. Paul viu que ela não estava realmente muito velha, mas um ar de esperanças perdidas circundava-lhe a boca, a amargura repousava em seus olhos.

– Mandarei vir os médicos – disse Paul.

Dhuri virou-se, com uma das mãos no quadril.

– Já tivemos aqui os homens da medicina, e você não conseguiria mandar melhores.

Ela lançou um olhar involuntário para a parede nua a sua esquerda.

E os homens da medicina custaram caro, Paul pensou.

Ele se sentia irritadiço, limitado pela visão, mas ciente de que diferenças insignificantes haviam se insinuado ali. Como poderia se aproveitar das diferenças? O Tempo ia se desenovelando com alterações sutis, mas o pano de fundo mostrava uma uniformidade opressiva. Com uma certeza aterradora, ele sabia que, se tentasse sair do padrão restritivo bem ali, a coisa ficaria terrivelmente violenta. A força daquela correnteza falsamente mansa do Tempo o oprimia.

– Digam o que querem de mim – ele grunhiu.

– Otheym não poderia precisar de um ombro amigo numa hora como esta? – Dhuri perguntou. – Um Fedaykin tem de confiar seu corpo a estranhos?

Nós dividimos Sietch Tabr, Paul lembrou a si mesmo. *Ela tem o direito de me repreender por minha aparente insensibilidade.*

– O que eu puder fazer, farei – disse Paul.

Mais um acesso de tosse abalou Otheym. Quando a coisa passou, ele falou, com voz entrecortada:

– Há traição no ar, Usul. Fremen tramando contra você.

Sua boca se mexeu então, sem emitir som. A saliva escapou-lhe pelos lábios. Dhuri limpou-lhe a boca com uma ponta de seu próprio manto, e Paul viu como o rosto da mulher demonstrava irritação diante de tamanho desperdício de umidade.

Nesse momento, a fúria frustrada ameaçou esmagar Paul. *Triste fim o de Otheym! Um Fedaykin merecia coisa melhor.* Mas não restava escolha: não para um comando suicida, nem para seu imperador. Naquela sala, andava-se no fio da navalha de Occam. O menor passo em falso multiplicaria o horror, não só para eles mesmos, como também para toda a humanidade, até mesmo para aqueles que queriam destruí-los.

Paul obrigou sua mente a se acalmar, olhou na direção de Dhuri. A expressão terrível de saudade com que ela olhava para Otheym fortaleceu Paul. *Que Chani nunca olhe para mim dessa maneira*, falou consigo mesmo.

– Lichna mencionou uma mensagem – disse Paul.

– Meu anão – chiou Otheym. – Eu o comprei em... em... num planeta qualquer... esqueci qual. É um distrans humano, um brinquedo que os Tleilaxu jogaram fora. Ele registrou todos os nomes... os traidores...

Otheym calou-se, trêmulo.

– Você mencionou Lichna – Dhuri falou. – Quando você apareceu, entendemos que ela o alcançou em segurança. Se está pensando nesse novo fardo que Otheym coloca em suas costas, Lichna o resume. Uma troca justa, Usul: pegue o anão e vá.

Messias de Duna

Paul conteve um calafrio, fechou os olhos. *Lichna!* A filha de verdade havia perecido no deserto, um corpo devastado pela semuta e abandonado à areia e ao vento.

Abrindo os olhos, Paul disse:

– Poderiam ter me procurado a qualquer momento para...

– Otheym se afastou para que o contassem entre aqueles que odeiam você, Usul – explicou Dhuri. – A casa ao sul desta, no fim da rua, é o ponto de encontro de seus inimigos. Foi por isso que ficamos com este casebre.

– Então mande chamar o anão e nós todos iremos embora – Paul falou.

– Não escutou direito – disse Dhuri.

– Você tem de levar o anão para um local seguro – falou Otheym, com uma estranha força em sua voz. – Ele porta o único registro dos traidores. Ninguém desconfia de que ele tem esse talento. Acham que fiquei com ele por diversão.

– Não podemos partir – Dhuri falou. – Só você e o anão. Todo mundo sabe... como somos pobres. Dissemos que íamos vender o anão. Pensarão que você é o comprador. É sua única chance.

Paul consultou sua lembrança da visão: nela, ele saíra dali com os nomes dos traidores, sem saber como os transportava. O anão obviamente agia sob a proteção de um outro oráculo. Ocorreu a Paul, então, que todas as criaturas deviam levar consigo algum tipo de destino reprimido por propósitos de força variável, pela fixação do treinamento e da disposição. A partir do momento em que o jihad o escolhera, ele tinha se sentido encurralado pelas forças de uma multidão. Os propósitos fixos da turba reivindicavam e controlavam seu curso. Qualquer ilusão de Livre-Arbítrio que ele nutrisse no momento era só o prisioneiro sacudindo as barras da cela. Sua maldição era *enxergar* a cela. Ele a *enxergava*!

Passou então a escutar o vazio daquela casa. Só os quatro ali dentro: Dhuri, Otheym, o anão e ele mesmo. Inalou o medo e a tensão de seus companheiros, pressentiu os observadores: sua própria força pairando nos tópteros lá no alto... e os outros... na casa ao lado.

Eu me enganei em ter esperança, Paul pensou. Mas cogitar a esperança trouxe-lhe uma *sensação* deturpada de esperança, e ele teve a impressão de que ainda poderia aproveitar a oportunidade.

– Mande vir o anão – ele disse.

– Bijaz! – Dhuri gritou.

– Chamou?

O anão entrou na sala, vindo do pátio, com uma expressão alerta e preocupada no rosto.

– Você tem um novo mestre, Bijaz – disse Dhuri, olhando para Paul em seguida. – Pode chamá-lo de... Usul.

– Usul, a base da coluna, seu ponto mais baixo – traduziu Bijaz. – Como pode Usul ser o que há de mais baixo se eu sou a coisa viva mais baixa que existe?

– Ele sempre fala assim – desculpou-se Otheym.

– Eu não falo. Opero uma máquina chamada linguagem. Ela range e geme, mas é minha.

Um brinquedo tleilaxu, bem instruído e alerta, Paul pensou. *Os Bene Tleilax nunca jogaram fora algo tão valioso.* Virou-se, estudou o anão. Olhos redondos de mélange devolveram-lhe o olhar.

– Que outros talentos você tem, Bijaz? – Paul perguntou.

– Sei quando devemos partir. É um talento que poucos homens têm. O fim tem hora certa... e eis aí um bom começo. Vamos começar a partir, Usul.

Paul examinou sua lembrança visionária: nenhum anão, mas as palavras do homenzinho eram adequadas.

– À porta, você me chamou de sire. Conhece-me, então?

– É tão sério, sire – disse Bijaz, sorrindo. – É muito mais que o baixo Usul. É o imperador Atreides, Paul Muad'Dib. E meu dedo.

Ele ergueu o indicador da mão direita.

– Bijaz! – Dhuri gritou. – Está abusando da sorte.

– Estou abusando do meu dedo – Bijaz protestou em sua voz aguda. Apontou Usul. – Estou apontando para Usul. Meu dedo não é o próprio Usul? Ou é um reflexo de algo mais baixo?

Aproximou o dedo dos olhos, examinou-o com um sorriso escarninho, primeiro de um lado, depois do outro.

– Aaah, é só um dedo, no fim das contas.

– Ele costuma matraquear dessa maneira – Dhuri disse, com preocupação na voz. – Creio que foi por isso que os Tleilaxu o jogaram fora.

– Não preciso de patronagem – Bijaz falou –, mas tenho um novo patrão. Como são estranhas as manobras do dedo.

Ele examinou Dhuri e Otheym com olhos estranhamente brilhantes.

– A cola que nos unia era fraca, Otheym. Algumas lágrimas e adeus.

Messias de Duna

Os pés grandes do anão rasparam o piso quando ele deu uma volta completa sobre os calcanhares e deteve-se de frente para Paul.

– Aaah, patrão! Dei a volta mais longa para encontrá-lo.

Paul assentiu.

– Será bondoso, Usul? – Bijaz perguntou. – Sou uma pessoa, sabe. As pessoas têm muitas formas e tamanhos. Esta é só uma delas. A musculatura é fraca, mas a boca é forte; não custa nada me alimentar, mas sai caro me preencher. Esvazie-me como quiser, ainda haverá mais dentro de mim do que os homens colocaram ali.

– Não temos tempo para suas charadas idiotas – Dhuri resmungou. – Já deviam ter partido.

– Sou só charadas e enigmas, mas nem todos são idiotas. Ter partido, Usul, é ter passado. Sim? Vamos deixar o que passou passar. Dhuri fala a verdade, e um de meus talentos é ouvi-la.

– Você tem o sentido para a verdade? – Paul perguntou.

Agora estava determinado a esperar o instante exato de sua visão. Qualquer coisa era melhor que fragmentar aqueles momentos e produzir as novas consequências. Otheym ainda tinha coisas a dizer, para que não se desviasse o Tempo em canais ainda mais horripilantes.

– Tenho o sentido para o *agora* – Bijaz disse.

Paul reparou que o anão estava mais apreensivo. O homenzinho estaria a par de coisas prestes a acontecer? Seria Bijaz seu próprio oráculo?

– Perguntou sobre Lichna? – Otheym indagou de repente, perscrutando Dhuri com seu único olho bom.

– Lichna está a salvo – respondeu Dhuri.

Paul baixou a cabeça, para que sua expressão não revelasse a mentira. *A salvo!* Lichna era só cinzas numa cova secreta.

– Que bom – falou Otheym, tomando a cabeça baixa de Paul como um sinal de concordância. – Uma coisa boa no meio de tanta maldade, Usul. Não gosto do mundo que estamos criando, sabe? Era melhor quando estávamos quietos em nosso canto no deserto e tínhamos só os Harkonnen como inimigos.

– Uma linha tênue separa muitos inimigos de muitos amigos – Bijaz falou. – Onde a linha é interrompida, não há início nem fim. Vamos dar um fim nisto, meus amigos.

Colocou-se ao lado de Paul, pulou de um pé para outro.

– O que é esse sentido para o *agora*? – Paul perguntou, prolongando os segundos, açulando o anão.

– Agora! – Bijaz falou, trêmulo. – Agora! Agora! – Ele puxou o manto de Paul. – Vamos agora!

– A boca é uma matraca, mas ele é inofensivo – disse Otheym, com afeição na voz e o olho bom fixo em Bijaz.

– Até mesmo uma matraca pode dar o sinal de partida – Bijaz falou. – Assim como as lágrimas. Vamos logo enquanto ainda há tempo para começar.

– Bijaz, do que tem medo? – Paul perguntou.

– Tenho medo do espírito que agora me procura – Bijaz murmurou. A transpiração brotava em sua testa. As bochechas se contraíram. – Tenho medo daquele que não pensa e não quer outro corpo além do meu... e esse voltou para dentro de si! Tenho medo das coisas que vejo e das coisas que não vejo.

Este anão tem realmente o poder da presciência, pensou Paul. Bijaz dividia com ele o oráculo aterrador. Dividiria também a sina do oráculo? A que grau chegaria o poder do anão? Teria a presciência menor daqueles que se dedicavam ao Tarô de Duna? Ou seria algo maior? Quanto ele tinha visto?

– É melhor vocês irem – disse Dhuri. – Bijaz tem razão.

– Cada minuto que nos demoramos prolonga... prolonga o presente! – falou Bijaz.

Cada minuto que me demoro adia minha culpa, pensou Paul. Fora engolfado pelo hálito venenoso de um verme, com os dentes a pingar pó. Acontecera havia tempos, mas só agora ele inalava a lembrança: especiaria e amargura. Pressentiu seu próprio verme a aguardá-lo: "a urna do deserto".

– Vivemos tempos conturbados – ele disse, referindo-se à avaliação que Otheym fizera de seu mundo.

– Os fremen sabem o que fazer em tempos conturbados – Dhuri falou.

Otheym contribuiu com um aceno trêmulo da cabeça.

Paul olhou para Dhuri. Não esperava gratidão, o fardo do agradecimento teria sido maior do que ele poderia suportar, mas a amargura de Otheym e o ressentimento violento que via nos olhos de Dhuri abalaram sua determinação. *Alguma coisa* valia aquela pena?

– De nada adianta se demorar aqui – disse Dhuri.

Messias de Duna

– Faça o que tem de fazer, Usul – Otheym chiou.

Paul soltou um suspiro. As palavras da visão foram pronunciadas.

– Haverá um acerto de contas – ele disse, para completá-la.

Virando-se, saiu da sala a passos largos e ouviu o açoite dos pés de Bijaz logo atrás dele.

– O que passou, passou – Bijaz foi murmurando pelo caminho. – Passou por onde queria. Foi sórdido hoje o dia.

O enunciado intricado dos legalismos desenvolveu-se em torno da necessidade de esconder de nós mesmos a violência que temos a intenção de dirigir uns aos outros. Entre privar um homem de uma hora de sua vida e privá-lo de sua vida existe só uma diferença de grau. Foi cometida uma violência contra ele, foi consumida sua energia. Eufemismos elaborados podem disfarçar a intenção de matar, mas, por trás de todo e qualquer uso do poder para afetar outra pessoa, resta o pressuposto supremo: "eu me alimento de sua energia".

– Apêndices aos decretos-lei do imperador Paul Muad'Dib

A Primeira Lua se elevava bem acima da cidade quando Paul, com o escudo ativado e tremeluzindo a seu redor, deixou o beco sem saída. Um vento oriundo do maciço fez a areia e o pó remoinhar pela rua estreita, levando Bijaz a piscar e proteger os olhos.

– Temos de nos apressar – murmurou o anão. – Depressa! Depressa!

– Pressente o perigo? – Paul perguntou, sondando-o.

– *Conheço* o perigo!

Uma sensação repentina de perigo imediato foi seguida quase no mesmo instante por um vulto que saiu de uma porta e se juntou a eles.

Bijaz se agachou e pôs-se a choramingar.

Era só Stilgar, movendo-se feito máquina de guerra, a cabeça projetada adiante, os pés tocando com firmeza a rua.

Sem demora, Paul explicou o valor do anão, entregou Bijaz a Stilgar. O andamento da visão ali era de uma rapidez enorme. Stilgar sumiu com Bijaz. Os guardas da Segurança cercaram Paul. Ordens foram emitidas para que mandassem homens ao fim da rua, para a casa que ficava depois da de Otheym. Os homens correram obedecer, sombras em meio às sombras.

Mais sacrifícios, Paul pensou.

Messias de Duna

– Queremos prisioneiros vivos – sibilou um dos oficiais da guarda.

O som foi um eco-visão nos ouvidos de Paul. Seguia ali com uma precisão consistente: visão/realidade, momento a momento. Ornitópteros cruzaram a lua.

A noite foi tomada de assalto por soldados imperiais.

Um silvo baixo brotou dos outros ruídos e ganhou volume, elevou-se a um rugido enquanto eles ainda escutavam o sussurro. Adquiriu um clarão castanho-avermelhado que ocultou as estrelas, engoliu a lua.

Paul, conhecendo o som e o clarão dos primeiros vislumbres pesadelares de sua visão, teve a estranha sensação de missão cumprida. Tudo aconteceu como tinha de acontecer.

– Queima-pedra! – alguém gritou.

– Queima-pedra! – O grito vinha de todos os lados. – Queima-pedra... queima-pedra...

E porque era o que ele tinha de fazer, Paul protegeu o rosto com o braço e se jogou no chão, buscando o parapeito baixo de um meio-fio. Já era tarde demais, naturalmente.

Onde antes estivera a casa de Otheym, agora havia um pilar de fogo, um jato ofuscante a rugir para os céus. Emitia um brilho sujo que destacava todos os passos de balé dos homens que lutavam e fugiam, a retirada oblíqua dos ornitópteros.

Para todos os membros daquela turba frenética já era tarde demais.

O solo logo abaixo de Paul ficou quente. Ele escutou a correria cessar. Homens se atiraram no chão a seu redor, todos cientes de que não adiantava correr. O primeiro mal já fora causado, e agora tinham de aguardar toda a potência do queima-pedra seguir seu curso. A radiação da coisa, algo de que nenhum homem conseguiria escapar correndo, já havia penetrado sua carne. O efeito peculiar da radiação do queima-pedra já agia dentro deles. O que mais a arma poderia fazer agora dependeria dos planos dos homens que a usaram, homens que desafiaram a Grande Convenção para usá-la.

– Deus seja... um queima-pedra – alguém choramingou. – Eu... não... quero... ficar... cego.

– E quem quer? – foi a voz dura de um soldado mais para o fim da rua.

– Os Tleilaxu vão vender muitos olhos para nós – alguém resmungou perto de Paul. – Agora calem a boca e esperem!

Frank Herbert

Eles esperaram.

Paul continuou calado, pensando nas implicações daquela arma. Combustível em excesso faria a coisa chegar ao núcleo do planeta. O manto de Duna era profundo, mas isso só aumentava o perigo. Tamanhas pressões, uma vez liberadas e fora de controle, poderiam rachar um planeta, espalhando fragmentos e pedaços sem vida pelo espaço.

– Acho que já está passando – alguém falou.

– Só está se aprofundando – Paul avisou. – Fiquem onde estão, todos vocês. Stilgar mandará socorro.

– Stilgar escapou?

– Stilgar escapou.

– O chão está quente – alguém se queixou.

– Atreveram-se a usar armas atômicas! – protestou um soldado perto de Paul.

– O barulho está diminuindo – disse alguém mais para o fim da rua.

Paul ignorou as palavras, concentrou-se nas pontas de seus dedos em contato com a rua. Sentiu o estrondar-ribombar da coisa: fundo... fundo...

– Meus olhos! – alguém gritou. – Não estou enxergando!

Alguém mais perto da coisa do que eu, Paul pensou. Ele ainda enxergava até o final do beco quando ergueu a cabeça, embora a cena estivesse tomada por uma certa nebulosidade. Uma luz amarela-avermelhada preenchia a área onde um dia estiveram a casa de Otheym e sua vizinha. Fragmentos das construções adjacentes criavam desenhos escuros ao desmoronar dentro do fosso brilhante.

Paul ficou de pé. Sentiu o queima-pedra se extinguir, o silêncio abaixo dele. Seu corpo estava molhado de suor em contato com a oleosidade do trajestilador: transpiração demais para o traje processar. O ar que ganhou seus pulmões trouxe o calor e o fedor de enxofre do queima-pedra.

Ao olhar para os soldados que começavam a se levantar em volta dele, a névoa nos olhos de Paul se desfez em treva. Foi aí que invocou sua visão oracular daqueles momentos, virou-se e pôs-se a caminhar a passos largos pela trilha que o Tempo abrira para ele, encaixando-se tão hermeticamente na visão que ela não conseguiria mais escapar. Teve a impressão de que começava a perceber aquele lugar como uma possessão multitudinária, a realidade fundida à predição.

Messias de Duna

Gemidos e lamentos de seus soldados elevaram-se a toda a sua volta quando os homens perceberam que estavam cegos.

– Não saiam do lugar! – Paul gritou. – O socorro está a caminho! – E, como as queixas persistissem, ele disse: – Quem fala é Muad'Dib! Ordeno que não saiam do lugar! O socorro já vem!

Silêncio.

E aí, fiel à visão de Paul, um guarda ali perto disse:

– É realmente o imperador? Algum de vocês está enxergando? Digam-me.

– Nenhum de nós tem olhos – respondeu Paul. – Também tiraram os meus, mas não minha visão. *Vejo* você aí de pé, um muro sujo ao alcance de sua mão, a sua esquerda. Agora tenha coragem e espere. Stilgar vem aí com nossos amigos.

O tuok-tuok de muitos tópteros ganhou volume em todas as direções. Ouviu-se o som de passos apressados. Paul *viu* seus amigos chegar, comparando os ruídos que produziam a sua visão oracular.

– Stilgar! – Paul berrou, acenando com um braço. – Aqui!

– Graças a Shai-hulud – Stilgar gritou, correndo até Paul. – Milorde não está...

No silêncio repentino, a visão de Paul mostrou-lhe Stilgar fitando com uma expressão agoniada os olhos arruinados de seu amigo e imperador.

– Ah, milorde – Stilgar gemeu. – Usul... Usul... Usul...

– E o queima-pedra? – berrou um dos recém-chegados.

– Acabou – Paul disse, elevando a voz. Apontou. – Subam lá agora e resgatem os que estavam mais perto da coisa. Ergam barreiras. Rápido!

Ele voltou a se virar para Stilgar.

– Está *enxergando*, milorde? – Stilgar perguntou, com admiração em seu tom de voz. – Como é possível?

Em resposta, Paul esticou um dedo e tocou a face de Stilgar logo acima do protetor bucal do trajestilador, sentiu as lágrimas.

– Não precisa me oferecer umidade, velho amigo – disse Paul. – Não estou morto.

– Mas seus olhos!

– Cegaram meu corpo, não minha visão. Ah, Stil, vivo num sonho apocalíptico. Meus passos se encaixam nele com tanta precisão que meu medo maior é me entediar de tanto reviver a coisa com tamanha exatidão.

Frank Herbert

– Usul, eu não, eu não...

– Não tente entender. Aceite. Estou no mundo que fica além deste. Para mim, os dois são a mesma coisa. Não preciso de mãos que me conduzam. Vejo cada movimento a meu redor. Vejo cada expressão de seu rosto. Não tenho olhos, mas enxergo.

Stilgar balançou a cabeça vigorosamente.

– Sire, temos de esconder sua aflição dos...

– Não a esconderemos de ninguém.

– Mas a lei...

– Vivemos agora segundo a Lei Atreides, Stil. A Lei fremen, de que os cegos devem ser abandonados no deserto, aplica-se somente aos cegos. Não estou cego. Vivo no ciclo da existência onde a guerra entre o bem e o mal tem sua arena. Estamos num momento decisivo na sucessão das eras e temos nossos papéis a desempenhar.

Na quietude repentina, Paul escutou um dos feridos que, conduzido por outros, passava por ele.

– Foi terrível – o homem gemeu –, uma fúria imensa de fogo.

– Nenhum desses homens será levado ao deserto – Paul disse. – Está ouvindo, Stil?

– Estou, milorde.

– Devem receber novos olhos, à minha custa.

– Assim será feito, milorde.

Paul, percebendo que a admiração na voz de Stilgar aumentava, disse:

– Estarei no tóptero do Comando. Assuma por aqui.

– Sim, milorde.

Paul contornou Stilgar e saiu andando pela rua. Sua visão mencionava cada movimento, cada irregularidade sob seus pés, cada rosto que encontrava. Ia dando ordens pelo caminho, apontando os homens de seu séquito pessoal, gritando nomes, chamando para junto de si aqueles que representavam a máquina interna do governo. Sentia o pavor aumentar atrás dele, os sussurros temerosos.

– Os olhos dele!

– Mas ele olhou diretamente para você, chamou-o pelo nome!

Junto ao tóptero do Comando, ele desativou seu escudo pessoal, enfiou o braço dentro do aparelho e tomou o microfone da mão de um assustado oficial de comunicações, emitiu uma sequência veloz de ordens, meteu o mi-

Messias de Duna

crofone de volta na mão do oficial. Virando-se, Paul chamou um especialista em armamento, um rapaz da nova geração ansiosa e brilhante que mal se lembrava da vida no sietch.

– Usaram um queima-pedra – Paul disse.

Depois de uma pausa brevíssima, o homem falou:

– Foi o que me contaram, sire.

– Sabe o que isso significa, naturalmente.

– Que o combustível só pode ser atômico.

Paul assentiu, imaginando a velocidade na qual a mente do homem devia estar trabalhando. Armas atômicas. Eram proibidas pela Grande Convenção. A descoberta do perpetrador acarretaria o ataque retaliatório combinado das Casas Maiores. As velhas rixas seriam esquecidas, descartadas diante daquela ameaça e dos medos antigos que ela despertava.

– Impossível manufaturá-lo sem deixar vestígios – Paul completou. – Reúna o equipamento necessário e procure o lugar onde fizeram o queima-pedra.

– É para já, sire.

Com um último olhar temeroso, o homem partiu a toda pressa.

– Milorde – arriscou-se o oficial de comunicações atrás dele. – Seus olhos...

Paul virou-se, enfiou o braço dentro do tóptero, reconfigurou o aparelho de rádio para sintonizar sua faixa pessoal.

– Entre em contato com Chani – ordenou. – Diga-lhe... diga-lhe que estou vivo e estarei com ela em breve.

Agora as forças se reúnem, Paul pensou. E reparou como era forte o cheiro de medo no suor de todos a seu redor.

**Ele deixou Alia,
O ventre celestial!
Santo, santo, santo!
Léguas de areia-fogo
Confrontam nosso Senhor.
Ele enxerga
Sem olhos!
Um demônio o aflige!
Santa, santa, santa
Equação:
Ele chegou ao valor do
Martírio!**

– "A lua cai", Canções de Muad'Dib

Após sete dias de atividade febril e contagiante, o Forte revestiu-se de uma quietude nada natural. Naquela manhã, havia gente aqui e ali, mas falavam aos sussurros, com a cabeça pegada uma à outra, e andavam de mansinho. Alguns quase corriam, com passos estranhamente furtivos. O destacamento de guardas que veio do adro atraiu olhares inquisitivos e cenhos franzidos, tal o barulho que os recém-chegados trouxeram consigo, pisando forte de um lado para o outro e empilhando armas. Mas os recém-chegados deixaram-se infectar pelo humor ali dentro e começaram a se mover daquela maneira furtiva.

A conversa a respeito do queima-pedra ainda pairava no ar:

– Ele disse que o fogo tinha algo de verde-azulado e um cheiro infernal.

– Elpa é um idiota! Disse que prefere cometer suicídio a aceitar os olhos tleilaxu.

– Não quero nem ouvir falar de olhos.

– Muad'Dib passou por mim e me chamou pelo nome!

– Como é que *Ele* enxerga sem olhos?

– As pessoas estão indo embora, ficou sabendo? O medo é grande. Os naibs estão dizendo que terão um Conselho-Mor em Sietch Makab.

– O que fizeram com o Panegirista?

Messias de Duna

– Vi quando o levaram para a câmara onde os naibs estão reunidos. Imaginem só: Korba, prisioneiro!

Chani tinha se levantado cedo, acordada pelo silêncio no Forte. Ao despertar, encontrara Paul sentado a seu lado, os buracos vazios das órbitas apontados para um lugar informe além da parede oposta do quarto. O que o queima-pedra fizera, com sua afinidade peculiar pelo tecido ocular, toda aquela carne arruinada, tinha sido removida. Injeções e unguentos salvaram a carne mais resistente em volta dos buracos, mas ela tinha a impressão de que a radiação chegara mais fundo.

Foi tomada por uma fome voraz ao se sentar. Ingeriu a comida que ficava ao lado da cama: pão de especiaria e queijo gordo.

Paul apontou a comida.

– Querida, não houve como poupá-la disso. Pode acreditar.

Chani conteve um acesso de tremor quando ele lhe dirigiu aqueles buracos vazios. Ela havia desistido de pedir que ele explicasse. Ele dizia coisas tão estranhas: *"Fui batizado na areia e isso me custou o talento de acreditar. Quem é que ainda negocia a fé? Quem compra? Quem vende?"*.

O que ele queria dizer com aquelas palavras?

Ele havia se recusado até mesmo a cogitar os olhos tleilaxu, apesar de tê-los comprado com prodigalidade para os homens afligidos da mesma maneira.

Saciada a fome, Chani escorregou para fora da cama, olhou para Paul atrás dela, viu como estava cansado. Linhas soturnas emolduravam-lhe a boca. Os cabelos pretos estavam de pé, desgrenhados por um sono nada reparador. Ele parecia tão saturnino e distante. A alternância do despertar e do adormecer em nada mudara aquilo. Ela se obrigou a dar as costas para ele e murmurou:

– Meu amor... meu amor...

Ele se inclinou, puxou-a de volta à cama, beijou-lhe a face, de um lado e de outro.

– Logo voltaremos ao deserto – ele sussurrou. – Só faltam algumas coisas para fazer por aqui.

Ela estremeceu diante do fatalismo na voz dele.

Ele a apertou nos braços e murmurou:

– Não tenha medo de mim, Sihaya. Esqueça o mistério e aceite o amor. O amor não tem mistério. Vem da vida. Não está sentindo?

– Sim.

Ela tocou-lhe o peito com a palma da mão, contou-lhe as batidas do coração. O amor dele clamava ao espírito fremen dentro dela: torrencial, efusivo, selvagem. Uma força magnética a envolveu.

– Prometo-lhe uma coisa, querida. Uma criança nascida de nós dois regerá um império que fará o meu se apagar em comparação. Triunfos tamanhos nos campos do viver, da arte e do sublime...

– Estamos aqui, agora! – ela protestou, resistindo a um soluço seco. – E... sinto que temos tão pouco... tempo.

– Temos a eternidade, querida.

– *Você* pode ter a eternidade. Eu só tenho o agora.

– Mas isto *é* eternidade.

Ele acariciou-lhe a fronte.

Ela se espremeu contra o corpo dele, e seus lábios tocaram-lhe o pescoço. A pressão alvoroçou a vida em seu ventre. Sentiu-a mexer.

Paul também a sentiu. Colocou uma das mãos sobre o abdômen dela e disse:

– Ah, criancinha que regerá o universo, espere sua vez. Este momento é meu.

Ela se perguntou, então, por que ele sempre falava das vidas dentro dela no singular. Os médicos não haviam lhe contado? Ela vasculhou a própria memória, intrigada com o fato de o assunto nunca ter vindo à baila nas conversas dos dois. Ele certamente sabia que ela esperava gêmeos. Ela hesitou, prestes a levantar essa questão. Ele *tinha* de saber. Ele sabia tudo. Conhecia todas as coisas que a definiam. As mãos, a boca: ele todo a conhecia.

Sem demora, ela disse:

– Sim, meu amor. Isto é para sempre... isto é real.

E ela fechou os olhos, bem apertados, para que a visão dos buracos negros no rosto dele não esticasse sua alma do paraíso ao inferno. Apesar da magia *rihani* na qual ele havia codificado suas vidas, a pele dele ainda era real, era impossível negar suas carícias.

Quando se levantaram e foram se vestir para mais um dia, ela disse:

– Se as pessoas conhecessem seu amor...

Mas o humor dele havia mudado:

– Não se pode fundamentar a política no amor. As pessoas não se interessam pelo amor: é desordenado demais. Elas preferem o despotismo. O

Messias de Duna

excesso de liberdade engendra o caos. Não podemos permitir isso, podemos? E como transformar o despotismo em algo que se possa amar?

– Você não é um déspota! – ela protestou, amarrando o lenço. – Suas leis são justas.

– Aah, as leis.

Ele foi até a janela, abriu as cortinas, como se pudesse olhar lá para fora.

– O que é a lei? Controle? A lei filtra o caos e o que passa por ela? A serenidade? A lei: nosso ideal mais elevado e nossa natureza mais baixa. Não observe a lei muito de perto. Se o fizer, encontrará as interpretações racionalizadas, o casuísmo legal, os precedentes da conveniência. Encontrará a serenidade, que é só mais um sinônimo de morte.

A boca de Chani se contraiu numa linha estreita. Não havia como negar a sabedoria e a sagacidade dele, mas o mau humor a assustava. Ele se virava contra si mesmo, e ela pressentia guerras interiores. Era como se ele pegasse a máxima fremen – "nunca perdoar, nunca esquecer" – e açoitasse o próprio corpo com ela.

Chani se colocou ao lado dele e olhou enviesado lá para fora. O calor crescente do dia havia começado a arrancar o vento norte daquelas latitudes protegidas. O vento pintava um céu falso, cheio de penachos ocre e lâminas de cristal, desenhos estranhos em ouro e vermelho impetuosos. Alto e frio, o vento rebentava na Muralha-Escudo, formando fontes de poeira.

Paul sentiu o calor de Chani a seu lado. Baixou momentaneamente sobre sua visão uma cortina de esquecimento. Poderia muito bem estar ali de olhos fechados. Mas o Tempo se recusou a parar para ele. Inalou a escuridão, sem estrelas, sem lágrimas. Sua aflição foi dissolvendo a substância, até restar apenas a estupefação diante da maneira como os sons condensavam seu universo. Tudo a seu redor apoiava-se em seu solitário sentido de audição, recuando somente quando ele tocava os objetos: a cortina, a mão de Chani... Flagrou-se prestando atenção à respiração de Chani.

Onde estava a insegurança das coisas que eram apenas prováveis?, ele se perguntou. Sua mente carregava tamanho fardo de lembranças mutiladas. Para cada instante de realidade havia incontáveis projeções, coisas destinadas a nunca existir. Uma identidade invisível dentro dele recordava falsos passados, e o peso deles às vezes ameaçava esmagar o presente.

Chani apoiou-se no braço dele.

Ele sentiu o próprio corpo através do contato com ela: carne morta levada pelos torvelinhos do tempo. Ele exalava lembranças que vislumbraram a eternidade. Ver a eternidade era se expor aos caprichos da eternidade, oprimido por dimensões intermináveis. A falsa imortalidade do oráculo exigia represália: o Passado e o Futuro tornavam-se simultâneos.

Mais uma vez, a visão emergiu de seu fosso escuro, abraçou-o. Ela era seus olhos. Ela movia seus músculos. Ela o conduzia ao momento, à hora, ao dia seguinte... até ele se sentir sempre *presente*!

– Já passou da hora de irmos – disse Chani. – O Conselho...

– Alia estará lá em meu lugar.

– Ela sabe o que fazer?

– Sabe.

O dia de Alia começou com um esquadrão da guarda invadindo o pátio de revista logo abaixo de seus aposentos. Ela olhou para baixo e viu uma confusão frenética, uma conversa clamorosa e intimidadora. A cena só se tornou inteligível quando ela reconheceu o prisioneiro que eles traziam: Korba, o Panegirista.

Pôs-se a cuidar de sua toalete matinal, deslocando-se ocasionalmente até a janela, de olho na impaciência paulatina lá embaixo. Seu olhar sempre divagava na direção de Korba. Tentou se lembrar dele como o comandante rústico e barbado da terceira onda na batalha de Arrakina. Impossível. Korba havia se tornado um almofadinha impecável. Vestia agora um manto de seda Parato de talhe refinado, aberto até a cintura, revelando um rufo belamente engomado e uma cota bordada, cravejada de pedras verdes. Um cinto púrpura cingia-lhe a cintura. As mangas que saíam do manto pelas aberturas dos braços eram de veludo cotelê preto e verde-escuro.

Haviam aparecido alguns naibs para ver como era tratado um outro fremen. Eles tinham provocado a gritaria, estimulando Korba a protestar inocência. Alia passou os olhos pelo rosto dos fremen, tentando relembrar como eram os homens originais. O presente borrava o passado. Haviam se tornado todos hedonistas, provavam prazeres que a maioria dos homens não conseguiria sequer imaginar.

Ela viu que os olhares inquietos daqueles homens desviavam-se muitas vezes para a porta que dava para a câmara onde aconteceria a re-

Messias de Duna

união. Estavam pensando na visão cega de Muad'Dib, nova manifestação de poderes misteriosos. Segundo a lei daquela gente, o homem cego deveria ser abandonado no deserto e sua água deixada para Shai-hulud. Mas, sem olhos, Muad'Dib os enxergava. Tampouco gostavam de edificações e sentiam-se vulneráveis em recintos erigidos acima do solo. Dê-lhes uma caverna de verdade, escavada na rocha, aí sim conseguiriam relaxar... mas não ali, não com aquele novo Muad'Dib a esperá-los *lá dentro.*

Ao se virar para descer para a reunião, ela viu a carta que deixara em cima de uma mesa perto da porta: a mensagem mais recente enviada pela mãe dos dois. Apesar da reverência especial que era dedicada a Caladan como o berço de Paul, lady Jéssica se recusara veementemente a fazer de seu planeta uma parada do hajj.

– Não há dúvida de que meu filho é uma personalidade que marcou época – ela escrevera –, mas não consigo ver nisso uma desculpa para me submeter à invasão da ralé.

Alia tocou a carta, experimentou uma estranha sensação de contato mútuo. Aquele papel estivera nas mãos de sua mãe. Um expediente tão arcaico, a carta... mas tão pessoal, de uma maneira que não havia gravação que imitasse. Redigida na língua de batalha dos Atreides, representava uma privacidade de comunicação quase invulnerável.

Pensar na mãe afligiu Alia com a costumeira confusão interior. A alteração da especiaria que tinha misturado as psiques de mãe e filha às vezes a obrigava a pensar em Paul como um filho que ela dera à luz. O complexo capsular de unidade podia lhe apresentar seu próprio pai como amante. Sombras espectrais brincavam em sua mente, pessoas do âmbito da possibilidade.

Alia foi relendo a carta ao descer a rampa que levava à antecâmara onde sua guarda de amazonas a esperava.

– Vocês estão criando uma paradoxo letal – Jéssica escrevera. – O governo não pode ser religioso e autoritário ao mesmo tempo. A experiência religiosa precisa de uma espontaneidade que as leis inevitavelmente suprimem. E não há como governar sem a lei. Suas leis acabarão tendo de substituir a moralidade, substituir a consciência, substituir até mesmo a religião por meio da qual vocês imaginam governar. O ritual sagrado tem de brotar do louvor e dos anseios virtuosos que elaboram com grande esforço uma moralidade significativa. O governo, por outro lado,

195

é um organismo cultural particularmente sedutor para dúvidas, questionamentos e controvérsias. Prevejo o dia em que a cerimônia terá de tomar o lugar da fé e o simbolismo substituirá a moralidade.

O cheiro de café de especiaria recebeu Alia na antecâmara. Quatro amazonas da guarda, com seus mantos verdes de sentinela, assumiram posição de sentido quando ela entrou. Seguiram atrás dela, caminhando com os passos largos e firmes da bravata juvenil, de olhos atentos a possíveis problemas. Tinham o fanatismo nos rostos, intocados pela admiração. Irradiavam aquela violência especial dos fremen: eram capazes de matar despreocupadamente, sem o menor sentimento de culpa.

Nisso, sou diferente, Alia pensou. *O nome dos Atreides já está bem sujo sem isso.*

Foi precedida pela notícia de sua chegada. Um pajem de prontidão saiu em disparada quando ela entrou no corredor de baixo e foi depressa convocar o destacamento completo de guardas. O corredor era comprido, sem janelas e sombrio, iluminado apenas por alguns luciglobos amortecidos. De repente, as portas que davam para o pátio de revista se escancararam na extremidade oposta para dar passagem a um raio fulgurante de luz do dia. Os guardas, e Korba no meio deles, apareceram na contraluz, vindos lá de fora.

– Onde está Stilgar? – Alia quis saber.

– Já está lá dentro – disse uma das amazonas.

Alia seguiu na frente e entrou na câmara. Era uma das salas de reunião mais pretensiosas do Forte. Uma sacada alta com fileiras de poltronas macias ocupava um dos lados. Do outro lado da sacada, cortinas laranja haviam sido recolhidas e exibiam as janelas altas. A luz brilhante do sol entrava aos borbotões, proveniente de um espaço aberto com um jardim e uma fonte. Na extremidade mais próxima da câmara, à direita de Alia, ficava uma plataforma com uma cadeira enorme e solitária.

A caminho da cadeira, Alia olhou rapidamente para trás e para cima, viu a galeria tomada por naibs.

Os guardas reais amontoavam-se no vão livre sob a galeria, e Stilgar andava entre eles, falando em voz baixa aqui, emitindo uma ordem ali. Ele não deu sinal de que tinha visto Alia entrar.

Trouxeram Korba para dentro e o fizeram sentar a uma mesa baixa com almofadas de cada lado sobre o chão da câmara, logo abaixo da plataforma.

Messias de Duna

Apesar da elegância, o Panegirista dava a impressão de ser um velho carrancudo e sonolento, encolhido dentro das roupas, como se quisesse se proteger do frio exterior. Dois guardas se posicionaram atrás dele.

Stilgar aproximou-se da plataforma quando Alia se sentou.

– Onde está Muad'Dib? – ele perguntou.

– Meu irmão me mandou em seu lugar para presidir a sessão como Reverenda Madre.

Ouvindo isso, os naibs da galeria começaram a erguer a voz em protesto.

– Silêncio! – ordenou Alia.

Na quietude repentina que se seguiu, ela disse:

– Não está de acordo com a lei fremen que uma Reverenda Madre presida quando se trata de uma questão de vida e morte?

À medida que a solenidade de sua declaração se fazia entender, o silêncio foi se abatendo sobre os naibs, mas Alia observou olhares raivosos nos rostos perfilados. Tomou nota mentalmente dos nomes para discuti-los no Conselho: Hobars, Rajifiri, Tasmin, Saajid, Umbu, Legg... Os nomes traziam pedaços de Duna consigo: Sietch Umbu, Pia Tasmin, Ravina Hobars...

Alia voltou-se para Korba.

Notando a atenção que ela lhe dedicava, Korba ergueu o queixo e disse:

– Protesto inocência.

– Stilgar, leia as acusações – Alia disse.

Stilgar apresentou um rolo de papel de especiaria marrom e deu um passo à frente. Começou a ler com um toque solene na voz, como se visasse cadências secretas. Foi dando às palavras um timbre incisivo, claro e repleto de probidade:

– ... que você conspirou com traidores para destruir nosso senhor e imperador; que desprezivelmente se encontrou em segredo com diversos inimigos do reino; que...

Korba não parava de balançar a cabeça, com uma expressão de raiva dorida.

Alia escutava, taciturna, com o queixo apoiado no punho esquerdo, a cabeça inclinada para aquele lado e o outro braço esticado no da cadeira. Fragmentos das formalidades começaram a escapar de sua percepção, filtrados por sua própria sensação de desassossego.

Frank Herbert

– ... tradição venerável... o apoio das legiões e de todos os fremen em toda parte... responder à violência com violência, de acordo com a Lei... majestade da Pessoa Imperial... privado de todos os direitos a...

Era absurdo, ela pensou. Absurdo! Tudo aquilo: absurdo... absurdo... absurdo...

Stilgar terminou:

– E assim chega a questão a julgamento.

No silêncio que se seguiu, Korba oscilou para a frente, com as mãos nos joelhos, e o pescoço cheio de veias se esticou, como se ele se preparasse para saltar. A língua agitou-se entre os dentes quando ele falou:

– Não traí meus votos como fremen nem com atos, nem com palavras! Exijo confrontar meu acusador!

Um protesto bem simples, Alia pensou.

E ela viu que aquilo produzira um efeito considerável nos naibs. Eles conheciam Korba. Era um deles. Para se tornar naib, ele havia provado sua coragem e cautela de fremen. Não era brilhante, Korba, mas confiável. Talvez não fosse talhado para liderar o jihad, mas era uma boa escolha como oficial de suprimentos. Não era um cruzado, mas acalentava as antigas virtudes fremen: *a Tribo acima de tudo.*

As palavras amargas de Otheym, da maneira como Paul as repetira, passaram pela mente de Alia. Ela esquadrinhou a galeria. Qualquer um daqueles homens poderia se ver no lugar de Korba – alguns por bons motivos. Mas ali um naib inocente era tão perigoso quanto um culpado.

Korba teve a mesma impressão.

– Quem me acusa? – indagou. – Tenho o direito de fremen de confrontar meu acusador.

– Talvez você mesmo se acuse – Alia disse.

Antes que ele conseguisse disfarçar, o pavor místico se instalou brevemente no rosto de Korba. Qualquer um poderia entender: *com seus poderes, bastaria a Alia acusá-lo pessoalmente, afirmando ter provas recolhidas na região umbrática, o* alam al-mithal.

– Nossos inimigos têm aliados fremen – Alia insistiu. – Destruíram captadores de água, explodiram qanats, envenenaram plantações e saquearam bacias de armazenamento...

– E agora... roubaram um verme do deserto e o levaram para um outro planeta!

Messias de Duna

A voz do intruso era conhecida de todos eles: Muad'Dib. Paul entrou pela porta, vindo do corredor, atravessou as fileiras de guardas e foi se colocar ao lado de Alia. Chani, que o acompanhava, permaneceu nas laterais.

– Milorde – disse Stilgar, recusando-se a olhar para o rosto de Paul.

Paul dirigiu suas órbitas vazias para a galeria, depois baixou-as, voltando-as para Korba.

– O que foi, Korba? Nenhum elogio?

Ouviu-se o burburinho na galeria. Foi ganhando volume, e palavras e frases isoladas tornaram-se audíveis:

– ... a lei para os cegos... o costume fremen... no deserto... quem o viola...

– Quem disse que estou cego? – Paul quis saber. Encarou a galeria. – Você, Rajifiri? Vejo que veste dourado hoje, e aquela camisa azul por baixo, que ainda tem nela o pó das ruas. Você sempre foi desleixado.

Rajifiri fez o sinal de proteção, três dedos contra o mal.

– Aponte esses dedos para si mesmo! – Paul berrou. – Sabemos onde está o mal! – Virou-se para Korba. – Você tem a culpa estampada na cara, Korba.

– Não é minha! Posso ter me associado aos culpados, mas ne...

Deixou a coisa por dizer, lançou um olhar assustado para a galeria.

A um sinal de Paul, Alia se levantou, desceu para o chão da câmara e avançou até a quina da mesa de Korba. A menos de um metro de distância, ela o fitou, calada e intimidadora.

Korba se encolheu sob o peso daqueles olhos. Estava irrequieto, lançava olhares ansiosos para a galeria.

– De quem são os olhos que você procura lá em cima? – Paul perguntou.

– Você não enxerga! – Korba deixou escapar.

Paul reprimiu um sentimento momentâneo de pena por Korba. O homem estava preso na arapuca da visão tão firmemente quanto qualquer um dos presentes. Ele desempenhava um papel, nada mais.

– Não preciso de olhos para enxergar você.

E Paul começou a descrever Korba, cada movimento, cada espasmo, cada olhar alarmado e suplicante que ele dirigia à galeria.

O desespero de Korba aumentou.

Observando-o, Alia viu que ele poderia ceder a qualquer momento. *Alguém na galeria deveria ter percebido como ele estava perto de ceder*, ela pensou. Quem? Ela examinou as expressões dos naibs, reparando em

Frank Herbert

pequenas inconfidências nos rostos dissimulados... raivas, medos, incertezas... culpas.

Paul fez silêncio.

Korba concentrou um ar deplorável de imponência para perguntar:

– Quem me acusa?

– Otheym o acusa – disse Alia.

– Mas Otheym está morto! – Korba protestou.

– Como ficou sabendo? – Paul perguntou. – Por meio de seu sistema de espionagem? Ah, sim! Já sabemos sobre seus espiões e mensageiros. Sabemos quem trouxe o queima-pedra de Tarahell para cá.

– Era para a defesa do Qizarate! – Korba deixou escapar.

– E assim a arma foi parar nas mãos dos traidores? – Paul perguntou.

– Foi roubada, e nós... – Korba se calou, engoliu em seco. Seu olhar dardejou de um lado para o outro. – Todo mundo sabe que tenho sido a voz do amor por Muad'Dib. – Olhou para a galeria. – Como é que um morto pode acusar um fremen?

– A voz de Otheym não morreu – Alia disse.

Ela se deteve quando Paul tocou-lhe o braço.

– Otheym mandou-nos sua voz – Paul disse. – Ela entrega os nomes, os atos de traição, os locais e horários das reuniões. Sente falta de alguns rostos no Conselho de Naibs, Korba? Onde estão Merkur e Fash? Keke, o Manco, não está conosco hoje. E Takim, onde está ele?

Korba balançou a cabeça de um lado para o outro.

– Eles fugiram de Arrakis levando o verme roubado – Paul continuou. – Mesmo se eu o libertasse agora, Korba, Shai-hulud ficaria com sua água por você ter participado. Por que eu não o liberto, Korba? Pense em todos aqueles homens que foram privados de seus olhos, os homens que não enxergam como eu. Eles têm famílias e amigos, Korba. Onde poderia se esconder deles?

– Foi um acidente – Korba argumentou. – E, de qualquer maneira, eles terão os olhos tlei...

E, outra vez, ele se calou.

– Quem sabe que tipo de escravidão acompanha os olhos de metal? – Paul perguntou.

Os naibs em sua galeria começaram a trocar comentários em voz baixa, falando por trás das mãos erguidas. Olhavam friamente para Korba agora.

Messias de Duna

– Defesa do Qizarate – Paul murmurou, de volta à argumentação de Korba. – Um dispositivo que destrói um planeta ou produz raios J para cegar quem estiver perto demais. Qual dos dois efeitos, Korba, você concebeu como defesa? O Qizarate contava com a possibilidade de suprimir os olhos de todos os observadores?

– Era uma curiosidade, milorde – Korba argumentou. – Sabíamos que a Lei Antiga dizia que somente as Famílias poderiam possuir armas atômicas, mas o Qizarate obedecia... obedecia...

– Obedecia a você – Paul disse. – Uma curiosidade, de fato.

– Mesmo que seja só a voz de meu acusador, sua obrigação é me confrontar com ela! – disse Korba. – Um fremen tem direitos.

– O que ele diz é verdade, sire – Stilgar falou.

Alia lançou um olhar penetrante para Stilgar.

– A lei é a lei – Stilgar disse, notando o protesto de Alia.

Ele começou a citar a Lei fremen, entremeando seus próprios comentários sobre como ela se aplicava. Alia teve a estranha sensação de que ouvia as palavras de Stilgar antes que ele as pronunciasse. Como era possível que fosse tão crédulo? Stilgar nunca parecera tão oficial e conservador, tão decidido a respeitar o Código de Duna. O queixo se projetava para fora, agressivo. A boca estalava. Não havia realmente nada nele além daquela imponência ultrajante?

– Korba é um fremen e deve ser julgado pela Lei fremen – Stilgar concluiu.

Alia virou-se, olhou para fora, para as sombras do dia que escorriam pelo muro do outro lado do jardim. Sentiu-se exaurida pela frustração. Haviam arrastado a coisa meia manhã adentro. E agora? Korba havia relaxado. Os modos do Panegirista indicavam que ele teria sofrido um ataque injusto, que tudo o que havia feito, ele o fizera por amar Muad'Dib. Ela olhou para Korba, surpreendeu um fugaz ar de empáfia maliciosa no rosto dele.

Era quase como se tivesse recebido uma mensagem, ela pensou. Ele bancava o homem que ouvira os amigos gritar: *"Aguente firme! O socorro está a caminho!"*.

Por um instante, eles tiveram a coisa toda em suas mãos: as informações extraídas do anão, os indícios de que havia outras pessoas na trama, os nomes dos informantes. Mas o momento decisivo escapara. *Stilgar? Certamente não.* Ela se virou, fitou o velho fremen.

Stilgar retribuiu-lhe o olhar sem pestanejar.

– Obrigado, Stil, por nos relembrar a Lei – disse Paul.

Stilgar inclinou a cabeça. Chegou bem perto, deu forma a palavras silenciosas, de uma maneira que ele sabia que Paul e Alia entenderiam. *Vou espremê-lo até me contar tudo, depois cuidarei do problema.*

Paul assentiu, fez sinal para os guardas atrás de Korba.

– Levem Korba para uma cela de segurança máxima – disse Paul. – Nada de visitas, a não ser o advogado. Como advogado, nomeio Stilgar.

– Deixe-me escolher meu próprio advogado! – Korba berrou.

Paul girou nos calcanhares.

– Está contestando a imparcialidade e o discernimento de Stilgar?

– Ah, não, milorde, mas...

– Levem-no daqui! – Paul vociferou.

Os guardas ergueram Korba das almofadas e o conduziram para fora.

Voltando a cochichar, os naibs começaram a deixar a galeria. Criados saíram de baixo da galeria, foram até as janelas e fecharam as cortinas alaranjadas. Uma obscuridade laranja tomou a câmara.

– Paul – falou Alia.

– Quando precipitarmos a violência – Paul explicou –, será quando a tivermos sob nosso controle. Obrigado, Stil. Desempenhou bem seu papel. Tenho certeza de que Alia identificou os naibs que estavam com ele. Era inevitável que se entregassem.

– Vocês dois combinaram tudo isso? – Alia quis saber.

– Se eu tivesse mandado matar Korba imediatamente, os naibs teriam entendido. Mas esse procedimento formal, sem respeitar rigorosamente a Lei fremen... Eles sentiram seus próprios direitos ameaçados. Quem eram os naibs que estavam com ele, Alia?

– Rajifiri com certeza – ela disse, em voz baixa. – E Saajid, mas...

– Dê a Stilgar a lista completa.

Alia engoliu em seco, sentindo o mesmo medo em relação a Paul que todos sentiam naquele momento. Sabia como ele se deslocava entre eles sem olhos, mas a delicadeza da coisa a assustava. Enxergar as formas de todos eles no vazio da visão! Pareceu-lhe que sua própria pessoa tremeluzia diante dele num tempo sideral cuja conformidade com a realidade dependia inteiramente das palavras e ações dele. Paul tinha todos eles na palma de sua visão!

– Já passou da hora de ir para sua audiência matinal, sire – Stilgar disse. – Muitas pessoas... curiosas... amedrontadas...

Messias de Duna

– Está com medo, Stil?

O que saiu mal foi um sussurro:

– Sim.

– Você é meu amigo e não tem nada a temer de mim – disse Paul.

Stilgar engoliu saliva.

– Sim, milorde.

– Alia, cuide da audiência matinal. Stilgar, dê o sinal.

Stilgar obedeceu.

Uma grande agitação irrompeu junto às portas imensas. A multidão foi empurrada para trás e para longe da sala obscurecida, com o intuito de permitir a entrada dos funcionários. Várias coisas começaram a acontecer ao mesmo tempo: a guarda real empurrando com as mãos e os cotovelos a massa de Suplicantes, os Requerentes com suas roupas extravagantes tentando abrir caminho, gritos, imprecações. Os Requerentes acenavam com suas petições nas mãos. O secretário da assembleia tomou pomposamente a frente deles, através da brecha aberta pela guarda. Trazia a Lista de Preferências, aqueles que teriam permissão para se aproximar do Trono. O secretário, um fremen magro e musculoso chamado Tecrube, portava-se com um cinismo enfastiado, ostentando a cabeça raspada e os grumos de barba.

Alia adiantou-se para interceptá-lo, dando a Paul o tempo de que precisava para escapulir com Chani pela passagem particular atrás da plataforma. Sentiu uma desconfiança momentânea em relação a Tecrube diante da curiosidade intrometida no olhar que ele lançou para Paul.

– Hoje falarei em nome de meu irmão – ela disse. – Faça os Suplicantes se aproximarem um por vez.

– Sim, milady. – Ele se virou para organizar a turba.

– Lembro-me de uma época em que você não teria entendido mal o propósito de seu irmão – disse Stilgar.

– Eu me distraí – ela disse. – Houve uma mudança dramática em você, Stil. O que foi?

Stilgar se empertigou, chocado. As pessoas mudavam, claro. Mas dramaticamente? Era uma visão particular de si mesmo que ele nunca confrontara. O drama era questionável. Os artistas importados, de lealdade duvidosa e virtude mais duvidosa ainda, eram dramáticos. Os inimigos do Império recorriam ao drama para tentar influenciar o populacho volúvel.

Frank Herbert

Korba havia se afastado das virtudes fremen para recorrer ao drama em nome do Qizarate. E morreria por isso.

– É maldade sua – Stilgar disse. – Desconfia de mim?

A angústia na voz dele suavizou a expressão de Alia, mas não seu tom de voz.

– Você *sabe* que não desconfio de você. Sempre concordei com meu irmão que, se as coisas estivessem nas mãos de Stilgar, nós poderíamos esquecê-las com toda a tranquilidade.

– Então por que disse que eu... mudei?

– Você está se preparando para desobedecer a meu irmão – ela disse. – Vejo isso em você. Só espero que isso não destrua vocês dois.

Os primeiros Requerentes e Suplicantes estavam se aproximando. Ela se virou antes que Stilgar conseguisse responder. Mas no rosto dele havia todas as coisas que ela pressentira na carta da mãe: a substituição da moralidade e da consciência pela lei.

"Vocês estão criando um paradoxo letal."

Tibana foi um apologista do cristianismo socrático, provavelmente natural de IV Anbus, que viveu entre os séculos VIII e IX antes de Corrino, com toda a probabilidade no segundo reinado de Dalamak. De seus escritos, só uma parte sobreviveu, de onde este fragmento foi retirado: "Os corações de todos os homens habitam os mesmos ermos".

– excerto d'O Livru de Duna de Irulan

– Você é Bijaz – disse o ghola, entrando no pequeno aposento onde o anão era mantido sob vigilância. – Chamam-me Hayt.

Um forte contingente da guarda real havia entrado com o ghola para assumir a ronda noturna. A areia trazida pelo vento do poente havia fustigado suas faces quando eles cruzaram o pátio externo, fizera-os piscar e apertar o passo. Era possível ouvi-los na passagem lá fora, trocando gracejos e frases feitas sobre o serviço.

– Você não é Hayt – disse o anão. – Você é Duncan Idaho. Eu estava lá quando colocaram seu corpo morto no tanque, e eu estava lá quando eles o removeram, vivo e pronto para o treinamento.

O ghola engoliu saliva, com a garganta repentinamente seca. Os luciglobos brilhantes do aposento perdiam sua amarelidão nas tapeçarias verdes da sala. A luz mostrava gotas de suor na testa do anão. Bijaz parecia uma criatura de estranha integridade, como se o propósito embutido nele pelos Tleilaxu se projetasse através de sua pele. Havia força por baixo da máscara de covardia e frivolidade do anão.

– Muad'Dib me encarregou de interrogá-lo, para determinar o que os Tleilaxu querem que você faça aqui – disse Hayt.

– Tleilaxu, Tleilaxu – cantarolou o anão. – Eu sou os Tleilaxu, seu bobalhão! Por falar nisso, você também é.

Hayt fitou o anão. Bijaz irradiava uma vivacidade carismática que levava o observador a pensar em ídolos antigos.

– Está ouvindo os guardas lá fora? – Hayt perguntou. – Se eu desse a ordem, eles o estrangulariam.

– Hai! Hai! – chorou Bijaz. – Que grosseirão insensível você se tornou. E disse que veio aqui em busca da verdade.

Hayt descobriu que não gostava do ar de secreto sossego sob a expressão do anão.

– Talvez eu só busque o futuro – disse.

– Falou bem. Agora conhecemos um ao outro. Quando dois ladrões se encontram, não precisam de apresentações.

– Então somos ladrões. O que roubamos?

– Ladrões, não: dados. E você veio aqui ler meus pontinhos. Eu, por minha vez, leio os seus. E vejam só! Você tem duas caras!

– Você realmente me viu entrar nos tanques tleilaxu? – Hayt indagou, combatendo uma estranha relutância em fazer a pergunta.

– Não foi o que acabei de dizer? – Bijaz perguntou. O anão ficou de pé num salto. – Lutamos formidavelmente com você. A carne não queria voltar.

Pareceu a Hayt, de repente, que ele vivia num sonho controlado por um outro intelecto e que a qualquer momento poderia se esquecer disso e se perder nas circunvoluções daquele intelecto.

Bijaz inclinou manhosamente a cabeça, fez uma volta completa em torno do ghola, olhando para ele de baixo para cima.

– A emoção acende padrões antigos dentro de você – disse Bijaz. – Você é aquele que procura e não quer encontrar o que procura.

– Você é uma arma apontada para Muad'Dib – Hayt disse, girando sem sair do lugar para acompanhar o anão. – O que foi incumbido de fazer?

– Nada! – disse Bijaz, detendo-se. – Dou-lhe uma resposta comum para uma pergunta comum.

– Então apontaram você para Alia. Ela é seu alvo?

– Eles a chamam de Hawt, o Monstro Peixe, nos planetas exteriores. Por que chego a ouvir seu sangue ferver quando a menciona?

– Então eles a chamam de Hawt.

O ghola pôs-se a estudar Bijaz em busca de qualquer pista sobre seu propósito. O anão dava respostas muito esquisitas.

– Ela é a meretriz-virgem – disse Bijaz. – É vulgar, espirituosa, seu conhecimento é tão profundo que chega a apavorar, é cruel quando se mostra mais bondosa, irracional ao raciocinar e, quando tenta construir, é tão destrutiva quanto uma tempestade de Coriolis.

– Então você veio aqui criticar Alia.

Messias de Duna

– Criticá-la? – Bijaz afundou-se numa almofada encostada à parede. – Vim aqui me prender no magnetismo de sua beleza física.

Ele sorriu, uma expressão de sáurio naquele rosto de feições proeminentes.

– Atacar Alia é atacar o irmão dela – Hayt falou.

– Isso é tão claro que chega a ser difícil de visualizar. Na verdade, o imperador e sua irmã são uma pessoa só, de costas unidas, um ser metade homem, metade mulher.

– É algo que ouvimos os fremen das profundezas do deserto dizerem. E foram eles que reviveram as imolações a Shai-hulud. Por que repete as bobagens dessa gente?

– Ousa dizer bobagens? – Bijaz quis saber. – Você, que é tanto homem quanto máscara? Aah, mas os dados não conseguem ler seus próprios pontinhos. Esqueci. E você fica duplamente confuso, porque serve o duplo ser Atreides. Seus sentidos não se acham tão perto da resposta quanto sua mente.

– Você prega esse ritual falso a respeito de Muad'Dib para seus guardas? – Hayt perguntou, em voz baixa, com a impressão de que sua mente era enredada pelas palavras do anão.

– Eles pregam para mim! E rezam. E por que não? Todos nós deveríamos rezar. Não vivemos à sombra da criação mais perigosa que o universo já viu?

– Criação perigosa...

– A própria mãe deles se recusa a viver no mesmo planeta que os filhos!

– Por que não me dá uma resposta direta? – Hayt indagou. – Sabe que temos outros meios para interrogá-lo. Teremos nossas respostas... de um jeito ou de outro.

– Mas eu respondi! Não disse que o mito é real? Sou o vento que traz a morte na barriga? Não! Eu sou as palavras! Palavras tais quais o raio que sobe da areia quando o céu está escuro. Eu disse: "Apague a lamparina! O dia chegou!". E você continua dizendo: "Dê-me uma lamparina para que eu possa procurar o dia".

– Está fazendo um jogo perigoso comigo – disse Hayt. – Achou que eu não entenderia as ideias zen-sunitas? Você deixa rastros tão nítidos quanto os de uma ave na lama.

Bijaz passou a dar risadinhas.

– Por que está rindo? – Hayt quis saber.

– Porque tenho dentes e queria não ter – Bijaz conseguiu dizer entre os risinhos. – Se não tivesse dentes, não poderia rilhá-los.

– E agora sei quem é seu alvo. Apontaram você para mim.

– E acertei bem na mosca! Você é um alvo tão grande, como eu poderia errar? – Acenou afirmativamente com a cabeça, como se para si mesmo. – Agora vou cantar para você.

Começou a cantarolar, um motivo musical pungente, lamuriento e monótono que se repetia vez após vez.

Hayt se enrijeceu, sentindo dores esquisitas que lhe subiam e desciam pela espinha. Fitou o rosto do anão, vendo olhos juvenis numa face idosa. Os olhos eram o centro de uma rede de linhas brancas e encaroçadas que corriam para as cavidades sob suas têmporas. Que cabeça enorme! Todos os traços fisionômicos convergiam na boca franzida de onde saía aquele ruído monótono. O som fez Hayt pensar em rituais antigos, lembranças folclóricas, palavras e costumes ultrapassados, significados semiesquecidos em murmúrios extraviados. Algo vital estava acontecendo ali: uma apresentação sangrenta de ideias a varar o Tempo. Ideias ancestrais se enredavam na cantiga do anão. Era como uma luz fulgurante ao longe, aproximando-se cada vez mais, iluminando a vida num intervalo de séculos.

– O que está fazendo comigo? – perguntou Hayt, com voz entrecortada.

– Você é o instrumento que me ensinaram a tocar. Eu o estou tocando. Deixe-me dar a você os nomes dos outros traidores entre os naibs. São eles Bikouros e Cahueit. E temos Djedida, que era secretário de Korba. E temos Abumojandis, o assistente de Bannerjee. Um deles poderia esfaquear seu Muad'Dib agora mesmo.

Hayt balançou a cabeça de um lado para o outro. Achou muito difícil falar.

– Somos como irmãos – Bijaz disse, interrompendo novamente seu cantarolar monótono. – Crescemos no mesmo tanque. Primeiro eu, depois você.

Os olhos metálicos de Hayt causaram-lhe uma dor causticante e repentina. Uma névoa vermelha e bruxuleante cercava tudo que ele via. Sentiu-se apartado de toda e qualquer sensação imediata, a não ser a dor, e percebia os arredores através de uma fina divisória, como gaze ao vento. Tudo havia se tornado acidental, o envolvimento fortuito da matéria inanimada. Sua pró-

Messias de Duna

pria vontade não passava de uma coisa sutil e inconstante. Vivia sem respirar e só era inteligível como uma iluminação de fora para dentro.

Com a lucidez fruto do desespero, ele atravessou a cortina de gaze levando consigo somente o sentido da visão. Sua atenção se concentrou feito uma luz fulgurante abaixo de Bijaz. Pareceu a Hayt que seus olhos iam penetrando as camadas do anão, vendo o homenzinho como um intelecto de aluguel e, debaixo daquilo, uma criatura aprisionada pelas ânsias e vontades que se comprimiam nos olhos – uma camada após a outra, até que, por fim, havia apenas um aspecto-entidade manipulado por símbolos.

– Estamos sobre um campo de batalha – disse Bijaz. – Tem permissão para falar.

Com a voz liberada pelo comando, Hayt disse:

– Não pode me obrigar a matar Muad'Dib.

– Já ouvi as Bene Gesserit dizer que não há nada firme, nada equilibrado, nada durável no universo: que nada permanece como está, que cada dia, às vezes cada hora, traz a mudança.

Calado, Hayt sacudiu a cabeça de um lado para outro.

– Você acreditou que o tolo imperador era o troféu que desejávamos – disse Bijaz. – Como você entende pouco nossos mestres, os Tleilaxu. A Guilda e as Bene Gesserit acreditam que produzimos artefatos. Na verdade, produzimos instrumentos e serviços. Qualquer coisa pode ser um instrumento: a pobreza, a guerra. A guerra é útil por ser eficaz em tantas áreas. Estimula o metabolismo. Reforça o governo. Difunde as linhagens genéticas. Tem uma vitalidade que não se compara a nada mais no universo. Somente aqueles que reconhecem o valor da guerra e a praticam têm uma certa medida de autodeterminação.

Com uma voz estranhamente plácida, Hayt disse:

– Pensamentos estranhos, vindos de você, quase suficientes para me fazer crer numa Providência vingativa. Que espécie de reparação foi exigida para criar você? Daria uma história fascinante, e sem dúvida com um epílogo ainda mais extraordinário.

– Magnífico! – Bijaz riu, desdenhoso. – Você ataca, portanto tem força de vontade e pratica a autodeterminação.

– Está tentando despertar a violência dentro de mim – disse Hayt ofegante.

Bijaz negou com um aceno da cabeça.

– Despertar, sim; violência, não. Foi treinado para ser um discípulo da percepção, você mesmo o disse. Tenho uma percepção para despertar em você, Duncan Idaho.

– Hayt!

– Duncan Idaho. Matador extraordinário. Amante de muitas mulheres. Soldado e espadachim. Peão dos Atreides no campo de batalha. Duncan Idaho.

– É impossível despertar o passado.

– Impossível?

– Nunca foi feito!

– Verdade, mas nossos mestres desafiam a ideia de que é impossível fazer alguma coisa. Eles sempre procuram o instrumento perfeito, a aplicação correta de esforço, os serviços apropriados de...

– Está escondendo seu verdadeiro propósito! Você vomita um anteparo de palavras, e elas não querem dizer nada!

– Há um Duncan Idaho dentro de você. Que irá se submeter à emoção ou a um exame desapaixonado, mas submeter-se irá. Essa percepção surgirá, através de um anteparo de supressão e seleção, do passado sombrio que segue em seu encalço. Ela o espicaça neste exato momento, ao mesmo tempo em que o contém. Existe esse ser dentro de você no qual a percepção tem de se concentrar e ao qual você obedecerá.

– Os Tleilaxu pensam que ainda sou escravo deles, mas eu...

– Quieto, escravo! – Bijaz disse com aquela voz lamurienta.

Hayt viu-se petrificado em silêncio.

– Agora chegamos ao fundo – continuou Bijaz. – Sei que você a sente. E estas são as palavras de poder para manipular você... Creio que darão uma boa alavanca.

Hayt sentiu o suor descer copiosamente por seu rosto, sentiu o tremor do peito e dos braços, mas não teve forças para se mexer.

– Um dia o imperador irá até você. Ele dirá: "Ela se foi". A máscara do pesar ocupará o rosto dele. Ele oferecerá água aos mortos, como se referem às lágrimas por estas bandas. E você dirá, usando minha voz: "Mestre! Ó, mestre!".

A mandíbula e a garganta de Hayt doíam com o travamento dos músculos. Ele só conseguia descrever um arco curto com a cabeça, de um lado para outro.

Messias de Duna

– Você dirá: "Trago uma mensagem de Bijaz". – O anão fez uma careta. – Pobre Bijaz, que não tem mente... pobre Bijaz, um tambor cheio de mensagens, uma essência a ser usada por outras pessoas... é só bater Bijaz e ele fará barulho...

Outra vez, a careta.

– Você me acha um hipócrita, Duncan Idaho! Não sou! Também posso sentir pesar. Mas chegou a hora de trocar espadas por palavras.

Um soluço abalou Hayt.

Bijaz deu uma risadinha, e então:

– Ah, obrigado, Duncan, obrigado. As exigências do corpo são nossa salvação. Como o imperador tem o sangue dos Harkonnen em suas veias, ele fará o que mandarmos. Ele irá se transformar numa máquina que cospe, que morde as palavras e que soará adorável para nossos mestres.

Hayt piscou, pensando em como o anão parecia um animalzinho alerta, uma coisa feita de desdém e rara inteligência. *Sangue Harkonnen no Atreides?*

– Você pensa no Bruto Rabban, o Harkonnen sórdido, e seus olhos brilham – disse Bijaz. – Nisso você é como os fremen. Quando faltam as palavras, a espada está sempre à mão, hein? Você pensa nos Harkonnen que torturaram sua família. E, por parte de mãe, seu precioso Paul é um Harkonnen! Não seria difícil matar um Harkonnen, seria?

Uma frustração rancorosa percorreu o ghola. Seria raiva? Por que aquilo o deixaria com raiva?

– Oooh. Aaaah, rá! Clique, clique. A mensagem não acaba aí. É uma troca que os Tleilaxu oferecem a seu precioso Paul Atreides. Nossos mestres irão restaurar a queridinha dele. Uma irmã para você: outro ghola.

Pareceu a Hayt, de repente, que ele vivia num universo ocupado apenas pelas batidas de seu próprio coração.

– Um ghola. Será o corpo da queridinha dele. Ela lhe dará filhos. Ela amará somente a ele. Podemos até mesmo melhorar a original, se ele quiser. Alguma vez um homem teve oportunidade melhor de recuperar o que perdeu? É um negócio que ele não hesitará em fechar.

Bijaz fez que sim, baixando as pálpebras, como se estivesse ficando cansado. E então:

– Ele ficará tentado... e, com ele distraído, você irá se aproximar. No mesmo instante, atacará! Dois gholas, e não um! É isso que nossos mestres ordenam!

211

O anão limpou a garganta, assentiu mais uma vez e disse:

– Fale.

– Não farei isso – Hayt disse.

– Mas Duncan Idaho faria. Será o momento de vulnerabilidade suprema desse descendente dos Harkonnen. Não se esqueça disso. Você vai sugerir melhorias para a queridinha dele: talvez um coração imortal, emoções mais dóceis. Oferecerá asilo ao se aproximar: um planeta à escolha dele, em algum lugar fora do alcance do Imperium. Pense nisso! Sua queridinha restaurada. Não precisar mais derramar lágrimas, e um lugar idílico para viver o resto de seus anos.

– Um pacote caro – Hayt disse, sondando-o. – Ele vai querer saber o preço.

– Diga-lhe que terá de renunciar à divindade e desacreditar o Qizarate. Ele terá de desacreditar a si mesmo e à irmã dele.

– Nada mais? – Hayt perguntou, sarcástico.

– Ele terá de abrir mão de suas ações da CHOAM, naturalmente.

– Naturalmente.

– E se ainda não estiver perto o suficiente para atacar, mencione como os Tleilaxu admiram o que ele lhes ensinou sobre as possibilidades da religião. Diga-lhe que os Tleilaxu têm um departamento de engenharia religiosa, para adaptar as religiões a necessidades particulares.

– Quanta esperteza.

– Você acha que tem a liberdade de zombar de mim e me desobedecer. – Bijaz inclinou manhosamente a cabeça. – Não negue...

– Eles o fizeram bem, animalzinho.

– Você também – disse o anão. – Dirá a ele para se apressar. A carne se decompõe, e o corpo dela tem de ser preservado num tanque criológico.

Hayt sentiu-se trôpego, apanhado numa matriz de objetos que não conseguia reconhecer. O anão parecia tão seguro de si! Tinha de haver um furo na lógica dos Tleilaxu. Ao criar o ghola, eles o afinaram com a voz de Bijaz, mas... Mas o quê? Lógica/matriz/objeto... Como era fácil confundir o raciocínio claro com o raciocínio correto! A lógica dos Tleilaxu estaria distorcida?

Bijaz sorriu, atento como se ouvisse uma voz secreta.

– Agora você esquecerá – disse. – Quando chegar a hora, irá se lembrar. Ele dirá: "Ela se foi". Duncan Idaho despertará nesse momento.

Messias de Duna

O anão bateu palmas uma única vez.

Hayt grunhiu, sob a impressão de que o haviam interrompido no meio de um raciocínio... ou talvez no meio de uma frase. O que era mesmo? Algo a respeito de... alvos?

– Está tentando me confundir e manipular – disse.

– Como assim? – Bijaz perguntou.

– Eu sou seu alvo e não há como você negar.

– Nem me passaria pela cabeça negá-lo.

– E o que você tentaria fazer comigo?

– Uma gentileza – disse Bijaz. – Uma simples gentileza.

> A natureza sequencial dos fatos reais não é ilumina-
> da com precisão exaustiva pelos poderes da pres-
> ciência, a não ser nas circunstâncias mais extraor-
> dinárias. O oráculo apanha incidentes retirados da
> cadeia histórica. A eternidade se move. Impõe-se ao
> oráculo tanto quanto ao suplicante. Que os súditos
> de Muad'Dib duvidem de sua majestade e de suas
> visões oraculares. Que neguem seus poderes. Que
> nunca duvidem da Eternidade.
>
> – Os Evangelhos de Duna

Hayt observou Alia sair de seu templo e atravessar a praça. Sua guarda formava um grupo compacto, com uma expressão feroz no rosto para disfarçar as feições modeladas pela boa vida e a complacência.

A heliogravura das asas de um tóptero cintilou à luz brilhante do sol da tarde acima do templo. Fazia parte da Guarda Real e trazia a insígnia do punho de Muad'Dib na fuselagem.

Hayt voltou a olhar para Alia. Ela parecia fora de lugar ali na cidade, pensou. O cenário adequado para ela era o deserto: o espaço aberto e desimpedido. Voltou a ocorrer-lhe uma coisa estranha a respeito dela ao vê-la se aproximar: Alia só parecia pensativa quando sorria. Era um truque da vista, decidiu, relembrando um retrato vívido da jovem quando ela aparecera na recepção ao embaixador da Guilda: soberba em contraste com um pano de fundo de música e conversas fugazes, em meio a vestidos de gala e uniformes extravagantes. E Alia usara o branco, deslumbrante, um traje resplandecente de castidade. Ele a tinha visto de cima, de uma janela, quando ela atravessara um jardim de inverno, com seu lago formal, as fontes caneladas, as frondes do capim-dos-pampas e um belvedere branco.

Totalmente errado... tudo errado. O lugar dela era o deserto.

Hayt inspirou convulsivamente. Alia deixara seu campo visual na ocasião da mesma maneira que fazia agora. Ele esperou, cerrando e descerrando os punhos. A entrevista com Bijaz o deixara apreensivo.

Ouviu o séquito de Alia passar do lado de fora da sala onde ele esperava. Ela entrou nos aposentos da Família.

Messias de Duna

Agora ele tentava se concentrar naquilo que o incomodava a respeito dela. A maneira como ela havia atravessado a praça? Sim. Movera-se feito uma criatura acossada fugindo de um predador. Ele saiu na sacada de ligação, percorreu-a, protegido pela persiana de ligaplás, deteve-se sem deixar as sombras dissimuladoras. Alia estava junto à balaustrada que dava vista para seu templo.

Ele olhou para onde ela olhava: para fora, por cima da cidade. Viu retângulos, blocos de cor, movimentos rastejantes de vida e som. As construções brilhavam, tremeluziam. O calor brotava em espirais dos telhados. Havia um menino do outro lado, quicando uma bola num beco sem saída formado pelos contrafortes de um maciço num dos cantos do templo. A bola ia e vinha.

Alia também observava a bola. Sentia uma identificação irresistível com aquela bola – indo e vindo... indo e vindo. Teve a impressão de que ela quicava pelos corredores do Tempo.

A poção de mélange que ela havia consumido pouco antes de sair do templo era a maior que já tinha tentado até então: uma overdose maciça. Mesmo antes de começar a fazer efeito, a coisa a deixara apavorada.

Por que fiz isso?, ela se perguntou.

Escolheu-se um dentre dois perigos. Foi isso? Era assim que se penetrava a névoa que o maldito Tarô de Duna espalhava sobre o futuro. Havia uma barreira. Era preciso rompê-la. Ela tinha feito o que fez porque precisava ver por onde o irmão caminhava com seus passos cegos.

O familiar estado de fuga dissociativa do mélange começou a se insinuar em sua percepção. Inspirou fundo, sentiu uma espécie fria de calma, equilibrada e altruísta.

A possessão da vidência costuma fazer do indivíduo um fatalista perigoso, ela pensou. Infelizmente, não havia uma alavanca abstrata, nenhum cálculo de presciência. As visões do futuro não podiam ser manipuladas como fórmulas. Era preciso adentrá-las, arriscar a vida e a sanidade.

Um vulto saiu das sombras duras da sacada adjacente. O ghola! Com sua percepção aguçada, Alia o viu com uma clareza intensa: o rosto jovial e moreno, dominado por aqueles olhos cintilantes de metal. Ele era a união de opostos aterradores, uma coisa formada de uma maneira escandalosamente linear. Era sombra e luz ofuscante, um produto do processo que revivera sua carne morta... e de algo intensamente puro... inocente.

Ele era a inocência assediada!

Frank Herbert

– Estava aí o tempo todo, Duncan? – ela perguntou.

– Então estou fadado a ser Duncan. Por quê?

– Não me questione.

E ela pensou, olhando para ele, que os Tleilaxu não haviam deixado nenhum canto de seu ghola por terminar.

– Somente os deuses podem arriscar com segurança a perfeição – ela falou. – É uma coisa perigosa para um homem.

– Duncan morreu – ele disse, desejando que ela não o chamasse assim. – Eu sou Hayt.

Ela estudou-lhe os olhos artificiais, imaginando o que eles viam. Observados de perto, revelavam diminutas depressões pretas, pequenos mananciais de escuridão no metal cintilante. Facetas! O universo tremeluziu e cambaleou a seu redor. Ela se segurou apoiando uma das mãos na superfície aquecida pelo sol da balaustrada. Aaah, o mélange agia com rapidez.

– Está se sentindo mal? – Hayt perguntou.

Ele se aproximou, com os olhos de aço fixos e arregalados.

Quem falou?, ela quis saber. Foi Duncan Idaho? Foi o ghola-Mentat ou o filósofo zen-sunita? Ou foi um fantoche dos Tleilaxu, mais perigoso que qualquer Piloto da Guilda? Seu irmão sabia.

Outra vez, ela olhou para o ghola. Havia nele agora uma certa inatividade, algo latente. Ele estava saturado de espera e poderes que ultrapassavam a vida comum dos dois.

– Por causa de minha mãe, sou como as Bene Gesserit. Sabia disso?

– Sabia.

– Uso os mesmos poderes, penso como elas pensam. Parte de mim conhece a sagrada urgência do programa de reprodução... e seus produtos.

Ela piscou, sentindo que parte de sua percepção começava a vagar livre pelo Tempo.

– Dizem que as Bene Gesserit nunca desistem – ele disse, e a observou de perto, notando como estavam brancos os nós de seus dedos, agarrados à borda da sacada.

– Eu tropecei? – ela perguntou.

Ele reparou como Alia respirava fundo, a tensão de cada movimento, a aparência vidrada de seus olhos.

– Quando se tropeça – ele disse –, pode-se recobrar o equilíbrio saltando por cima da coisa que causou o tropeço.

Messias de Duna

– As Bene Gesserit tropeçaram. Agora querem recobrar o equilíbrio saltando por cima de meu irmão. Querem o bebê de Chani... ou o meu.

– Está esperando um filho?

Ela pelejou para se localizar numa relação espaço-temporal com a pergunta. Esperando um filho? Quando? Onde?

– Vejo... meu filho – ela sussurrou.

Ela se afastou da beira da sacada, virou a cabeça e olhou para o ghola. Ele tinha graça no rosto, amargura nos olhos: dois círculos de chumbo cintilante... e, quando ele se virou, afastando-se da luz para acompanhar o movimento dela, sombras melancólicas.

– O que... você vê com esses olhos? – ela sussurrou.

– O que outros olhos veem.

As palavras dele retiniram em seus ouvidos, estirando sua percepção. Foi como se ela se estendesse por todo o universo: tamanho estiramento... longe... longe. Ela se entrelaçava à totalidade do Tempo.

– Você tomou a especiaria, uma dose grande – ele disse.

– Por que não consigo vê-lo? – ela murmurou.

Era prisioneira do útero de toda a criação.

– Diga-me por que não consigo vê-lo, Duncan.

– Quem é que você não consegue ver?

– Não consigo ver o pai de meus filhos. Estou perdida na névoa do Tarô. Ajude-me.

A lógica de Mentat produziu sua computação primária, e ele disse:

– As Bene Gesserit querem um cruzamento entre você e seu irmão. Isso fixaria o padrão gené...

Ela deixou escapar um gemido.

– O óvulo em carne e osso – disse, com a voz entrecortada.

Foi tomada por uma sensação de frialdade, seguida por calor intenso. O consorte invisível de seus sonhos mais tenebrosos! Carne de sua carne que o oráculo não conseguia revelar... Chegaria a tanto?

– Você se arriscou a tomar uma dose perigosa da especiaria? – ele perguntou.

Algo dentro dele lutou para expressar o mais absoluto pavor diante da ideia de que uma mulher Atreides pudesse morrer, de que Paul o confrontasse com a notícia de que uma mulher da família real havia... partido.

Frank Herbert

– Você não sabe como é caçar o futuro – ela disse. – Às vezes vislumbro a mim mesma... mas eu mesma me atrapalho. Não enxergo através de mim.

Ela baixou a cabeça, balançando-a de um lado para outro.

– Quanta especiaria você tomou? – ele perguntou.

– A natureza abomina a presciência – ela disse, erguendo a cabeça. – Sabia disso, Duncan?

Ele falou de mansinho, sensatamente, como se conversasse com uma criança pequena:

– Diga-me quanta especiaria você tomou.

Ele segurou o ombro dela com a mão esquerda.

– As palavras são máquinas tão toscas, tão primitivas e ambíguas – ela disse, desvencilhando-se da mão dele.

– Diga-me.

– Olhe para a Muralha-Escudo – ela ordenou, apontando.

Ela sentiu o próprio olhar percorrer a mão esticada, estremeceu quando a paisagem se desintegrou numa visão avassaladora: um castelo de areia destruído por ondas invisíveis. Desviou os olhos, transfixada pela aparência do rosto do ghola. As feições dele fervilharam, envelheceram, rejuvenesceram... velho... jovem. Ele era a própria vida, peremptória, infinita... Ela se virou para fugir, mas ele a agarrou pelo pulso esquerdo.

– Vou chamar um médico.

– Não! Deixe-me ter a visão! Tenho de saber!

– Você vai entrar agora.

Ela olhou para baixo, para a mão dele. No ponto de contato de sua pele com a dele, Alia sentiu uma presença elétrica que a fascinava e assustava ao mesmo tempo. Soltou-se com um gesto brusco.

– É impossível conter o furacão!

– Você precisa de assistência médica! – ele gritou.

– Você não entende? – ela indagou. – Minha visão está incompleta, é só fragmentos. Ela vacila e salta. Tenho de me lembrar do futuro. Não vê?

– De que adiantará o futuro se você morrer? – ele perguntou, forçando-a delicadamente a entrar nos aposentos da Família.

– Palavras... palavras – ela murmurou. – Não sei explicar. Uma coisa é a ocasião de outra coisa, mas não existe causa... nem efeito. Não podemos deixar o universo do jeito que estava. Por mais que tentemos, existe um abismo.

Messias de Duna

– Deite-se aqui – ele ordenou.

Ele é tão bronco!, ela pensou.

Sombras frescas a envolveram. Sentiu os próprios músculos rastejarem feito vermes: uma cama firme que ela sabia ser insubstancial. Só o espaço era permanente. Nada mais tinha substância. A cama transbordava corpos, e todos eram seus. O Tempo tornou-se uma sensação múltipla, sobrecarregada. Não lhe apresentava nenhuma reação que ela pudesse abstrair. Era o Tempo. Movia-se. O universo inteiro deslizava para trás, para a frente, de lado.

– Não tem um aspecto-coisa – ela explicou. – Não é possível passar por baixo dele, nem contorná-lo. Não há como superá-lo.

Surgiu um alvoroço de gente ao redor dela. Muitos alguéns seguraram-lhe a mão esquerda. Olhou para sua própria carne em movimento, seguiu um braço que serpeava em direção a uma máscara fluida à guisa de rosto: Duncan Idaho! Os olhos dele estavam... errados, mas era Duncan: menino-homem-adolescente-menino-homem-adolescente... Cada traço de suas feições revelava preocupação por ela.

– Duncan, não tenha medo – ela sussurrou.

Ele apertou-lhe a mão, assentiu.

– Sossegue – ele disse.

E pensou: *Ela não pode morrer! Não pode! Nenhuma mulher Atreides pode morrer!* Balançou a cabeça vigorosamente. Aqueles pensamentos desafiavam a lógica dos Mentats. A morte era uma necessidade para que a vida continuasse.

O ghola me ama, Alia pensou.

O pensamento tornou-se um alicerce no qual ela poderia se segurar. Ele era um rosto familiar e havia um aposento concreto atrás dele. Ela reconheceu um dos quartos da suíte de Paul.

Uma pessoa fixa e imutável fez alguma coisa com um tubo em sua garganta. Ela resistiu à ânsia de vômito.

– Chegamos a tempo – disse uma voz, e ela reconheceu o timbre de um médico da Família. – Deveria ter me chamado antes.

Havia suspeita na voz do médico. Ela sentiu o tubo deslizar para fora de sua garganta: uma cobra, um fio tremeluzente.

– A lavagem estomacal vai fazê-la dormir – o médico disse. – Mandarei uma de suas criadas...

Frank Herbert

– Ficarei com ela – disse o ghola.

– Não seria apropriado! – o médico gritou.

– Fique... Duncan – sussurrou Alia.

Ele acariciou a mão dela, para confirmar que a tinha ouvido.

– Milady – o médico disse –, seria melhor se...

– Não me diga o que seria melhor – ela rouquejou, com a garganta doendo a cada sílaba.

– Milady conhece os riscos de consumir o mélange em excesso – falou o médico, num tom acusador. – Só posso supor que alguém o deu a milady sem...

– Você é um idiota – ela disse, ainda rouca. – Pretende me negar minhas visões? Sei o que tomei e por quê. – Levou uma das mãos à garganta. – Deixe-nos. Já!

O médico saiu de seu campo visual e disse:

– Mandarei avisar seu irmão.

Percebeu que o médico foi embora e voltou sua atenção para o ghola. A visão aparecia nítida em sua percepção agora, um meio de cultura no qual o presente se expandia. Pareceu-lhe que o ghola se movia naquela apresentação do Tempo, não mais misterioso, fixo contra um pano de fundo reconhecível.

Ele é a provação, pensou. *Ele é o perigo e a salvação.*

E ela estremeceu, sabendo que presenciava a visão que seu irmão tivera. Lágrimas indesejadas arderam-lhe nos olhos. Balançou a cabeça vigorosamente. Nada de lágrimas! Desperdiçavam umidade e, pior ainda, desviavam a torrente rude da visão. Era preciso deter Paul! Uma vez, e apenas uma vez, ela havia transposto o Tempo para colocar sua voz no caminho por onde ele passaria. Mas a tensão e a mutabilidade não permitiram tal coisa ali. A teia do Tempo agora passava por seu irmão como os raios de luz através de uma lente. Ele ficava no foco e sabia disso. Tinha recolhido todas as linhas e não permitiria que elas escapassem nem mudassem.

– Por quê? – ela murmurou. – Seria o ódio? Ele agride o próprio Tempo porque o Tempo o magoou? É isso... ódio?

Imaginando tê-la ouvido pronunciar seu nome*, o ghola disse:

– Milady?

_____

* O nome Hayt é pronunciado exatamente como *hate*, que significa *ódio*, em inglês. [N. de T.]

Messias de Duna

– Se ao menos eu pudesse extirpar essa coisa de mim! – ela gritou. – Eu não queria ser diferente.

– Por favor, Alia – ele murmurou. – Permita-se dormir.

– Eu queria ser capaz de rir – ela sussurrou. Lágrimas desceram-lhe pelas maçãs do rosto. – Mas sou irmã de um imperador que é adorado como um deus. As pessoas me temem. Nunca quis ser temida.

Ele enxugou-lhe as lágrimas.

– Não quero ser parte da história – ela sussurrou. – Só quero ser amada... e amar.

– Você é amada.

– Aaah, Duncan, tão leal, tão leal.

– Por favor, não me chame assim – ele implorou.

– Mas você é. E a lealdade é um artigo valioso. Pode ser vendida... não comprada, mas vendida.

– Não gosto desse seu cinismo.

– Maldita seja sua lógica! É verdade!

– Durma.

– Você me ama, Duncan? – ela perguntou.

– Sim.

– É uma daquelas mentiras, uma das mentiras nas quais é mais fácil acreditar do que na verdade? Por que tenho medo de acreditar em você?

– Você teme minhas peculiaridades da mesma maneira que teme as suas.

– Seja um homem, não um Mentat – ela rosnou.

– Sou um Mentat e um homem.

– Fará de mim sua mulher, então?

– Farei o que exige o amor.

– E a lealdade?

– E a lealdade.

– É por isso que você é perigoso.

As palavras dela o transtornaram. Nenhum sinal do transtorno apareceu no rosto dele, nenhum músculo estremeceu... mas ela sabia. A lembrança-visão expôs o transtorno. Mas pareceu-lhe ter deixado passar parte da visão, que deveria se lembrar de algo mais do futuro. Havia uma outra percepção que não passava exatamente pelos sentidos, uma coisa que caía do nada dentro de sua cabeça, como fazia a presciência. Ficava nas sombras do Tempo, infinitamente dolorosa.

Emoção! Era isso: emoção! Havia aparecido na visão, não diretamente, e sim como um produto a partir do qual ela conseguiu inferir o que ficara para trás. Fora possuída pela emoção: uma única contração feita de medo, pesar e amor. Estavam na visão, todas essas emoções reunidas num único corpo epidêmico, irresistíveis e primordiais.

– Duncan, não desista de mim – ela sussurrou.

– Durma – ele disse. – Não resista.

– Eu preciso... preciso. Ele é a isca de sua própria armadilha. Ele é o servo do poder e do terror. Violência... a deificação é uma prisão a encerrá-lo. Ele perderá... tudo. Isso irá despedaçá-lo.

– Está falando de Paul?

– Eles o estão levando a destruir a si mesmo – ela disse, com voz entrecortada, arqueando as costas. – Peso excessivo, pesar excessivo. Eles o seduzem, afastam-no do amor. – Ela voltou a afundar na cama. – Estão criando um universo onde ele não irá se permitir viver.

– Quem está fazendo isso?

– Ele mesmo! Aaah, você é tão bronco. Ele é parte do padrão. E é tarde demais... tarde demais... tarde demais...

Ao dizer isso, sentiu sua percepção descer, camada por camada. Veio pousar exatamente atrás de seu umbigo. Corpo e mente se separaram e fundiram num armazém de visões-relíquias, em movimento, em movimento... Escutou o bater de um coração fetal, uma criança do futuro. O mélange ainda a possuía, portanto, deixando-a à deriva no Tempo. Sabia ter provado a vida de uma criança ainda por conceber. Uma coisa era certa a respeito dessa criança: passaria pelo mesmo despertar pelo qual ela havia passado. Seria uma entidade consciente e pensante antes de nascer.

Há um limite para a força que até mesmo os mais poderosos têm a possibilidade de aplicar sem destruir a si mesmos. Calcular esse limite é a verdadeira arte de governar. O uso indevido do poder é o pecado fatal. A lei não pode ser um instrumento de vingança, jamais um refém, nem uma fortificação contra os mártires criados por ela. Não se pode ameaçar um indivíduo e escapar das consequências.

- Muad'Dib, a respeito da Lei, em O memorial de Stilgar

Chani fitava o deserto matutino emoldurado pela falha logo abaixo de Sietch Tabr. Não vestia um trajestilador, e isso a fazia se sentir desprotegida ali no deserto. A entrada cavernosa do sietch se escondia nos contrafortes do penhasco acima e atrás dela.

O deserto... o deserto... Parecia-lhe que o deserto a acompanhara aonde quer que tivesse ido. Voltar para o deserto não era tanto um retorno ao lar, era dar meia-volta e ver o que sempre estivera ali.

Uma contração dolorosa se espalhou por todo o seu abdômen. O parto estava próximo. Combateu a dor, desejando aquele momento a sós com seu deserto.

A quietude da alvorada dominava a terra. Por toda parte, as sombras fugiam por entre as dunas e os terraços da Muralha-Escudo. A luz do dia investiu por cima da escarpa elevada e mergulhou-a até a altura dos olhos numa paisagem desolada que se estendia sob um céu azul desbotado. A cena condizia com o cinismo terrível que a atormentava desde o momento em que ficara sabendo da cegueira de Paul.

Por que estamos aqui?, ela se perguntou.

Não era uma hajra, uma jornada de busca. Paul nada buscava ali, a não ser, talvez, um lugar onde ela pudesse dar à luz. Ocorreu-lhe que ele convocara estranhos companheiros para aquela jornada: Bijaz, o anão tleilaxu; o ghola, Hayt, que poderia ser o espectro de Duncan Idaho; Edric, o Piloto e embaixador da Guilda; Gaius Helen Mohiam, a Reverenda Madre das Bene Gesserit que ele obviamente odiava; Lichna, a estranha filha de Otheym, que parecia incapaz de escapar do olhar atento dos guardas; Stilgar, o tio de Chani e um dos naibs, e sua esposa predileta, Harah... e Irulan... Alia...

O som do vento através das rochas acompanhava seus pensamentos. O dia no deserto havia se tornado amarelo sobre amarelo, bronze sobre bronze, cinza sobre cinza.

Por que essa estranha combinação de companheiros?

– Esquecemos que a palavra "companhia" originalmente queria dizer companheiros de viagem – Paul havia respondido à pergunta que ela fizera. – Somos uma companhia.

– Mas de que eles nos valem?

– Pronto! – ele dissera, voltando suas órbitas assustadoras para ela. – Perdemos aquela nota clara e singular do viver. Se não é possível engarrafar, vencer, apontar ou acumular uma coisa, nós não lhe damos valor.

Magoada, ela dissera:

– Não foi isso que quis dizer.

– Aaah, queridíssima – ele a tranquilizara –, somos tão ricos em dinheiro e pobres em vida. Sou mau, obstinado, estúpido...

– Não é!

– Isso também é verdade. Mas o tempo deixou minhas mãos cianóticas. Acho... Acho que tentei inventar a vida, sem perceber que já a tinham inventado.

E ele havia tocado o abdômen de Chani, para sentir a nova vida ali dentro.

Relembrando, ela colocou as duas mãos sobre o abdômen e estremeceu, arrependida de ter pedido a Paul que a trouxesse ali.

O vento do deserto havia trazido cheiros ruins das plantações marginais que ancoravam as dunas na base do penhasco. Ela caiu nas garras da superstição fremen: *cheiros ruins, tempos ruins*. Encarou o vento, viu um verme aparecer fora da zona de plantio. Ele surgiu das dunas feito a proa de um navio demoníaco, espalhou areia, farejou a água letal a sua espécie e fugiu sob a longa cúpula de um túnel.

E ela odiou a água naquele momento, inspirada pelo medo do verme. A água, antes a alma-espírito de Arrakis, tornara-se um veneno. A água trouxe a peste. Só o deserto era limpo.

Abaixo dela, surgiu uma turma de trabalhadores fremen. Subiram para a entrada média do sietch, e ela viu que tinham os pés embarreados.

Messias de Duna

Fremen com pés embarreados!

Acima dela, as crianças do sietch começaram a cantar para a manhã, e suas vozes agudas vinham da entrada superior. As vozes fizeram-na sentir como se o tempo fugisse dela, tal qual os gaviões antes da ventania. Estremeceu.

Que tempestades Paul teria *visto* com sua visão sem olhos?

Percebia nele um louco violento, alguém cansado de canções e polêmicas.

Ela notou que o céu agora era de um cinza cristalino com raios de alabastro, desenhos bizarros delineados por todo o firmamento pela areia carreada pelo vento. Uma linha de branco fulgurante no sul chamou-lhe a atenção. Com os olhos subitamente alertas, ela interpretou o sinal: céu branco no sul, boca de Shai-hulud. Vinha uma tempestade, ventania grande. Ela sentiu a brisa de aviso, um sopro cristalino de areia de encontro a sua face. O incenso da morte veio com o vento: o cheiro da água que corria nos qanats, areia suarenta, pederneira. A água: era por isso que Shai-hulud mandava seu vento de Coriolis.

Apareceram gaviões na falha onde ela se encontrava, em busca de proteção contra o vento. Eram castanhos como as rochas, com um pouco de escarlate nas asas. Sentiu seu espírito ir até eles: tinham onde se esconder; ela, não.

– Milady, aí vem o vento!

Ela se virou, viu o ghola que chamava por ela à entrada superior do sietch. Temores típicos dos fremen se apoderaram dela. Uma morte limpa e a água do corpo recuperada pela tribo, essas coisas ela entendia. Mas... algo que trouxeram da morte...

A areia soprada pelo vento a fustigou, corando-lhe as maçãs do rosto. Ela olhou por cima do ombro, para a faixa assustadora de pó de um lado ao outro do céu. O deserto sob a tempestade assumira uma aparência trigueira e agitada, como se ondas de dunas rebentassem numa praia tempestuosa, da maneira como um dia Paul havia descrito um mar. Ela hesitou, contagiada pela sensação de transitoriedade do deserto. Comparado à eternidade, aquilo não passava de um caldeirão. A arrebentação das dunas retumbando de encontro aos penhascos.

A tempestade lá fora havia se tornado algo universal para ela. Todos os animais se escondiam da tormenta... nada restava do deserto, a não ser seus próprios sons particulares: a areia ao vento raspando a pedra, o assovio de um pé de vento, o galope de um matacão que de repente caía de sua montanha... E então!, em algum lugar fora de vista, um verme emborcado retificando estrondosamente seu curso peculiar e partindo para as profundezas secas que eram suas.

Foi só um instante, segundo a contagem que sua vida fazia do tempo, mas, nesse instante, pareceu-lhe que o planeta era levado de roldão: poeira cósmica, parte de outras ondas.

– Temos de nos apressar – disse o ghola, bem ao lado dela.

Foi aí que ela percebeu o medo dele, a preocupação com sua segurança.

– Vai arrancar a carne de seus ossos – ele falou, como se precisasse explicar semelhante tempestade para *ela*.

Agora que a preocupação evidente do ghola havia dispersado o medo que ela tinha dele, Chani deixou que ele a ajudasse a subir a escadaria de pedra até o sietch. Entraram na chicana serpeante que protegia a boca. Os criados abriram a vedação de umidade, fecharam-na tão logo eles passaram.

Os cheiros do sietch tomaram de assalto suas narinas. O lugar era uma fermentação de lembranças olfativas: a proximidade confinada de corpos, os ésteres malcheirosos dos destiladores de reaproveitamento, aromas familiares da culinária, a combustão abrasiva de máquinas em funcionamento... e, em meio a tudo aquilo, a onipresente especiaria: mélange por toda parte.

Ela inspirou fundo.

– Minha casa.

O ghola soltou-lhe o braço e colocou-se de lado, a paciência em pessoa, quase como que desligado, fora de uso. Contudo... ele observava.

Chani hesitou na câmara da entrada, intrigada com uma coisa que não conseguia identificar. Era realmente sua casa. Quando criança, ela caçara escorpiões ali, à luz dos luciglobos. Mas algo estava diferente...

– Não deveria seguir para seus aposentos, milady? – o ghola perguntou.

Como se desencadeada pelas palavras dele, uma contração se espalhou em ondas por seu abdômen. Ela se esforçou para não revelar a dor.

– Milady?

– Por que Paul teme por mim no parto de nossos filhos? – ela perguntou.

– É natural temer por sua segurança – respondeu o ghola.

Messias de Duna

Ela levou uma das mãos à face avermelhada pela areia.

– E ele não teme por nossos filhos?

– Milady, não há como ele pensar numa criança sem se lembrar de que seu primogênito foi morto pelos Sardaukar.

Ela estudou o ghola: o rosto achatado, os olhos mecânicos e indecifráveis. Seria realmente Duncan Idaho aquela criatura? Seria amigo de alguém? Teria falado a verdade naquele instante?

– Deveria estar com os médicos – disse o ghola.

Mais uma vez, ela ouviu o temor por sua segurança na voz dele. Pareceu-lhe de uma hora para outra que sua mente estava desprotegida, pronta para ser invadida por sentidos revoltantes.

– Hayt, tenho medo – ela sussurrou. – Onde está meu Usul?

– Assuntos de estado o detêm – disse o ghola.

Ela assentiu, pensando na máquina governamental que os acompanhara numa enorme revoada de ornitópteros. De repente, ela percebeu o que a intrigava no sietch: os odores estrangeiros. Os funcionários e assistentes haviam trazido seus próprios perfumes para aquele ambiente, aromas da alimentação e do vestuário, de artigos exóticos de toucador. Formavam uma subcorrente de odores ali.

Chani se sacudiu, disfarçando o impulso de rir com amargura. Até mesmo os cheiros mudavam na presença de Muad'Dib!

– Havia questões urgentes e inadiáveis – disse o ghola, interpretando erroneamente a hesitação dela.

– Sim... sim, eu entendo. Vim nesse mesmo enxame.

Rememorando o voo desde Arrakina, ela admitiu para si mesma que não havia esperado sobreviver à viagem. Paul insistira em pilotar seu próprio tóptero. Sem olhos, ele havia conduzido a máquina até ali. Depois dessa experiência, ela sabia que nada que ele fizesse seria capaz de surpreendê-la.

Outra pontada se irradiou por todo o seu abdômen.

O ghola notou a inspiração profunda, a tensão nas bochechas, e disse:

– Está na hora?

– Eu... sim.

– Não protele.

Ele a segurou pelo braço, arrastou-a pelo corredor. Ela percebeu que ele estava em pânico e disse:

Frank Herbert

– Temos tempo.

Ele pareceu não escutar.

– A maneira zen-sunita de encarar o parto é esperar sem outro propósito no estado de mais elevada tensão – ele disse, exortando-a a caminhar ainda mais rápido. – Não lute com o que está acontecendo. Lutar é preparar-se para o fracasso. Não se deixe prender pela necessidade de conseguir alguma coisa. Desse modo, você conseguirá tudo.

Enquanto ele falava, os dois chegaram à entrada dos aposentos de Chani. Ele a fez atravessar as cortinas e gritou:

– Harah! Harah! Chegou a hora de Chani. Chame os médicos!

O chamado fez os criados virem correndo. Houve um grande alvoroço de gente, no meio do qual Chani sentiu-se uma ilha isolada de calma... até a pontada seguinte.

Hayt, dispensado, voltou à passagem lá fora e parou para pensar no que tinha feito. Sentiu-se preso num ponto do tempo onde todas as verdades eram apenas temporárias. Percebeu que havia pânico sob suas ações. Um pânico focado não na possibilidade de Chani morrer, e sim na hipótese de Paul procurá-lo depois do fato... pesaroso... sua amada... perdida... perdida...

Não há como uma coisa surgir do nada, o ghola disse a si mesmo. *De onde surge esse pânico?*

Pareceu-lhe que suas faculdades de Mentat haviam se embotado, deixou escapar uma exalação longa e estremecida. Uma sombra psíquica passou por ele. Nas trevas emocionais da sombra, ele teve a impressão de que aguardava um som absoluto: um galho a se partir na selva.

Foi abalado por um suspiro. O perigo havia passado, sem atacar.

Devagar, reunindo suas forças, livrando-se de pedacinhos de inibição, ele imergiu na percepção dos Mentats. Ele a forçou: não era a melhor maneira, mas pelo jeito tinha de ser assim. Sombras espectrais moviam-se dentro dele no lugar das pessoas. Ele era uma baldeação para todo e qualquer dado que já tivesse encontrado. Seu ser era habitado por criaturas do âmbito da possibilidade. Elas desfilavam em revista, para serem comparadas, julgadas.

O suor brotou de sua testa.

Pensamentos de contornos vagos eram penas ao vento a desaparecer nas trevas, desconhecidos. Sistemas infinitos! Não havia como um Mentat funcionar sem perceber que operava em sistemas infinitos. O conhecimento fixo não era capaz de circunscrever o infinito. Não era possível colocar o *toda-parte* numa perspectiva finita. Não, ele tinha de se *tornar* o infinito... momentaneamente.

Num único espasmo gestáltico, ele entendeu tudo, vendo Bijaz sentado a sua frente, iluminado por uma chama interior.

Bijaz!

O anão fizera alguma coisa com ele!

Hayt sentiu-se oscilar à beira de um abismo fatal. Projetou adiante a linha de computação dos Mentats e viu quais poderiam ser os resultados de seus próprios atos.

– Uma compulsão! – disse, com a voz entrecortada. – Embutiram em mim uma compulsão!

Um mensageiro de manto azul, que passava naquele momento, deteve-se.

– Disse alguma coisa, senhor?

Sem olhar para ele, o ghola concordou com a cabeça.

– Disse tudo.

Era uma vez um homem sabido
Que caiu do céu
Num vasto areal
E os olhos na chama viu perdidos!
E, sabendo não ter mais olhos,
Não se ouviu seu pranto.
Conjurou uma visão
E fez de si um santo.

– Parlenda infantil, excerto da Crônica de Muad'Dib

Paul estava no escuro, do lado de fora do sietch. A visão oracular lhe dizia que era noite, que o luar desenhava a silhueta do santuário no topo da Pedra do Queixo, bem lá no alto, a sua esquerda. Era um lugar saturado de lembranças, seu primeiro sietch, onde ele e Chani...

Não posso pensar em Chani, disse consigo mesmo.

O quinhão cada vez mais delgado de sua visão falava-lhe de mudanças por toda parte: um aglomerado de palmeiras bem lá embaixo, à direita, a linha preto-prateada de um qanat que fazia a água atravessar as dunas formadas pela tempestade daquela manhã.

Água correndo pelo deserto! Recordou um outro tipo de água, correndo por um rio em seu planeta natal, Caladan. Na época, não havia percebido que tesouro era a corrente, até mesmo o lodo deslizante de um qanat a cortar a bacia desértica. Tesouro.

Tossindo delicadamente, um assistente surgiu atrás dele.

Paul estendeu as mãos e pegou uma prancheta magnética com uma única folha de papel metálico em cima dela. Moveu-se com a mesma lentidão da água do qanat. A visão fluía, mas ele se viu cada vez mais relutante em acompanhá-la.

– Perdão, sire – disse o assistente. – O Tratado de Semboule... sua assinatura?

– Eu sei ler! – Paul gritou.

Rabiscou "Imper. Atreides" no lugar apropriado, devolveu a prancheta, metendo-a direitinho na mão estendida do assistente, a par do temor que isso inspirava.

Messias de Duna

O homem saiu correndo.

Paul virou-se para o outro lado. *Terra feia e estéril!* Imaginou-a encharcada de sol e monstruosa de calor, um lugar onde imperavam os deslizamentos de areia e a escuridão submersa das piscinas de poeira, os redemoinhos de vento que desenrolavam dunas diminutas por cima das pedras, com seus bojos estreitos cheios de cristais ocre. Mas também era uma terra rica: grande, irrompia de lugares apertados trazendo panoramas de uma inanidade massacrada por temporais, paredões fortificados e morros prestes a desmoronar.

Só precisava de água... e amor.

A vida transmutava aqueles ermos irascíveis em formas graciosas em movimento, ele pensou. Essa era a mensagem do deserto. O contraste o levou a uma conclusão atônita. Queria se virar para os assistentes aglomerados à entrada do sietch e gritar para eles: se precisam de algo para adorar, então adorem a vida, todas as formas de vida, até o último tiquinho rastejante! Estamos todos juntos nesta beleza!

Eles não entenderiam. Naquela terra árida, a aridez daquela gente não tinha fim. Para eles, os seres vivos não apresentavam nenhum balé em verde.

Cerrou os punhos, tentando deter a visão. Queria fugir de sua própria mente, uma fera que vinha devorá-lo! A percepção estava dentro dele, encharcada, encorpada com todos os seres vivos que absorvera, saturada com o excesso de experiências.

Desesperado, Paul fez força para expulsar seus pensamentos.

Estrelas!

A percepção girou diante da ideia de todas aquelas estrelas acima dele: um volume infinito. Um homem tinha de ser meio louco para se imaginar capaz de reger uma lágrima que fosse de todo aquele volume. Ele não conseguia sequer começar a imaginar o número de súditos de seu Imperium.

Súditos? Adoradores e inimigos, mais provavelmente. Será que algum deles enxergava além da rigidez da crença? Onde encontrar um homem que tivesse escapado ao destino limitado de seus preconceitos? Nem mesmo um imperador escapava. Levara a vida tomando tudo para si, tentara criar um universo a sua própria imagem. Mas o universo exultante enfim rebentava em suas costas com ondas silenciosas.

Cuspo em Duna!, ele pensou. *Ofereço-lhe minha umidade!*

Frank Herbert

O mito que ele havia criado com manobras intricadas e imaginação, luar e amor, preces anteriores à criação do homem, penhascos cinzentos e sombras carmesins, lamentos e rios de mártires: no que dera afinal? Quando as ondas recuassem, as praias do Tempo iriam se abrir, limpas, vazias, reluzindo em grãos infinitos de memória e pouca coisa além disso. Era essa a gênese dourada do homem?

Soube pela areia que raspava as pedras que o ghola havia se juntado a ele.

– Você anda me evitando hoje, Duncan.

– É perigoso milorde me chamar assim.

– Eu sei.

– Eu... vim avisá-lo, milorde.

– Eu sei.

O ghola despejou, então, a história da compulsão que Bijaz havia incutido nele.

– Sabe qual é a natureza da compulsão? – Paul perguntou.

– Violência.

Paul teve a impressão de que chegara a um lugar que o havia reivindicado como seu desde o início. Estava suspenso. O jihad o tinha capturado, fixara-o numa trajetória de voo da qual a gravidade terrível do futuro nunca o libertaria.

– Nenhuma violência partirá de Duncan – Paul murmurou.

– Mas, sire...

– Diga-me o que vê a nosso redor – disse Paul.

– Milorde?

– O deserto: como está na noite de hoje?

– Não está *vendo*?

– Não tenho olhos, Duncan.

– Mas...

– Tenho apenas minha visão, e queria não tê-la. Estou morrendo de presciência, sabia, Duncan?

– Talvez... isso que milorde teme não venha a acontecer – disse o ghola.

– O quê? E contestar meu próprio oráculo? Como poderia, se o vi se cumprir milhares de vezes? As pessoas dizem que é um poder, um dom. É uma doença! Não me permite deixar minha vida onde a encontrei!

Messias de Duna

– Milorde – o ghola murmurou. – Eu... não é... jovem mestre, milorde não... Eu...

Calou-se.

Paul percebeu a confusão do ghola e disse:

– Do que me chamou, Duncan?

– Do quê? Do que eu... por um momento...

– Você me chamou de jovem mestre.

– Chamei, sim.

– Era assim que Duncan me chamava. – Paul estendeu a mão, tocou o rosto do ghola. – Isso fazia parte de seu treinamento tleilaxu?

– Não.

Paul baixou a mão.

– O que foi, então?

– Veio de... mim.

– Você serve a dois mestres?

– Talvez.

– Liberte-se do ghola, Duncan.

– Como?

– Você é humano. Faça algo humano.

– Sou um ghola!

– Mas sua carne é humana. Duncan está aí dentro.

– Há *uma coisa* aqui dentro.

– Não me importa como vai fazê-lo, mas você vai fazê-lo.

– Soube disso pela presciência?

– A presciência que se dane!

Paul deu-lhe as costas. Sua visão agora se arremessava adiante, deixava lacunas, mas não era algo que se pudesse deter.

– Milorde, se...

– Quieto! – Paul ergueu uma das mãos. – Ouviu isso?

– O quê, milorde?

Paul sacudiu a cabeça. Duncan não tinha ouvido. Teria apenas imaginado o som? Era seu nome tribal que alguém chamava no deserto... longe e baixo: Uuuussssuuuullll...

– O que foi, milorde?

Paul sacudiu a cabeça. Sentiu-se observado. Alguma coisa lá fora nas sombras da noite sabia que ele estava ali. Alguma coisa? Não... *alguém*.

– Foi sobretudo uma delícia... mas você foi a maior de todas as delícias... – ele murmurou.

– O que disse, milorde?

– É o futuro.

O universo humano e sem forma lá fora havia passado por uma breve explosão de movimento, dançando ao som de sua visão. Emitira uma nota forte. Os ecos-fantasmas talvez perdurassem.

– Não entendo, milorde – disse o ghola.

– Um fremen morre quando passa tempo demais longe do deserto – Paul falou. – Chamam isso de o "mal da água". Não é estranho?

– É muito estranho.

Paul digladiava-se com lembranças, tentava recordar o som da respiração de Chani a seu lado, à noite. *Onde encontrar consolo?*, ele se perguntou. Só conseguia se lembrar de Chani ao desjejum no dia em que partiram para o deserto. Ela andara inquieta, irritável.

– Para que vestir esse paletó velho? – ela quisera saber, examinando o casaco preto do uniforme com o timbre do gavião vermelho que ele levava sob os trajes fremen. – Você é um imperador!

– Até mesmo um imperador tem suas roupas prediletas – ele dissera.

Ele não soube explicar o motivo, mas aquilo levara lágrimas de verdade aos olhos de Chani: a segunda vez na vida que suas inibições fremen haviam cedido.

Ali, no escuro, Paul limpou as maçãs do próprio rosto e sentiu a umidade. *Quem oferece umidade aos mortos?*, ele se perguntou. Era e não era seu próprio rosto. O vento enregelava a pele molhada. Um sonho frágil se formou, partiu-se. O que era aquele intumescimento em seu peito? Seria algo que ele havia comido? Como era amargo e tristonho aquele seu outro eu que oferecia umidade aos mortos. O vento se encrespou com a areia. A pele, agora seca, era a sua. Mas de quem era o tremor que restava?

Foi aí que escutaram o choro, distante, nas profundezas do sietch. Ficou mais alto... mais alto...

O ghola girou nos calcanhares em resposta a um clarão repentino, alguém que escancarava a vedação da entrada. Na luz, ele viu um homem de sorriso vulgar... Não! Não um sorriso, e sim um esgar de tristeza! Era um tenente dos Fedaykin de nome Tandis. Atrás dele vinha uma multidão, todos calados agora que viam Muad'Dib.

Messias de Duna

– Chani... – disse Tandis.

– Está morta – Paul murmurou. – Eu a ouvi chamar.

Ele se voltou para o sietch. Conhecia o lugar. Era um lugar onde ele não poderia se esconder. A investida de sua visão iluminou toda a turba fremen. Ele *viu* Tandis, sentiu o pesar, o medo e a raiva do Fedaykin.

– Ela se foi – disse Paul.

O ghola ouviu as palavras saírem de uma corona fulgurante. Queimaram-lhe o peito, a espinha, as órbitas de seus olhos metálicos. Percebeu que sua mão direita se movia na direção da faca que trazia no cinto. Seu próprio raciocínio tornou-se estranho, desarticulado. Ele era uma marionete, presa por fios que partiam daquela corona terrível. Ele se movia ao comando de outra pessoa, de acordo com os desejos de outra pessoa. Os fios puxaram-lhe violentamente os braços, as pernas, a mandíbula. Sons saíram apertados de sua boca, um ruído repetitivo e apavorante:

– Hrrak! Hraak! Hraak!

A faca se ergueu para atacar. Naquele instante, ele se apoderou da própria voz, deu forma a palavras ásperas:

– Fuja! Jovem mestre, fuja!

– Não vamos fugir – Paul falou. – Vamos nos deslocar com dignidade. Vamos fazer o que tem de ser feito.

Os músculos do ghola travaram. Ele estremeceu, vacilou.

"... o que tem de ser feito!" As palavras se revolveram em sua mente, feito um grande peixe à flor da água. *"... o que tem de ser feito!"* Aaah, aquilo poderia ter sido dito pelo velho duque, o avô de Paul. O jovem mestre tinha em si um pouco do velho. *"... o que tem de ser feito!"*

As palavras começaram a se desdobrar na consciência do ghola. A sensação de levar duas vidas simultâneas espalhou-se por sua percepção: Hayt/Idaho/Hayt/Idaho... Ele se tornou uma cadeia imóvel de existência relativa, singular, solitária. Lembranças antigas inundaram sua mente. Ele as identificou, ajustou-as a novos discernimentos, criou um começo na integração de uma nova consciência. Uma nova *persona* atingiu uma forma temporária de tirania interna. A síntese virilizante continuava carregada com o potencial da desordem, mas os fatos o empurraram para o ajuste temporário. O jovem mestre precisava dele.

Estava feito, então. Conheceu-se como Duncan Idaho, relembrando tudo que era de Hayt como algo guardado secretamente dentro dele e aceso por um catalisador inflamável. A corona se dissolveu. Ele se livrou das compulsões tleilaxu.

– Fique perto de mim, Duncan – Paul disse. – Terei de depender de você para muitas coisas.

E, como Idaho continuasse em transe:

– Duncan!

– Sim, sou Duncan.

– Claro que é! Esse foi o momento em que você voltou. Vamos entrar agora.

Idaho seguiu ao lado de Paul. Era e não era como nos velhos tempos. Agora que estava livre dos Tleilaxu, ele era capaz de apreciar o que haviam lhe dado. O treinamento zen-sunita permitiu-lhe superar o trauma. O talento de Mentat foi um contrapeso. Ele se livrou de todo o medo, de pé sobre a fonte. Toda a sua consciência olhava para fora, a partir de uma posição de deslumbramento infinito: estivera morto; estava vivo.

– Sire, a mulher, Lichna, disse que precisa vê-lo – o Fedaykin Tandis falou quando eles se aproximaram. – Eu disse a ela para esperar.

– Obrigado – disse Paul. – O parto...

– Falei com os médicos – Tandis disse, seguindo-os. – Disseram que milorde tem dois filhos, ambos vivos e sadios.

– Dois? – Paul tropeçou, segurou-se no braço de Idaho.

– Um menino e uma menina – Tandis falou. – Eu os vi. São ótimos bebês fremen.

– Como... como ela morreu? – Paul sussurrou.

– Milorde?

Tandis se inclinou.

– Chani? – disse Paul.

– Foi a gravidez, milorde – Tandis crocitou. – Disseram que o corpo de Chani foi consumido pela rapidez da coisa. Não entendi, mas foi o que disseram.

– Leve-me até ela – Paul murmurou.

– Milorde?

– Leve-me até ela!

– É para onde estamos indo, milorde. – Outra vez, Tandis se inclinou para ficar mais perto de Paul. – Por que seu ghola traz uma faca desembainhada?

– Duncan, guarde a faca. Não é mais hora para violência.

Messias de Duna

Ao falar, Paul sentiu-se mais próximo do som de sua voz do que do mecanismo que produzira o som. Dois bebês! A visão continha só um. Mas aqueles instantes estavam de acordo com a visão. Havia uma pessoa ali que sentia pesar e raiva. Alguém. Sua própria percepção estava nas garras de uma esteira terrível, reproduzindo de memória sua vida.

Dois bebês?

Voltou a tropeçar. *Chani, Chani*, pensou. *Não havia outro jeito. Chani, querida, acredite: essa morte foi mais rápida... e mais caridosa. Eles teriam feito nossos filhos reféns, teriam exibido você numa jaula e nos fossos de escravos, teriam insultado você, culpando-a por minha morte. Deste jeito... deste jeito, nós os destruímos e salvamos nossos filhos.*

Filhos?

E, outra vez, ele tropeçou.

Eu permiti isto, pensou. *Eu deveria me sentir culpado.*

O som de uma confusão ruidosa tomava a caverna à frente deles. Foi ganhando volume precisamente no momento em que ele se lembrava de que isso aconteceria. Sim, era o mesmo padrão, o padrão inexorável, mesmo sendo duas as crianças.

Chani está morta, ele disse a si mesmo.

Em algum instante longínquo no passado que ele compartilhara com outras pessoas, aquele futuro chegara até ele. E o acossara e conduzira para um abismo de paredes cada vez mais próximas. Tinha a impressão de que se fechavam sobre ele. Era assim que a visão prosseguia.

Chani está morta. É melhor me entregar ao pesar.

Mas *não* era assim que a visão prosseguia.

– Já mandaram chamar Alia? – ele perguntou.

– Ela está com as amigas de Chani – Tandis respondeu.

Paul percebeu que a turba recuava para deixá-lo passar. O silêncio da massa seguia à frente dele feito uma onda. A confusão ruidosa começou a arrefecer. Uma sensação de emoção congestionada tomou o sietch. Quis retirar as pessoas de sua visão, descobriu que era impossível. Cada rosto que se voltava para acompanhá-lo tinha a própria marca especial. Enchiam-se impiedosamente de curiosidade, aqueles rostos. Sentiam pesar, sim, mas ele entendia a crueldade que os encharcava. Assistiam à transformação do articulado em imbecil, do sábio em tolo. E o palhaço não apelava sempre à crueldade?

Era mais que uma vigília, menos que um velório.

Pareceu a Paul que sua alma implorava descanso, mas, mesmo assim, a visão o impelia. *Só um pouco mais agora*, disse consigo mesmo. Uma escuridão sombria e desprovida de visão o aguardava logo adiante. Ali ficava o lugar arrancado da visão pelo pesar e pela culpa, o lugar onde a lua caía.

Tropeçou ao entrar, teria caído se Idaho não o tivesse segurado firme pelo braço, uma presença sólida que sabia dividir seu pesar em silêncio.

– Eis o lugar – Tandis falou.

– Cuidado, sire – disse Idaho, ajudando-o a superar o rebordo da entrada.

Cortinas roçaram o rosto de Paul. Idaho o deteve. Paul sentiu o aposento então, um reflexo em seu rosto, em seus ouvidos. Era um recinto de paredes de pedra, e a rocha se escondia atrás de tapeçarias.

– Onde está Chani? – Paul sussurrou.

A voz de Harah respondeu:

– Ela está bem aqui, Usul.

Paul soltou um suspiro estremecido. Receara que o corpo de Chani já tivesse sido levado para as destilarias onde os fremen recuperavam a água da tribo. Era assim que a visão prosseguia? Sentiu-se abandonado em sua cegueira.

– As crianças? – Paul perguntou.

– Também estão aqui, milorde – disse Idaho.

– Você tem dois gêmeos lindos, Usul, um menino e uma menina – disse Harah. – Está vendo? Estão aqui num cercado.

Dois filhos, Paul pensou, abismado. A visão só mostrara uma filha. Ele se soltou do braço de Idaho, dirigiu-se ao lugar de onde vinha a voz de Harah e topou com uma superfície dura. Suas mãos a exploraram: os contornos em metavidro de um cercado.

Alguém segurou-lhe o braço esquerdo.

– Usul?

Era Harah. Ela deixou a mão dele dentro do cercado. Ele sentiu uma pele macia, macia. Tão quente! Sentiu costelas, respiração.

– Este é seu filho – Harah sussurrou. Moveu a mão dele. – E esta é sua filha. – A mão de Harah apertou a dele. – Usul, está cego de verdade agora?

Ele sabia no que ela estava pensando. *Os cegos devem ser abandonados no deserto.* As tribos fremen não carregavam peso morto.

Messias de Duna

– Leve-me até Chani – Paul disse, ignorando a pergunta.

Harah o virou, conduziu-o para a esquerda.

Paul sentiu que aceitava agora o fato de Chani estar morta. Ele assumira seu lugar num universo que ele não queria, envergando um corpo que não lhe cabia. Cada inspiração machucava suas emoções. *Dois filhos!* Imaginou se havia se comprometido com uma passagem onde sua visão nunca voltaria. Parecia desimportante.

– Onde está meu irmão?

Era a voz de Alia atrás dele. Ouviu-lhe a pressa, a presença avassaladora quando ela tomou o braço dele das mãos de Harah.

– Preciso falar com você! – Alia sussurrou

– Um minuto.

– Já! É a respeito de Lichna.

– Eu sei. Um minuto.

– Você não tem um minuto!

– Tenho muitos minutos.

– Mas Chani não!

– Quieta! – ele ordenou. – Chani está morta.

Cobriu a boca da irmã com a mão quando ela começou a protestar.

– Estou mandando você ficar quieta!

Sentiu que ela aquiesceu e removeu a mão.

– Descreva o que está vendo – ele disse.

– Paul!

A frustração e as lágrimas guerreavam na voz dela.

– Não faz mal – ele falou.

Obrigou-se a encontrar a calma interior, abriu os olhos de sua visão para aquele momento. Sim, ainda estava ali. O corpo de Chani jazia sobre um catre dentro de um aro de luz. Alguém havia esticado e alisado seu manto branco, tentando esconder o sangue do parto. Não importava. Ele não conseguia desviar sua percepção da visão do rosto de Chani: tamanho espelho de eternidade em suas feições imóveis!

Ele se virou, mas a visão o acompanhou. Ela havia partido... e nunca mais voltaria. O ar, o universo, tudo vazio... vazio por toda parte. *Seria essa a essência de sua pena?*, ele se perguntou. Queria as lágrimas, mas elas não vinham. Será que vivera tempo demais como fremen? Aquela morte exigia sua umidade!

Frank Herbert

Ali perto, um bebê chorou e foi silenciado com psius. O som baixou um pano sobre sua visão. Paul recebeu a escuridão de braços abertos. *Este é um outro mundo*, ele pensou. *Dois filhos.*

O pensamento saiu de um transe oracular perdido. Tentou recapturar a dilatação mental atemporal do mélange, mas a percepção falhou. Nenhuma explosão do futuro entrou naquela nova consciência. Sentiu-se rejeitando o futuro, qualquer futuro.

– Adeus, minha Sihaya – ele murmurou.

A voz de Alia, dura e exigente, veio de algum lugar atrás dele.

– Eu trouxe Lichna!

Paul se virou.

– Essa não é Lichna – disse. – É um Dançarino Facial. Lichna está morta.

– Mas escute o que ela tem a dizer – falou Alia.

Devagar, Paul foi se deslocando na direção da voz da irmã.

– Não me surpreende encontrá-lo vivo, Atreides.

A voz era parecida com a de Lichna, mas com diferenças sutis, como se quem falasse usasse as cordas vocais de Lichna, mas não se desse mais o trabalho de controlá-las a contento. Paul viu-se impressionado com um estranho timbre de honestidade naquela voz.

– Não se surpreende? – Paul perguntou.

– Sou Scytale, Tleilaxu e Dançarino Facial, e queria saber uma coisa antes de negociarmos. É um ghola o que vejo atrás de você ou Duncan Idaho?

– É Duncan Idaho – Paul respondeu. – E não vou negociar com você.

– Eu acho que vai – disse Scytale.

– Duncan, você mataria esse Tleilaxu se eu pedisse? – Paul falou por cima do ombro.

– Sim, milorde.

Havia a fúria reprimida de um *berserker* na voz de Idaho.

– Espere! – disse Alia. – Não sabe o que está recusando.

– Mas eu sei, sim – disse Paul.

– Então trata-se realmente de Duncan Idaho dos Atreides – falou Scytale. – Encontramos a alavanca! Um ghola *é capaz* de recuperar seu passado.

Paul ouviu passos. Alguém passou por ele a sua esquerda. A voz de Scytale agora vinha de trás dele:

– O que lembra de seu passado, Duncan?

Messias de Duna

– Tudo. De minha infância em diante. Lembro até mesmo de você junto ao tanque, quando me tiraram de dentro dele – disse Idaho.

– Maravilhoso – Scytale murmurou. – Maravilhoso.

Paul escutou a voz se deslocar. *Preciso de uma visão*, pensou. As trevas o frustraram. O treinamento Bene Gesserit alertava-o para uma ameaça aterradora em Scytale, mas a criatura ainda era uma voz, uma sombra de movimento, totalmente fora de seu alcance.

– Estes são os bebês Atreides? – Scytale perguntou.

– Harah! – Paul gritou. – Afaste-a daí!

– Fiquem onde estão! – Scytale berrou. – Todos vocês! Estou avisando, um Dançarino Facial é capaz de se mover mais rápido do que imaginam. Minha faca pode tomar a vida destes dois antes que consigam me tocar.

Paul sentiu alguém tocar-lhe o braço direito e, em seguida, deslocar-se para a direita.

– Aí já está bom, Alia – Scytale falou.

– Alia – Paul disse. – Não.

– É minha culpa – Alia gemeu. – Minha culpa!

– Atreides, podemos negociar agora?

Atrás dele, Paul ouviu uma imprecação rouca. Sua garganta ficou apertada diante da violência reprimida na voz de Idaho. Duncan não podia ceder! Scytale mataria os bebês!

– Para se fazer negócio, é preciso ter algo para vender – disse Scytale. – Não é assim, Atreides? Quer sua Chani de volta? Podemos devolvê-la a você. Um ghola, Atreides. Um ghola *com a memória intacta!* Mas temos de nos apressar. Mande seus amigos trazerem um tanque criológico para preservar o corpo.

Escutar mais uma vez a voz de Chani, Paul pensou. *Sentir sua presença a meu lado. Aaah, por isso me deram Idaho como ghola, para que eu descobrisse até que ponto a recriação é semelhante ao original. Mas agora... Restauração plena... pelo preço deles. Eu seria um instrumento dos Tleilaxu para todo o sempre. E Chani... presa à mesma sina por uma ameaça a nossos filhos, exposta mais uma vez às tramas do Qizarate...*

– Que pressões vocês usariam para devolver a Chani sua memória? – Paul perguntou, esforçando-se para manter a voz calma. – Vocês iriam condicioná-la para... matar um de seus próprios filhos?

241

– Usaremos as pressões que forem necessárias – falou Scytale. – O que diz, Atreides?

– Alia, negocie com essa *coisa*. Não posso negociar com o que não enxergo.

– Sábia decisão – Scytale se vangloriou. – Bem, Alia, o que me ofere-ce na condição de procuradora de seu irmão?

Paul baixou a cabeça, obrigando-se a encontrar a calma dentro da calma. Havia vislumbrado alguma coisa ainda agora: semelhante a uma visão, sem sê-lo. Era uma faca bem perto dele. Ali estava!

– Dê-me um instante para pensar – disse Alia.

– Minha faca é paciente, mas o corpo de Chani não – Scytale comen-tou. – Que seu instante seja *razoável*.

Paul sentiu-se piscar. Não podia ser... mas era! Sentiu olhos! O ponto de vista era esquisito e eles se moviam de maneira errática. *Ali!* A faca flutuante entrou em seu campo visual. Com um sobressalto de tirar o fô-lego, Paul reconheceu o ponto de vista. Era o de um de seus filhos! Ele enxergava a mão e a faca de Scytale de dentro do cercado! Cintilava a al-guns centímetros dele apenas. Sim. E também podia ver a si mesmo do outro lado do aposento: cabisbaixo, calado, uma figura que não emanava ameaça alguma, ignorada pelas outras pessoas no recinto.

– Para começar, você poderia nos entregar todas as suas ações da CHOAM – Scytale sugeriu.

– Todas? – Alia protestou.

– Todas.

Observando a si mesmo através dos olhos dentro do cercado, Paul reti-rou delicadamente sua dagacris da bainha do cinto. O movimento produziu uma estranha sensação de dualidade. Ele mediu a distância, o ângulo. Não haveria uma segunda chance. Preparou seu corpo então, à moda das Bene Gesserit, armou-se feito mola para um único movimento concentrado, um recurso da *prana* que exigia todos os seus músculos equilibrados numa uni-dade primorosa.

A dagacris saltou de sua mão. O borrão branco da arma entrou no olho direito de Scytale feito um raio e atirou a cabeça do Dançarino Facial para trás. Scytale jogou as duas mãos para cima e cambaleou de costas, chocando-se com a parede. Sua faca retiniu de encontro ao teto e foi bater no piso. Scytale ricocheteou na parede: caiu de bruços, morto antes mesmo de tocar o chão.

Messias de Duna

Ainda através dos olhos dentro do cercado, Paul viu os rostos ali no aposento se voltarem para a figura de órbitas vazias e reconheceu o susto coletivo. Então Alia correu até o cercado, debruçou-se e tapou-lhe a visão.

– Ah, estão a salvo – Alia disse. – Estão a salvo.

– Milorde, *isso* fazia parte de sua visão? – Idaho sussurrou.

– Não. – Ele acenou com a mão na direção de Idaho. – Deixe estar.

– Perdoe-me, Paul – pediu Alia. – Mas, quando aquela criatura disse que eles poderiam... reviver...

– Existem preços que um Atreides não pode pagar – disse Paul. – Sabe disso.

– Eu sei – ela suspirou. – Mas me vi tentada...

– E quem não se viu tentado? – Paul perguntou.

Deu as costas para eles, foi tateando até uma parede, recostou-se e tentou entender o que havia feito. *Como? Como? Os olhos no cercado!* Sentiu-se à beira de uma revelação aterradora.

– *Meus olhos, pai.*

As formas-palavras tremeluziram diante de sua visão cega.

– Meu filho! – Paul murmurou, baixinho demais para alguém ouvir. – Você está... consciente.

– *Sim, pai. Veja!*

Paul bambeou e foi de encontro à parede num espasmo de vertigem. Teve a impressão de que o haviam emborcado e esvaziado. Sua própria vida passou velozmente por ele. Viu seu pai. Ele *era* seu pai. E o avô, e outros antepassados antes disso. Sua percepção rolava por um corredor alucinante que continha toda a sua linhagem masculina.

– Como? – ele perguntou em silêncio.

Tênues formas-palavras apareceram, apagaram-se e sumiram, como se o esforço fosse grande demais. Paul limpou a saliva do canto da boca. Lembrou-se do despertar de Alia no útero de lady Jéssica. Mas, dessa vez, não usaram a Água da Vida, nem uma dose excessiva de mélange... ou teriam? Era disso que Chani tinha fome? Ou seria de algum modo o produto genético de sua linhagem, previsto pela Reverenda Madre Gaius Helen Mohiam?

E então Paul viu-se dentro do cercado, e viu Alia que falava de mansinho logo acima dele. As mãos dela o acariciavam. O rosto dela fazia vulto, uma coisa gigantesca diretamente acima dele. Ela o virou, e ele viu sua

Frank Herbert

companheira de cercado: uma menina com aquela aparência esquelética de força, herança do deserto. Tinha uma cabeleira castanho-avermelhada. Enquanto ele a observava, ela abriu os olhos. Aqueles olhos! Era Chani quem o fitava com aqueles olhos... e lady Jéssica. Uma multidão o fitava com aqueles olhos.

– Vejam só – Alia disse. – Estão olhando um para o outro.

– Os bebês não conseguem focalizar nessa idade – disse Harah.

– Eu conseguia – Alia falou.

Aos poucos, Paul sentiu que se desvencilhava daquela percepção infinita. Estava, portanto, de volta a seu muro das lamentações, encostado nele. Idaho sacudiu-lhe o ombro delicadamente.

– Milorde?

– Que meu filho se chame Leto, como meu pai – disse Paul, endireitando-se.

– Quando for a hora de nomeá-lo, estarei a seu lado como amiga da mãe e darei esse nome – disse Harah.

– E minha filha, que se chame Ghanima.

– Usul! – protestou Harah. – Ghanima é um nome de mau agouro.

– E salvou sua vida – Paul disse. – E daí que Alia usava esse nome para zombar de você? Minha filha é Ghanima, um espólio de guerra.

Paul ouviu o rangido de rodas atrás dele: o catre com o corpo de Chani sendo retirado. O cântico do Rito da Água começou.

– Hal yawm! – Harah disse. – Tenho de ir agora para ser a observadora da verdade sagrada e estar ao lado de minha amiga uma última vez. Sua água pertence à tribo.

– Sua água pertence à tribo – Paul murmurou.

Escutou quando Harah saiu. Tateou na direção oposta e encontrou a manga de Idaho.

– Leve-me a meus aposentos, Duncan.

Em seus aposentos, ele se desvencilhou delicadamente. Era hora de ficar sozinho. Mas, antes que Idaho saísse, ouviu-se um tumulto à porta.

– Mestre! – era Bijaz, chamando à entrada.

– Duncan, deixe-o dar dois passos adiante – disse Paul. – Mate-o se avançar mais que isso.

– Ayyah – disse Idaho.

– Duncan? – Bijaz perguntou. – É *realmente* Duncan Idaho?

244

Messias de Duna

– É – Idaho respondeu. – Eu me lembro.

– Então o plano de Scytale teve êxito!

– Scytale está morto – disse Paul.

– Mas eu não, nem o plano – falou Bijaz. – Pelo tanque onde cresci! É possível! Terei os meus passados: todos eles. Só precisa do gatilho correto.

– Gatilho? – Paul perguntou.

– A compulsão para matar milorde – Idaho disse, a voz cheia de fúria. – Computação de Mentat: descobriram que eu pensava em milorde como o filho que nunca tive. Em vez de matá-lo, o verdadeiro Duncan Idaho assumiria o controle do corpo do ghola. Mas... poderia ter falhado. Diga-me, anão, se seu plano tivesse falhado, se eu tivesse matado o imperador, o que aconteceria?

– Ora... teríamos negociado com a irmã para salvar o irmão. Mas deste jeito o negócio é melhor.

Paul inspirou convulsivamente. Ouviam-se os pranteadores descendo pela última passagem, em direção às salas mais profundas e aos destiladores de água.

– Não é tarde demais, milorde – disse Bijaz. – Quer sua amada de volta? Podemos devolvê-la. Uma ghola, sim. Mas agora... oferecemos a restauração plena. Vamos chamar os criados, que tragam um tanque criológico para preservar o corpo de sua queridinha...

Paul descobriu que agora era mais difícil. Havia esgotado todas as suas forças na primeira tentação dos Tleilaxu. E tudo em vão! Sentir mais uma vez a presença de Chani...

– Silencie-o – Paul disse a Idaho, usando a língua de batalha dos Atreides.

Ouviu quando Idaho foi em direção à porta.

– Mestre! – Bijaz guinchou.

– Pelo amor que tem por mim – Paul disse, ainda na língua de batalha –, faça-me este favor: mate-o antes que eu sucumba!

– Nããããããão – Bijaz gritou.

O som cessou de repente com um grunhido assustado.

– Fiz-lhe a gentileza – Idaho falou.

Paul inclinou a cabeça, pôs-se a escutar. Não ouvia mais os pranteadores. Pensou no antigo rito fremen que era celebrado naquele momento nas profundezas do sietch, bem lá embaixo, na sala da destilaria fúnebre, onde a tribo recuperava sua água.

Frank Herbert

– Não havia escolha – Paul disse. – Entende isso, Duncan?

– Entendo.

– Há certas coisas que ninguém consegue suportar. Eu interferi em todos os futuros que pude criar até que, por fim, eles me criaram.

– Milorde, não deveria...

– Existem problemas no universo para os quais não há respostas – Paul falou. – Nada. Nada se pode fazer.

Ao falar, Paul sentiu o vínculo com a visão se romper. Sua mente se encolheu de medo, assoberbada por possibilidades infinitas. Sua visão perdida, à semelhança do vento, agora soprava para onde lhe aprouvesse.

**Dizemos que Muad'Dib partiu em jornada por
aquela terra onde caminhamos sem deixar pegadas.**

– Preâmbulo ao Credo do Qizarate

Havia um dique de água de encontro à areia, um limite avançado para as plantações do sietch. Uma ponte de pedra vinha em seguida, e depois o deserto aberto aos pés de Idaho. O promontório de Sietch Tabr dominava o céu noturno atrás dele. A luz das duas luas açucarava seus contornos elevados. Haviam trazido um pomar até a beira d'água.

Idaho deteve-se no lado desértico e olhou para trás, para os galhos floridos acima da água silenciosa – reflexos e realidade: quatro luas. O trajestilador parecia oleoso em contato com a pele. O cheiro de pederneira molhada invadia-lhe as narinas, passando pelos filtros. Havia um riso afetado e maligno no vento que cruzava o pomar. Ele se pôs a escutar os sons da noite. Ratos-cangurus habitavam a relva à beira d'água; uma coruja-gavião quicava seu piado monótono nas sombras do paredão; o silvo asmático de uma cascata de areia vinha do bled aberto.

Idaho virou-se na direção do som.

Não se via movimento algum lá fora, nas dunas enluaradas.

Coubera a Tandis trazer Paul tão longe. E depois o homem retornara para contar sua história. E Paul saíra andando pelo deserto, como um fremen.

– Estava cego, cego de verdade – Tandis contara, como se isso explicasse tudo. – Antes disso, ele tinha a visão de que nos falava... mas...

Um dar de ombros. Os fremen cegos eram abandonados no deserto. Muad'Dib podia ser imperador, mas também era um fremen. Não tinha providenciado para que os fremen protegessem e criassem seus filhos? Ele era fremen.

Idaho viu que se tratava de um deserto esquelético. Costelas de rocha, prateadas de luar, apareciam por entre a areia; depois começavam as dunas.

Não devia tê-lo deixado sozinho, nem sequer por um minuto, Idaho pensou. *Eu sabia o que ele tinha em mente.*

– Ele me disse que o futuro não precisava mais de sua presença física – Tandis havia relatado. – Depois de me deixar, ele ainda me chamou. "Agora estou livre", foram suas palavras.

Frank Herbert

Malditos!, Idaho pensou.

Os fremen haviam se recusado a mandar qualquer tipo de tóptero ou equipe de busca. O resgate contrariava seus antigos costumes.

– Haverá um verme para Muad'Dib – diziam. E começavam a entoar o cântico para aqueles que eram entregues ao deserto, aqueles cuja água ia para Shai-hulud: – Mãe da areia, pai do Tempo, princípio da Vida, conceda-lhe passagem.

Idaho sentou-se numa pedra chata e fitou o deserto. A noite estava repleta de camuflagens. Não havia como dizer para onde Paul tinha ido.

– Agora estou livre.

Idaho pronunciou as palavras, surpreso com o som de sua própria voz. Durante algum tempo, deixou a mente correr, lembrando-se de um dia em que levara o menino Paul ao mercado litorâneo em Caladan, o fulgor deslumbrante de um sol sobre a água, as riquezas do mar mortas e estendidas ali, para serem vendidas. Idaho lembrou-se de Gurney Halleck tocando a música do baliset para eles: prazer, riso. Ritmos saracotearam em sua percepção, levando sua mente feito escrava pelos canais do deleite rememorado.

Gurney Halleck. Gurney iria culpá-lo por aquela tragédia.

A música da memória se apagou.

Recordou as palavras de Paul: *"Existem problemas no universo para os quais não há respostas"*.

Idaho começou a se perguntar como Paul morreria lá fora no deserto. Rápido, morto por um verme? Devagar, ao sol? Alguns dos fremen lá no sietch haviam dito que Muad'Dib nunca morreria, que ele havia entrado no mundo-ruh onde todos os futuros possíveis existiam, que ele estaria presente dali em diante no *alam al-mithal*, perambulando interminavelmente por lá, mesmo depois que sua carne deixasse de existir.

Ele morrerá e nada posso fazer, não posso impedi-lo, Idaho pensou.

Começou a perceber que talvez houvesse uma certa cortesia meticulosa em morrer sem deixar vestígios: nenhum resto mortal, nada, e um planeta inteiro como tumba.

Mentat, resolve a ti mesmo, pensou.

Palavras intrometeram-se em sua memória, as palavras ritualizadas do tenente dos Fedaykin, nomeando os guardas que cuidariam dos filhos de Muad'Dib: "Há de ser o dever solene do oficial encarregado...".

A linguagem laboriosa e cheia de presunção do governo o enfurecia.

Messias de Duna

Havia seduzido os fremen. Havia seduzido todo mundo. Um homem, um grande homem, estava morrendo lá fora, mas a linguagem continuava a se arrastar... sem parar... sem parar...

Ele se perguntou o que tinha acontecido com todos os significados puros que filtravam o absurdo. Em algum lugar, um *lugar* perdido e criado pelo Imperium, eles foram emparedados, selados, para que não fossem redescobertos por acaso. Sua mente saiu à cata de soluções, à maneira dos Mentats. Padrões de conhecimento faiscaram ali. Os cabelos de Lorelei talvez tremeluzissem daquela maneira, convidando... convidando os marinheiros encantados a entrar em cavernas esmeraldinas...

Com um sobressalto repentino, Idaho afastou-se do esquecimento catatônico.

Então!, pensou. *Em vez de confrontar meu fracasso, prefiro desaparecer dentro de mim mesmo!*

O instante daquele quase mergulho continuava em sua memória. Examinando-o, pareceu-lhe que sua vida se esticava, tão comprida quanto a existência do universo. Carne de verdade jazia condensada e finita em sua própria caverna esmeraldina de percepção, mas a vida infinita havia participado de seu ser.

Idaho se levantou, sentindo-se purificado pelo deserto. A areia começava a estalar ao vento, beliscando as superfícies das folhas no pomar atrás dele. Havia o cheiro seco e abrasivo de pó no ar da noite. Seu manto foi fustigado pela pulsação de um pé de vento repentino.

Idaho percebeu que em algum lugar distante do bled grassava uma tempestade-mãe, que ia levantando vórtices espiralados de pó com uma violência sibilante: um gigantesco verme de areia, forte o bastante para arrancar a carne dos ossos.

Ele vai se unir ao deserto, Idaho pensou. *O deserto será sua completude.*

Era um raciocínio zen-sunita que corria por sua mente feito água cristalina. Ele sabia que Paul continuaria marchando lá fora. Um Atreides não iria se entregar completamente ao destino, nem mesmo tendo plena consciência do inevitável.

Um quê de presciência se apoderou de Idaho naquele momento, e ele viu que as pessoas do futuro falariam de Paul em termos de mares. Apesar de uma vida encharcada de pó, a água iria segui-lo. "Seu corpo afundava", diriam, "mas ele continuou a nadar."

Atrás de Idaho, um homem limpou a garganta.

Idaho virou-se e discerniu o vulto de Stilgar de pé na ponte sobre o qanat.

– Ele não será encontrado – disse Stilgar. – Mas todos os homens irão procurá-lo.

– O deserto o toma e o diviniza – falou Idaho. – Mas aqui ele era um intruso. Trouxe uma química alienígena para este planeta: a água.

– O deserto impõe seus próprios ritmos – disse Stilgar. – Nós o acolhemos, nós o chamamos de nosso Mahdi, nosso Muad'Dib, e lhe demos seu nome secreto. Base da Coluna: Usul.

– Ainda assim, ele não nasceu fremen.

– E isso não muda o fato de que o tomamos como nosso... e o tomamos enfim. – Stilgar colocou uma das mãos sobre o ombro de Idaho. – Todos os homens são intrusos, velho amigo.

– Você é profundo, não, Stilgar?

– O bastante. Vejo como atravancamos o universo com nossas migrações. Muad'Dib nos deu algo desatravancado. Os homens, ao menos, irão se lembrar de seu jihad por isso.

– Ele não irá se entregar ao deserto – disse Idaho. – Está cego, mas não irá se entregar. É um homem de honra e princípios. Foi treinado pelos Atreides.

– E sua água será derramada sobre a areia – Stilgar falou. – Venha. – Puxou delicadamente o braço de Idaho. – Alia voltou e está perguntando por você.

– Ela estava com você em Sietch Makab?

– Sim. Ela ajudou a colocar aqueles naibs indolentes na linha. Agora recebem ordens dela... assim como eu.

– Quais ordens?

– Ela mandou executar os traidores.

– Ah. – Idaho reprimiu a sensação de vertigem ao erguer os olhos para o promontório. – Quais traidores?

– O membro da Guilda, a Reverenda Madre Mohiam, Korba... alguns outros.

– Vocês mataram uma Reverenda Madre?

– Eu matei. Muad'Dib deixou a recomendação de que não o fizéssemos. – Ele deu de ombros. – Mas eu desobedeci, como Alia sabia que eu faria.

Messias de Duna

Idaho voltou a fitar o deserto, sentiu que agora era inteiro, uma pessoa capaz de enxergar o padrão daquilo que Paul havia criado. *Estratégia de decisão,* era como os Atreides chamavam aquilo em seus manuais de treinamento. *As pessoas se submetem ao governo, mas os governados influenciam os governantes.* Ele se perguntou se os governados fariam ideia do que haviam ajudado a criar.

– Alia... – disse Stilgar, limpando a garganta. Parecia constrangido. – Ela precisa do conforto de sua presença.

– E ela é o governo – murmurou Idaho.

– Uma regência, só isso.

– A fortuna a tudo toca, como o pai dela costumava dizer – resmungou Idaho.

– Estamos negociando com o futuro – disse Stilgar. – Você vem? Precisamos de você por lá. – Mais uma vez, ele pareceu constrangido. – Ela está... tresloucada. Reclama do irmão num instante, no outro o lamenta.

– Já vou – prometeu Idaho.

Ouviu Stilgar partir. Ficou ali, de cara para o vento ascendente, deixando os grãos de areia crepitar de encontro a seu trajestilador.

A percepção de Mentat projetou os padrões transbordantes no futuro. As possibilidades o deixavam tonto. Paul havia colocado em ação um vórtice turbilhonante, e nada conseguiria ficar em seu caminho.

Os Bene Tleilax e a Guilda haviam superestimado suas próprias cartas e perdido o jogo, estavam desacreditados. O Qizarate foi abalado pela traição de Korba e outros membros de seu alto escalão. E o ato derradeiro e voluntário de Paul, sua aceitação definitiva dos costumes fremen, havia garantido a lealdade daquele povo a ele e a sua casa. Seria um deles para todo o sempre.

– Paul se foi! – a voz de Alia saiu engasgada.

Ela havia subido quase em silêncio até onde Idaho se encontrava e estava agora ao lado dele.

– Ele era um tolo, Duncan!

– Não diga isso! – ele gritou.

– O universo inteiro dirá a mesma coisa antes de eu terminar – ela disse.

– Por quê, pelo amor de Deus?

– Pelo amor de meu irmão, e não de Deus.

O discernimento zen-sunita dilatou a percepção dele. Dava para notar que não havia nela nenhuma visão, nada, desde a morte de Chani.

Frank Herbert

– É uma maneira estranha de demonstrar amor.

– Amor? Duncan, ele só precisava sair da trilha! E daí que o resto do universo se espatifasse logo atrás dele? Ele estaria a salvo... e Chani com ele!

– Então... por que ele não o fez?

– Por amor a Deus – ela sussurrou. Em seguida, mais alto, ela falou: – A vida inteira de Paul foi uma luta para escapar de seu jihad e da divinização que o jihad traria. Pelo menos está livre disso. Ele escolheu esse caminho!

– Ah, sim: o oráculo. – Idaho sacudiu a cabeça, admirado. – Até mesmo a morte de Chani. A lua dele caiu.

– Ele *era* um tolo, não, Duncan?

O pesar reprimido apertou a garganta de Idaho.

– Que grande tolo! – Alia falou, a voz entrecortada, o autocontrole falhando. – Ele viverá para sempre, e nós teremos de morrer!

– Alia, não...

– É só o pesar – ela disse, em voz baixa. – Só o pesar. Sabe o que tenho de fazer por ele? Tenho de salvar a vida da princesa Irulan. Aquelazinha! Devia ver o pesar que *ela* sente. Anda se lastimando, oferecendo umidade aos mortos: jura que o amava sem saber. Xinga sua Irmandade, diz que passará a vida ensinando os filhos de Paul.

– Confia nela?

– Ela fede a confiança!

– Aaah – Idaho murmurou.

O padrão final se desenrolou diante de sua percepção feito um desenho sobre um tecido. A deserção da princesa Irulan era o último passo. Não deixava às Bene Gesserit nenhuma alavanca para usar contra os herdeiros Atreides.

Alia começou a soluçar, recostada nele, o rosto espremido contra seu peito.

– Aaah, Duncan, Duncan! Ele se foi!

Idaho levou os lábios aos cabelos de Alia.

– Por favor – ele sussurrou.

Sentiu o pesar dela se misturar ao seu, como dois riachos a desaguar no mesmo lago.

– Preciso de você, Duncan – ela soluçou. – Ame-me!

Messias de Duna

– Eu amo – ele sussurrou.

Ela ergueu a cabeça, examinou o contorno do rosto dele, açucarado pela lua.

– Eu sei, Duncan. O amor conhece o amor.

As palavras dela o fizeram estremecer, uma sensação de alienação proveniente de sua antiga identidade. Ele viera ali à procura de uma coisa e encontrara outra. Era como se tivesse entrado aos trambolhões numa sala cheia de pessoas familiares, apenas para perceber, tarde demais, que não conhecia nenhuma delas.

Ela se afastou, tomou-o pela mão.

– Você vem comigo, Duncan?

– Para onde você me levar – ele disse.

Ela o conduziu de volta, por sobre o qanat, para dentro das trevas na base do maciço e seu Lugar Seguro.

Epílogo

Nada do fedor amargo da destilaria fúnebre para Muad'Dib.
Nenhum dobre de finados nem rito solene para libertar a mente
De sombras avaras.
Ele é o santo louco,
O estrangeiro dourado que vive para sempre
Às raias da razão.
Baixe a guarda e ele estará lá!
Sua paz carmesim e a palidez soberana
Invadem nosso universo em teias proféticas
Até a beirada de um olhar calado – ali!
Saído de ouriçadas selvas estelares:
Misterioso, letal, um oráculo sem olhos,
Joguete da profecia, cuja voz nunca morre!
Shai-hulud, ele te espera numa praia
Onde os casais caminham e cravam, olhos nos olhos,
O fastio delicioso do amor.
Ele atravessa a passos largos a longa caverna do tempo,
Espalhando o eu-louco de seu sonho.

– "O hino do ghola"

Terminologia do Imperium

A

ADAB: a lembrança exigente que se manifesta por conta própria.

ÁGUA DA VIDA: um veneno "de iluminação" (*veja-se* Reverenda Madre). Especificamente, a exalação líquida de um verme da areia (*veja-se* Shai-hulud), produzida no momento de sua morte por afogamento, e que é transformada dentro do corpo de uma Reverenda Madre para se tornar o narcótico empregado na orgia tauística do sietch. Um narcótico de "espectro perceptivo".

ALAM AL-MITHAL: o mundo místico das similitudes, no qual todas as limitações físicas são eliminadas.

AREIA-FOGO: uma arma poderosa que corrói os olhos da vítima.

ARMALÊS: projetor laser de onda contínua. Seu emprego como arma é limitado numa cultura de escudos geradores de campos, por causa da pirotecnia explosiva (tecnicamente, uma fusão subatômica) criada quando seu raio encontra um escudo.

ARRAKINA: primeira povoação em Arrakis; sede de longa data do governo planetário.

ARRAKIS: o planeta conhecido como Duna; terceiro planeta de Canopus.

ASSEMBLEIA: distinta de uma Assembleia do Conselho. É uma convocação formal dos líderes fremen para testemunhar um combate que irá determinar a liderança da tribo. (A Assembleia do Conselho é uma reunião para se chegar a decisões que envolvem todas as tribos.)

B

BALISET: um instrumento musical de nove cordas, a ser dedilhado, descendente direto da zithra e afinado na escala chusuk. Instrumento preferido dos trovadores imperiais.

BASHAR (GERALMENTE, BASHAR CORONEL): um oficial dos Sardaukar, uma fração acima de coronel na classificação militar padrão. Patente criada para o governante militar de um subdistrito planetário (bashar da corporação é um título de uso estritamente militar).

BENE GESSERIT: antiga escola de treinamento físico e mental para alunas do sexo feminino fundada depois que o Jihad Butleriano destruiu as chamadas "máquinas pensantes" e os robôs.

Frank Herbert

BENE TLEILAX: grupo de seres humanos que habitavam Tleilax, o único planeta da estrela Thalim.

BÍBLIA CATÓLICA DE ORANGE: o "Livro Reunido", o texto religioso produzido pela Comissão de Tradutores Ecumênicos. Contém elementos de religiões antiquíssimas, entre elas o saari maometano, o cristianismo maaiana, o catolicismo zen-sunita e as tradições budislâmicas. Considera-se como seu mandamento supremo: "Não desfigurarás a alma".

BINDU: relacionada ao sistema nervoso humano, em especial ao treinamento dos nervos. Muitas vezes mencionada como inervação-bindu (*veja-se* prana).

C

CALADAN: terceiro planeta de Delta Pavonis; planeta natal de Paul Muad'Dib.

CALDEIRA: em Arrakis, qualquer região baixa ou depressão criada pelo afundamento do complexo subterrâneo subjacente. (Nos planetas com água suficiente, uma caldeira indica uma região antes coberta por água ao ar livre. Acredita-se que Arrakis tenha pelo menos uma dessas áreas, apesar de ainda se discutir esse assunto.)

CAPTADOR DE VENTO: um aparelho instalado na trajetória dos ventos predominantes e capaz de condensar a umidade do ar aprisionado em seu interior, geralmente por meio de uma queda nítida e brusca da temperatura dentro do captador.

CASA: expressão idiomática para o Clã Governante de um planeta ou sistema planetário.

CASAS MAIORES: detentores de feudos planetários; empresários interplanetários (*veja-se* Casa).

CASAS MENORES: classe empresarial restrita a um planeta (em galach: "richece").

CHAKOBSA: a chamada "língua ímã", derivada em parte do antigo bhotani (bhotani jib, sendo que jib significa dialeto). Uma série de dialetos antigos modificados pela necessidade de manter sigilo, mas sobretudo a língua de caça dos bhotani, os matadores de aluguel da primeira Guerra de Assassinos.

Messias de Duna

CHOAM: acrônimo para Consórcio Honnête Ober Advancer Mercantiles, a empresa de desenvolvimento universal controlada pelo imperador e pelas Casas Maiores, tendo a Guilda e as Bene Gesserit como sócios comanditários.

CORIOLIS, TEMPESTADE DE: qualquer grande tempestade de areia em Arrakis, onde os ventos, nas planícies desprotegidas, são amplificados pelo movimento de rotação do próprio planeta e atingem velocidades de até setecentos quilômetros por hora.

CORRIN, BATALHA DE: a batalha espacial que deu nome à Casa Imperial Corrino. A batalha travada perto de Sigma Draconis no ano 88 a.G. estabeleceu a superioridade da Casa governante de Salusa Secundus.

CRIADOR: *veja-se* Shai-hulud.

CRIADORZINHO: o vetor meio vegetal, meio animal do verme da areia de Arrakis. Os excrementos do criadorzinho formam a massa pré-especiaria.

D

DAGACRIS: a faca sagrada dos fremen de Arrakis. É manufaturada em duas formas, a partir dos dentes retirados de carcaças de vermes da areia. As duas formas são a "estável" e a "instável". Uma faca instável precisa ser mantida perto do campo elétrico de um corpo humano para não se desintegrar. As facas estáveis são tratadas para que possam ser armazenadas. Todas têm cerca de vinte centímetros de comprimento.

DANÇARINOS FACIAIS: membros de uma raça criada pelos Bene Tleilax. A habilidade de imitar a aparência de outras pessoas os fez desempenhar importantes funções na sociedade, como a de espiões e assassinos. Podem assumir a forma sexual de homens ou mulheres, mas não têm habilidade de procriação.

DISTRANS: um aparelho que produz uma impressão neural temporária no sistema nervoso de quirópteros ou aves. A voz normal da criatura passa a portar a impressão da mensagem, que pode ser separada da onda portadora por um outro distrans.

DOUTRINA BENE GESSERIT: emprego das minúcias da observação.

E

ERG: uma área extensa de dunas, um mar de areia.

ESPECIARIA: *veja-se* mélange.

ESPELHO DE ESGRIMA: Um boneco de treino feito para o jovem Kwisatz-Haderach em formação.

F

FARDO D'ÁGUA: no idioma fremen, uma dívida de gratidão extrema.

FAREJADOR DE VENENOS: analisador de radiações dentro do espectro olfativo, ajustado para detectar substâncias venenosas.

FEDAYKIN: Esquadrão suicida de proteção a Paul Atreides

FRAGATA: a maior espaçonave capaz de pousar num planeta e dali decolar intacta.

FREMEN: as tribos livres de Arrakis, habitantes do deserto, remanescentes dos Peregrinos Zen-sunitas ("piratas da areia", de acordo com o Dicionário Imperial).

G

GARGANTA DE HARG: formação geológica sobre a qual fica o santuário do crânio de Leto.

GHOLA: humano criado artificialmente a partir de um indivíduo morto.

GINAZ, CASA DOS: antigos aliados do duque Leto Atreides. Foram derrotados na Guerra de Assassinos travada com Grumman.

GRABEN: uma fossa geológica extensa formada pelo afundamento do solo por causa de movimentos nas camadas subjacentes da crosta do planeta.

GRANDE CONVENÇÃO: a trégua universal imposta pelo equilíbrio de poder mantido pela Guilda, as Casas Maiores e o Imperium. Sua principal lei proíbe o uso de armas atômicas contra alvos humanos. Todas as leis da Grande Convenção começam com: "As formalidades precisam ser obedecidas...".

GRANDES ESCOLAS: os cinco maiores centros de aprendizado e treinamento avançado do Império Corrino, cada um com seu próprio foco e área de especialização.

Messias de Duna

GUILDA ESPACIAL (OU, SIMPLESMENTE, GUILDA): uma das pernas do tripé político que sustenta a Grande Convenção. A Guilda foi a segunda escola de treinamento físico-mental (*veja-se* Bene Gesserit) a surgir depois do Jihad Butleriano. O monopólio da Guilda sobre o transporte e as viagens espaciais, bem como sobre o sistema bancário internacional, é considerado o marco zero do Calendário Imperial.

H

HAGAL: o "Planeta das Joias" (Theta Shaowei II), minerado à época de Shaddam I.

HAJJ: jornada sagrada.

HAJRA: jornada de busca.

HAL YAWM: "Agora! Enfim!", uma exclamação fremen.

HARKONNEN: foram uma grande casa durante o tempo dos Imperadores Padishah. Sua capital era Giedi Prime, um planeta altamente industrializado e com pouca vegetação.

HIEREG: acampamento temporário dos fremen no deserto aberto.

I

IBAD, OLHOS DOS: efeito característico de uma dieta rica em mélange; o branco dos olhos e as pupilas assumem uma cor azul intensa (o que indica uma forte dependência do mélange).

IJAZ: profecia que, por sua própria natureza, não pode ser contestada; profecia inimitável.

IX: *veja-se* Richese.

K

KWISATZ HADERACH: "encurtamento do caminho". É o nome dado pelas Bene Gesserit à incógnita para a qual elas procuram uma solução genética: a versão masculina de uma Bene Gesserit, cujos poderes mentais e orgânicos viriam a unir o espaço e o tempo.

Frank Herbert

L

LANDSRAAD: uma das principais instituições do Imperium. Mesmo dois milênios antes de CHOAM e Guilda se tornarem relevantes, o Landsraad já existia e servia como um corpo deliberativo para debates e disputas entre os governos participantes. O Landsraad tem o poder de influenciar até em uma discussão em que algum dos lados fere a disposição fundamental da lei universal.

LENÇO NEZHONI: o lenço almofadado usado na testa, sob o gorro do trajestilador, pelas mulheres fremen casadas, ou "associadas", após o nascimento de um filho homem.

LÍNGUA DE BATALHA: qualquer idioma especial de etimologia restrita, desenvolvido para a comunicação inequívoca na guerra.

LUCIGLOBO: dispositivo de iluminação sustentado por suspensores que tem fornecimento de energia próprio (geralmente baterias orgânicas).

M

MAHDI: nas lendas messiânicas dos fremen, "Aquele que Nos Levará ao Paraíso".

MASSA PRÉ-ESPECIARIA: o estágio de crescimento fungoide desenfreado obtido quando os excrementos dos criadorzinhos são encharcados com água. Nesse estágio, a especiaria de Arrakis forma uma "explosão" característica, trocando o material das profundezas subterrâneas pela matéria da superfície logo acima. Essa massa, depois de exposta ao sol e ao ar, torna-se o mélange (*veja-se também* mélange e Água da Vida).

MAULA: escravo.

MEDITAÇÃO PRAJNA: técnica de meditação usada pelas irmãs Bene Gesserit para atingir o estado especial da visão, normalmente alcançado com o uso de substâncias químicas como mélange.

MÉLANGE: a "especiaria das especiarias", o produto que tem em Arrakis sua única fonte. A especiaria, célebre principalmente por suas características geriátricas, causa dependência moderada quando ingerida em pequenas quantidades, e dependência grave quando sorvida em quantidades superiores a dois gramas diárias a cada setenta quilos de peso corporal (*vejam-se* Ibad, Água da Vida e massa pré--especiaria). Muad'Dib alegava que a especiaria era a chave de seus poderes proféticos. Os navegadores da Guilda faziam afirmações semelhantes. O preço do mélange no mercado imperial chegou a 620 mil solaris o decagrama.

MENTAT: a classe de cidadãos imperiais treinados para realizar feitos supremos de lógica. "Computadores humanos".

METAVIDRO: vidro produzido como uma infusão gasosa de alta temperatura dentro de folhas do quartzo de jásmio. Famoso por sua extrema força elástica (por volta de 450 mil quilogramas por centímetro quadrado à espessura de dois centímetros) e capacidade como filtro seletivo de radiação.

MUAD'DIB: o rato-canguru adaptado a Arrakis, uma criatura associada, na mitologia fremen do espírito da terra, a um desenho visível na face da segunda lua do planeta. Essa criatura é admirada pelos fremen por sua habilidade de sobreviver no deserto aberto.

MURALHA-ESCUDO: um acidente geográfico montanhoso nos confins setentrionais de Arrakis, que protege uma pequena área da força total das tempestades de Coriolis do planeta.

N

NAIB: alguém que jurou nunca ser capturado vivo pelo inimigo; juramento tradicional de um líder fremen.

NAVEGADORES DA GUILDA: membros do alto escalão de humanos artificialmente modificados da Guilda Espacial. Têm a capacidade de presciência adquirida pelo consumo e exposição a quantidades maciças de mélange.

O

ORNITÓPTERO (COMUMENTE, TÓPTERO): qualquer aeronave capaz de voo sustentado por meio do bater de asas, como fazem as aves.

P

PANEGIRISTA: principal sacerdote do Qizarate de Paul Atreides

PENTAESCUDO: um campo gerador de escudo em cinco camadas, adequado para áreas pequenas, como vãos de portas ou passagens (os escudos grandes de reforço ficam mais instáveis a cada camada adicional), e praticamente intransponível para quem não estiver usando um dissimulador sintonizado aos códigos do escudo (*veja-se* porta dos prudentes).

PIA: uma área de terras baixas e habitáveis em Arrakis, cercada por terras altas, que a protegem das tempestades predominantes.

PILAR DE FOGO: um pirofoguete simples que serve de sinalizador no deserto aberto.

PISTOLA MAULA: arma de ação por mola que dispara dardos envenenados; alcance aproximado de quarenta metros.

PORTA DOS PRUDENTES OU BARREIRA DOS PRUDENTES (NO VERNÁCULO: PORTAPRU OU BARRAPRU): qualquer pentaescudo localizado de tal maneira a deixar escapar determinadas pessoas em condições de perseguição (*veja-se* pentaescudo).

PRANA (MUSCULATURA-PRANA): os músculos do corpo quando considerados como unidades para o treinamento supremo (*veja-se* bindu).

PRIMEIRA LUA: o principal satélite natural de Arrakis, a primeira a nascer à noite; destaca-se por apresentar o desenho distinto de um punho humano em sua superfície.

Q

QANAT: um canal a céu aberto para o transporte de água de irrigação em condições controladas através de um deserto.

QIZARA TAFWID: sacerdotes fremen (após Muad'Dib).

QIZARETE DE MUAD'DIB: sacerdotes religiosos da nova fé.

QUEIMA-PEDRA: uma arma com duas utilidades. A primeira função é liberar quantidades maciças de raios-J, cegando assim todas as criaturas próximas a explosão. A segunda é sua explosão capaz de destruir tudo em um raio de quilômetros.

R

RADIOFRESA: versão de curto alcance de uma armalês, utilizada principalmente como ferramenta de corte e bisturi cirúrgico.

RAIOS-J: tipo de radiação que queima os olhos e causa cegueira.

REVERENDA MADRE: originariamente, uma censora das Bene Gesserit, alguém que já transformou um "veneno de iluminação" dentro de seu corpo, elevando-se a um estado superior de percepção. Título adotado pelos fremen para suas próprias líderes religiosas que chegaram a uma "iluminação" semelhante (*vejam-se também* Bene Gesserit e Água da Vida).

RICHESE: quarto planeta de Eridani A, classificado, juntamente com Ix, como o suprassumo da cultura das máquinas. Célebre pela miniaturização. (Pode-se encontrar um estudo mais pormenorizado de como Richese e Ix escaparam aos efeitos mais graves do Jihad Butleriano em O último jihad, de Sumer e Kautman.)

S

SALUSA SECUNDUS: terceiro planeta de Gama Waiping; designado como planeta-prisão do imperador após a remoção da Corte Real para Kaitain. Salusa Secundus é o planeta natal da Casa Corrino e a segunda parada na migração dos Peregrinos Zen-sunitas. A tradição fremen afirma que eles foram escravos em S. S. durante nove gerações.

SARDAUKAR: os fanáticos-soldados do imperador padixá. Eram homens criados num ambiente de tamanha ferocidade que seis a cada treze pessoas morriam antes de chegar aos treze anos de idade. Seu treinamento militar enfatizava a desumanidade e uma desconsideração quase suicida pela segurança pessoal. Eram ensinados desde a infância a usar a crueldade como arma-padrão, enfraquecendo os oponentes com o terror. No auge de sua hegemonia sobre o universo, dizia-se que sua habilidade com a espada se equiparava à dos Ginaz de décimo nível e que sua astúcia no combate corpo a corpo seria quase equivalente à de uma iniciada Bene Gesserit. Qualquer um deles era considerado páreo para os recrutas normais das forças armadas do Landsraad. À época de Shaddam IV, apesar de ainda serem formidáveis, sua força tinha sido minada pelo excesso de confiança, e a mística que nutria sua religião guerreira havia sido profundamente solapada pelo ceticismo.

SAYYADINA: acólito do sexo feminino na hierarquia religiosa dos fremen.

SEMUTA: o segundo derivado narcótico (por extração cristalina) das cinzas da madeira de elacca. O efeito (descrito como um êxtase intemporal e ininterrupto) é evocado por certas vibrações atonais chamadas de música da semuta.

SERRILHADOR DIGITAL: objeto utilizado para treinamento de combate proveniente de Ix, a fim de fortalecer e sensibilizar os dedos das mãos e dos pés,

SHAI-HULUD: o verme da areia de Arrakis, o "Velho do Deserto", o "Velho Pai Eternidade" e o "Avô do Deserto". É significativo que o nome, quando pronunciado com uma certa entonação ou escrito com iniciais maiúsculas, designe a divindade da terra nas superstições domésticas dos fremen. Os vermes da areia ficam enormes (já foram avistados espécimes com mais de quatrocentos metros de comprimento nas profundezas do deserto) e chegam a idades muito avançadas, a menos que sejam mortos por outro verme ou afogados em água, que é um veneno para eles. Atribui-se a existência da maior parte da areia de Arrakis à ação dos vermes (*veja-se* criadorzinho).

SHIGAFIO: extrusão metálica de uma planta rastejante (*Narvi narviium*) que só cresce em Salusa Secundus e Delta Kaising III. Destaca-se por sua extrema força elástica.

SIETCH: na língua fremen, "lugar de reunião em tempos perigosos". Como os fremen viveram tanto tempo em perigo, o termo veio a designar, por extensão de sentido, qualquer caverna labiríntica habitada por uma de suas comunidades tribais.

SIHAYA: na língua fremen, a primavera do deserto, com insinuações religiosas que implicam o tempo da fertilidade e "o paraíso que ainda virá".

SINCROPISCADOR: instrumento de treino para guerreiros que simula e ajusta as habilidades em condições de luz/trevas/espectroscopia.

SOLARI: unidade monetária oficial do Imperium, seu poder de compra foi estabelecido em negociações quadricentenárias entre a Guilda, o Landsraad e o imperador.

Messias de Duna

SUSPENSOR: fase secundária (baixo consumo) de um gerador de campo de Holtzman. Anula a gravidade dentro de certos limites prescritos pelo consumo relativo de massa e energia.

T

TANQUE AXOLOTLE: são os meios pelos quais Bene Tleilax produzem os gholas.

TARÔ DE DUNA: cartas cujo efeito consiste em evitar que um oráculo capte o outro em suas visões.

TAU, O: na terminologia fremen, a unidade da comunidade sietch, ampliada pela dieta baseada em especiaria e, principalmente, a orgia tau de unidade evocada pela ingestão da Água da Vida.

TENDESTILADORA: recinto pequeno e lacrável de tecido em microssanduíche, projetado para reaproveitar, na forma de água potável, a umidade ambiente liberada dentro dela pela respiração de seus ocupantes.

TLEILAX: planeta solitário de Thalim, célebre como centro de treinamento renegado para Mentats; origem dos Mentats deturpados.

TRAJESTILADOR: roupa que envolve o corpo todo, inventada em Arrakis. Seu tecido é um microssanduíche com as funções de dissipar o calor e filtrar os dejetos do corpo. A umidade reaproveitada torna-se disponível por meio de um tubo que vem de bolsas coletoras.

TREINAMENTO: quando aplicado às Bene Gesserit, este termo comum assume um significado especial, referindo-se ao condicionamento de nervos e músculos (*vejam-se* bindu e prana) elevado ao último grau permitido pelas funções naturais.

TRONO DO LEÃO: sede do poder da Casa Corrino

TUPILE: o chamado "planeta santuário" (provavelmente vários planetas) para as Casas derrotadas do Imperium. Sua(s) localização(ões) é (são) conhecida(s) apenas pela Guilda e guardada(s) como segredo inviolável sob os termos da Paz da Guilda.

U

UMMA: alguém que pertence à irmandade dos profetas (no Imperium, termo desdenhoso que indica qualquer pessoa "desvairada" e dada a fazer predições fanáticas).

Frank Herbert

USUL: no idioma fremen, "a base da coluna".

V

VERME DA AREIA: *veja-se* Shai-hulud.

VOZ: o treinamento combinado, criado pelas Bene Gesserit, que permite à iniciada controlar outras pessoas usando apenas certas nuances- de tom de voz.

W

WALLACH IX: nono planeta de Laoujin, sede da Escola Mãe das Bene Ges- serit.

Z

ZEN-SUNITAS: seguidores de uma seita cismática que se desviou dos ensi- namentos de Maomé (o chamado "Terceiro Muhammad") por volta de 1381 a.G. A religião zen-sunita destaca-se principalmente por sua ênfase no misticismo e por um retorno aos "costumes dos ante- passados". A maioria dos estudiosos nomeia Ali Ben Ohashi como o líder do cisma original, mas há indícios de que Ohashi pode ter sido meramente o porta-voz masculino de sua segunda esposa, Nisai.

Sobre o autor

Franklin Patrick Herbert Jr. nasceu em Tacoma, Washington. Trabalhou nas mais diversas áreas – operador de câmera de TV, comentarista de rádio, pescador de ostras, instrutor de sobrevivência na selva, psicólogo, professor de escrita criativa, jornalista e editor de vários jornais – antes de se tornar escritor em tempo integral. Em 1952, publicou seu primeiro conto de ficção, "Looking For Something?", na revista *Startling Stories*, mas a consagração ocorreu apenas em 1965, com a publicação de *Duna*. Herbert também escreveu mais de vinte outros títulos, incluindo *The Jesus Incident* e *Destination: Void*, antes de falecer em 1986.